마흔,
평생
공부

마흔, 평생공부

●

초판 1쇄 인쇄 2016년 07월 10일
초판 1쇄 발행 2016년 07월 15일

●

글쓴이 장계수

●

펴낸이 김왕기
마케팅 임성구
디자인 푸른영토 디자인실

●

펴낸곳 **푸른영토**
　　　　　주소　　　경기도 고양시 일산동구 장항동 865 코오롱레이크폴리스1차 A동 908호
　　　　　전화　　　(대표)031-925-2327, 070-7477-0386~9 · 팩스 | 031-925-2328
　　　　　등록번호　제2005-24호.(2005년 4월 15일)
　　　　　전자우편　designkwk@me.com

●

ISBN 978-89-97348-53-4　03810
ⓒ장계수, 2016

두 번째 청춘, 공부는 다시 시작된다

마흔, 평생 공부

장계수 지음

푸른영토

두번 째 청춘,
공부는 다시 시작된다

한국인의 학업능력은 고1 때는 세계 1등이지만 55세가 되면 꼴찌권으로 하락한다. 최근 실시된 '국제성인역량조사'에서 우리나라 성인 남성과 일본·미국·영국·독일 남성을 비교한 결과, 우리나라 직장인의 역량은 35세부터 낮아져 45세부터는 큰 폭으로 뒤쳐진 것으로 밝혀졌다.

가만히 한 번 생각해보자. 지금 나는 공부를 하고 있을까? 그것은 무엇을 위한 공부이고 왜 하는 것일까? 만약 공부를 하고 있지 않다면 왜 공부를 안 하는 것일까? 인생에서 공부를 빼고 55세가 된다면 한국인 학업능력이 꼴찌가 되는 것에 기여를 할 뿐이다.

100세 시대가 본격화 되어가고 직장과 직업에 대한 인식도 점점 변하고 있다. 평생직장은 이미 사라진지 오래고 '평생직업'을 찾는 사람들이 증가한다. 하지만 이 평생직업도 그 종류가 제한적일 수 있다는 사실은 충격적이다. 최근 벌어진 인공지능 알파고와 이세돌 9단의 바둑 대결은 전 세계적으로 많은 느낌표와 물음표를 던졌다.

구글의 에릭 슈미트는 알파고와 이세돌의 시합에 앞서 "누가 이기든 결국 인간의 승리다."라고 말했다. 그것은 인공지능이 이겨도 결국은 그것을 만든 것은 인간이기 때문에 인간의 승리라는 뜻이다. 인간이 인공지능을 통제할 수 있을 때 이 말은 유효하다. 인공지능이 인간의 통제를 벗어나서 스스로를 수리하고 창조할 수 있는 시대가 된다면 '결국 인간의 승리다.'라는 말은 힘들지도 모른다.

이미 우리는 로봇과 경쟁을 해야하는 시대에 살고 있다. 금융권에서는 '로봇어드바이져'가 도입되어 인간 펀드매니저보다 더 높고 안정적인 수익률을 거두고 있다. 세상은 정말 예측하지 못 할 정도로 빠르게 변하고 있다. 이제 우리는 로봇과도 함께 생활해야 하는 시대를 조금씩 받아들여야 한다. 그리고 정말 인간만이 할 수 있는 일이 무엇인지 고민하고 찾아야 한다.

구글이 선정한 미래학 분야 최고의 석학이자 '미래학의 아버지'로 불리는 토마스 프레이는 2015년 어느 강연에서 이렇게 말했다. "앞으로 15년 안에 20억 개의 일자리가 사라지며, 앞으로 5년 안에 전체 근로자의 40%가 프리랜서, 시간제 근로자, 1인 기업 등 기존 근로 시스템과 다른 형태로 일하게 될 것이다."

우리는 지금 인생의 2모작 또는 3모작까지 가능한 시대에 살고 있다. 이것은 스스로 선택한 새로운 시작이 될 수도 있고 타의에 의해서 선택된 새로운 시작이 될 수도 있다. 기왕이면 내가 선택하는 새로운 인생을 꿈꾸자.

미래는 토마스 프레이가 예측한 시간보다 빨리 다가올지도 모른다. 하지만 그가 친절하게 설명해 주었듯이 다른 형태로 일하게 될 여러 가지 직업의 유형 중에서 내가 가장 행복해 하면서 잘 할 수 있는 일을 찾으면 된다. 한 가지 더 당부하고 싶은 것은 더 이상 남과 경쟁하지 말고 이제부터라도 내 안의 나와 경쟁을 하라는 것이다.

미국에서 있었던 일이다. 달리기 경기에 딱 좋은 날씨에 수많은 주자들이 경기장에 모여 들었다. "탕!"하는 출발 신호와 함께 주자들이 재빠르게 출발을 한다. 모두가 한 몸이라도 된 듯이 한 방향으로 군집을 이루면서 이동한다. 벤 코멘도 이 경기에 출전을 했다. 하지만 그는 출발은 동시에 했지에 무리에 함께 속하지 못 하면서 혼자 맨 뒤에 처져서 뛰고 있다.

주자들의 무리는 이미 저 멀리 멀어졌다. 혼자 뒤에서 달리던 벤은 미끄러져서 넘어지기까지 한다. 한 번은 젖은 풀에 미끄러져서 넘어지고 한 번은 자신의 발에 걸려서 넘어졌다. 무리와 함께 뛸 수 없고 자신의 발에 걸려 넘어지기도 하는 벤은 뇌성마비 장애인이다. 뇌성마비는 근육의 위축과 운동신경에 영향을 준다. 그래서 뇌성마비 장애인들은 움직임과 균형을 유지하기가 힘들다. 이런 장애를 갖고 달리기에 출전한다는 것은 사실 무리다. 무리라기 보다는 무모한 도전이다. 하지만 벤은 누군가를 이기기 위해 달리기에 출전하지 않았다. 이기기로 마음 먹은 상대는 자기 자신이다. 그는 그 이유 하나만으로 달리기에 출전했다.

모든 주자들은 경기를 마쳤지만 벤은 혼자서 달리고 넘어지기를 또다시 수차례 반복 하면서 달리고 있었다. 벤의 몸은 멍과 피로 얼룩져 있기까지 했다. 이쯤에서 벤의 이야기를 왜 꺼냈는지 궁금해하는 독자들이 있을 것이다. 나도 이 이야기를 처음 접했을 때는 뻔한 교훈을 생각했지만 사실 이 이야기의 교훈은 좀 더 심오하다.

뇌성마비 장애를 가진 벤은 완주를 하는데 보통 사람들의 2배 이상의 시간이 걸린다. 혼자서 고군분투 하며 자신과 싸우는 벤을 보고 이미 경기를 마친 주자들이 벤의 곁으로 돌아가는 사건이 벌어졌다. 벤의 곁으로 다시 돌아간 주자들은 벤과 함께 그의 속도로 같이 달린다. 벤이 넘어지면 누군가는 일으켜 세워 주기도 한다. 벤이 완주를 했을 때 그의 뒤에는 결승선 통과를 진심으로 축하하는 100여 명의 주자가 함께 있었다.

이 이야기의 교훈은 '자신과 경쟁하는 사람은 모든 사람들이 도와주고 싶어 한다.'는 것이다. 평생공부는 남들과 경쟁을 하기 위해서 하는 것이 아니다. 눈부신 성공이나 부와 명예를 위해서 공부를 한다면 우리는 남들과 경쟁을 하기 위한 공부를 하는 것이고 남들의 응원을 기대할 수 없다.

평생공부는 남들이 알아주지 않아도 좋은 공부다. 공부를 하면서 피가 나고 멍이 들고 외로워도 혼자서 묵묵히 할 수 있는 공부다. 이제 우리는 직업의 패러다임이 바뀐 시대에서 프리랜서, 시간제 근로자, 1

인 기업 등으로 살아가야 한다. 이 시대를 살아가는 모든 사람들은 나의 일과 직업을 로봇이 대체하지 않기를 바랄지도 모른다. 내가 살아 있는 동안이 아니라 그 이후에 그런 시대가 찾아오길 희망한다. 하지만 두려워 하지는 말자.

나는 인간만이 할 수 있는 그 무엇은 반드시 살아남는다고 믿는다. 인간만이 생각하고 느낄 수 있는 감정들이 있다. 사랑, 감사, 행복. 이런 것들이 결국은 우리를 살아가게 하는 이유가 되고 우리를 인간으로 느끼게 만드는 것들이다. 나는 평생공부를 통해서 이런 감정을 참으로 많이 느낀다. 그리고 평생공부를 통해서 내가 이 세상을 위해서 해야 할 일을, 로봇이 대체할 수 없는 일을 찾았다는 것이 무엇보다 큰 기쁨이다.

나와 함께 평생공부를 실천하고 있는 사랑스런 아내 박주리를 존경하며 진심으로 무한한 감사를 전하고 싶다. 그리고 이 책을 읽은 독자들이 세상을 아름답게 하는 '특별한 존재 되기'를 꿈꾸는 행복한 공부꾼이 되었으면 좋겠다. 이 책이 당신에게 공부하고 싶은 자극을 주고 할 수 있다는 자신감을 심어주었다면, 부디 옆자리 직장 동료나 지인들에게 널리 알려주면 좋겠다. 인간만이 할 수 있는 일은 무엇인지 끊임없이 고민하면서 세상을 바꾸는 평생공부에 우리 모두 동참할 수 있기를 바란다.

2016년 3월 북한산이 보이는 서재에서
장계수

9

part 1 공부는 왜 하는가?

part 3 미래는 내가 만든다

part 4 평생 공부가 답이다

공부는 왜 하는가?

타고난 천재는 없다

배움은 우연히 얻어지는 것이 아니라 열성을 다해
갈구하고 부지런히 집중해야 얻을 수 있는 것이다.
애비게일 애덤스

1997년에 나는 대학생이었다. 대학생 하면 연상되는 두 단어가 있다. 바로 '청춘'과 '꿈'이다. 대학생이 되면 자연스럽게 청춘대열에 합류하게 되지만 꿈이 자연스럽게 생기는 건 아니다. 세상 사람들을 크게 두 부류로 나눈다면 그것은 꿈이 있는 사람과 꿈이 없는 사람이다. 나는 후자에 속하는 꿈이 없는 사람이었다.

하지만 1997년에 개봉한 영화 〈비트〉를 보면서 '꿈'에 대해서 진지하게 생각해보게 되었다. 허영만 화백의 만화를 원작으로 해서 만든 이 영화는 정우성, 고소영, 유오성, 임창정이 나온다. 주인공 정우성은 이 영화를 통해서 단번에 스타로 급부상했다. 정우성은 배역을 정말 잘 소화했고 이 영화는 정우성을 위해서 만들어진 듯한 영화가 되었다. 그 시절 나는 꿈이라는 단어를 떠올리면서 살지 않았다. 꿈 대신 술을 품고 살았다.

대학생이 술을 품고 살면 어떤 증상이 생기는지 나는 충분히 경험했다. 하루 수업 중 마지막 강의에는 언제나 출입문과 가까운 곳에 자리를 잡는다. 그리고 출석체크가 끝나고 교수님이 칠판에 필기를 하는 틈을 이용해서 조용히 빠져나간다. 그렇게 모인 친구들과 술집으로 달려간다. 조금이라도 일찍 술을 마시기 위한 간절한 노력이었다.

술을 마시다 보면 거의 막차가 끊기기 전까지 마시게 된다. 운이 없어 막차를 놓치게 되면 집까지 걸어갔다. 성남에서 개포동까지 취중에 걸어가면 4시간은 걸린다. 다음 날 일어나면 다리가 아프지만 쉬지 않고 또 술을 마신다. 이번에는 술집에 갈 돈이 모자라서 편의점 앞에서 소주와 새우깡을 사서 먹는다.

특별히 할 일이 없는 주말에는 "술이나 마시자."는 연락에 학교 근처로 나가서 다시 술을 마신다. 안주는 항상 부실했지만 토할 때까지 마셔야 집에 갈 생각이 든다. 그렇게 6개월을 지내고 나니 주량은 소주 6병까지 늘어났지만 대신 학교를 6개월 더 다니게 되었다. 쓰린 속만큼 성적이 많이 부실해져 있었기 때문이다. 이렇게 함께 어울리며 꿈 대신 술을 품은 친구들은 남들보다 늦게 코스모스 졸업을 했다.

비트에서 정우성이 연기한 '민'은 꿈이 없었고 유오성이 연기한 '태수'는 꿈이 있었다. 태수의 꿈은 방향이 조금 달랐다. 그의 꿈은 건달로 성공하는 것이었다. "재벌 회장이 되든 건달로 크든 성공하면 다 똑같은 거야 인마!"라고 말하는 태수. 사실 청춘들이 고뇌하고 방황하는 이유는 연애보다도 성공에 대한 걱정과 욕망이 더 크기 때문이다.

나도 대학교에 들어가자마자 고삐가 풀린 듯이 왜 그리 무식하게 술을 마셨는지 잘 모르겠다. 이제는 술을 그렇게 자주 마시지 않는다. 그리고 그렇게 마시라고 해도 못 마신다. 지금 와서 생각해보니 술을 찾게 된 것은 성공에 대한 걱정과 미래에 대한 막연한 두려움 그리고 사회에 대한 불만 등이 복합적으로 작용해서였다.

그러던 어느 날 영화 〈비트〉를 보면서 현실이 답답하고 미래가 불안한 청춘이 나 하나뿐만은 아니라는 생각에 위안을 얻었다. 술을 마시고 담배를 피우는 이유에는 그런 요인들이 작용한다. 그것이 도를 넘고 통제력을 잃으면 폭력까지 행사하게 되는 것이다.

민은 17대 1로 싸워서 이길 만큼 싸움을 잘했지만 태수와 같이 건달의 길을 걷지는 않았다. 그의 방안에는 비틀스 포스터가 여러 장 걸려 있었다. 그를 흔들리지 않게 붙잡아 준 힘은 비틀스의 음악이었다. 주인공 민이 자주 즐겨듣던 비틀스의 'Let it be'는 영화 전편에 잔잔하게 흐르면서 테마음악으로 인식될 정도였다. 그리고 영화와의 궁합이 너무 좋아서 지금도 이 영화를 생각하면 비틀스의 'Let it be'가 먼저 떠오를 정도다.

하지만 안타깝게도 비틀스 음악에 대한 사용이 저작권에 걸리면서 DVD로 출시된 영화에는 다른 음악으로 교체가 되었다. 그래서 이 영화에 대한 향수를 간직하고 있는 팬들의 입장에서는 많은 아쉬움이 남는다. 존 레넌과 폴 매카트니, 조지 해리슨, 링고 스타로 구성된 영국의 전설적인 그룹 비틀스. 영화를 통해 비틀스의 음악을 처음 접하면서 나는 이들이 타고난 천재라고 생각했다. 들으면 들을수록 어떻게 이런 음악을 만들었을까 정말 신기했다.

비틀스는 클래식뿐만 아니라 팝송도 훌륭할 수 있다는 것을 보여준 위대한 밴드다. 팝 역사상 가장 많은 빌보드 차트 1위와 앨범 판매기록을 보유하고 있는 비틀스는 데뷔 이후 50여 년이 지난 지금도 전설로 남아 있다. 비틀스는 해체되었지만 그들의 노래는 아직도 어디선가 불려지고 스피커를 통해서 흘러나오고 있다.

1963년 발매된 첫 정규앨범은 여성들에게 폭발적인 인기를 얻으면서 1위에 올랐다. 또한, 버섯 모양의 머슈룸커트 헤어스타일과 가느다란 깃의 신사복을 입은 그들의 스타일은 젊은이들에게 큰 영향을 끼쳤다. 1집의 성공과 함께 전국투어를 시작한 비틀스는 영국 전체를 돌아다니며 가는 곳마다 열광적인 팬들의 환호를 받았다.

영국에서 성공한 그들은 1964년 2월 세계시장 공략을 위해서 미국으로 진출한다. 당시 유명했던 〈에드 설리번 쇼〉에 출연해서 6곡을 부르면서 프로를 진행했는데 방송출연 이후 빌보드 차트 1위를 달성하는 쾌거를 이룬다. 당시 다른 나라의 음악에 냉소적이었던 미국에서 성공하기란 하늘의 별 따기였지만 역시 비틀스는 달랐다. 빌보드 차트 1위에서 5위까지가 그들의 노래였고 앨범 차트에서도 1, 2위를 독점했다.

그들이 이룬 업적만 살펴보면 혜성처럼 나타난 천재밴드처럼 보이지만 사실 그들은 지독한 노력파였다. 세계적으로 유명한 경영사상가이며 저술가인 말콤 글래드웰은 그의 저서 《아웃라이어》를 통해서 1만 시간의 법칙을 설명하며 비틀스를 사례로 들었다. 스타가 되기 전에 그들에게는 일주일에 7일 밤을 연주하면서 보낸 '함부르크 시절'이 있었다. 이 시절이 위대한 밴드 비틀스를 만든 황금의 시간이다.

> 비틀스는 1960년에서 1962년 말에 걸쳐 다섯 차례나 함부르크에 다녀왔
> 다. 처음 방문했을 때 그들은 106일 밤을 매일 네 시간 이상 연주했다. 두
> 번째 여행에서는 92번이나 무대에 올랐고 세 번째에는 48번을 무대에 올
> 라 172시간이나 연주했다. 마지막 두 번의 함부르크 무대예약은 1962년 11
> 월과 12월에 있었는데, 그때 90시간을 더 연주했다. 모두 합하면 비틀스는
> 1년 반 넘는 기간에 270일 밤을 연주한 셈이다.
>
> 말콤 글래드웰,《아웃라이어》

비틀스가 결성된 리버풀에서 그들이 연습할 수 있었던 시간은 1시
간 정도였다. 반면 함부르크에서 연습할 수 있었던 시간은 8시간씩 주
어졌다. 좋은 싫든 그들은 8시간 동안 연습하면서 다양한 곡들을 여러
가지 방법으로 시도하며 그들만의 음악을 완성시켜 나갔다. 그들에게
'함부르크 시절'이 없었다면 비틀스라는 이름 앞에 '위대한'이라는 수
식어를 붙여서 부르기가 힘들었을 것이다. 또한 그들은 전설이 되지도
못했을 것이다.

타고난 천재는 없다. 비틀스뿐만 아니라 그 이전에 태어나서 '음악
의 신동'이라고 불렀던 모차르트도 위대한 작곡가가 되기 전에 남들보
다 유명한 작곡가의 음악을 꼼꼼하게 연구하는데 엄청난 시간을 보냈
다. 피카소 역시 어렸을 적에는 십 년 이상 남들의 그림을 연구하며 베
끼는 데 선수였다. 그래서 동료 화가들은 그가 나타나기만 하면 그림

을 숨기기에 바빴다. 왜냐하면 피카소는 괜찮은 그림이라고 생각하면 자기만의 방식으로 베껴서 더 비싼 값에 팔았기 때문이다.

모차르트나 피카소처럼 베끼기를 잘하라는 말이 아니다. 십 년 넘게 한 분야에서 지독하게 노력하면 위대한 업적을 이룰 수 있다는 이야기다. 우리가 천재라고 생각했던 유명인들도 알고 보면 노력파인 경우가 많다. 그들에게는 모두 그들만의 '함부르크 시절'이 있었다. 그 시간이 그들을 위대하게 만들고 전설로 만들었다.

공부에 소질이 없다거나 천재가 아니라고 낙담하면서 살지는 말자. 둔필승총鈍筆勝聰이라는 사자성어가 있다. 무딘 붓이 총명함을 이긴다는 뜻이다. 무딘 붓이란 꾸준한 노력을 뜻한다. 그런 노력이 타고난 천재를 이길 수 있게 만든다. 둔필승총의 자세로 마흔에 다시 붓을 든다면 신은 우리에게 또 다른 세상을 선물할 것이다.

공부의 기쁨

나 자신에 대한 자신감을 잃으면,
온 세상이 나의 적이 된다.
랠프 월도 에머슨

우리나라는 세계적으로 교육열이 높은 나라로 유명하다. 또한 해외 명문대에 입학은 잘하지만 그 이후 두각을 나타내지 못하는 것으로도 유명하다. 그 이유는 우리나라의 교육시스템이 기본적으로 주입식이기 때문이다. 대학 입학 이후에 뚜렷한 목표와 동기부여가 없는 학생들은 엔진에 불이 꺼지면서 자연스럽게 멈춰버리는 로켓과 같다.

이런 현상이 나타나는 것은 공부의 본질과 공부의 기쁨을 가르쳐주는 사람이 없을 뿐만 아니라 공부를 출세의 수단으로 삼으려는 사회적인 현상과도 맞물린다. 서점에 가서 공부와 관련된 책들을 살펴보면 공부의 신이 되는 방법, 고득점 전략과 기술 등 실용적인 내용을 담은 책들이 먼저 눈에 띈다.

이시형 박사는 "공부하는 독종이 살아남는다."고 했다. 그가 말한 공부는 자격증과 고득점을 위한 공부가 아니다. 정신과 전문의이자 뇌과학자인 그는 나이 들어서 하는 공부가 진짜 공부이며 공부는 일순간 선택해서 하고 끝내는 것이 아니라 평생 해야 한다고 강조한다. 하지만 대부분 성인이 되면 머리가 굳어진다는 이유로 공부를 멀리하거나 포기한다.

뇌과학적으로 보았을 때 기억력이 떨어지는 건 사실이지만 지식이나 경험은 나이가 들수록 증가하고 이해력 또한 증가하기 때문에 오히려 기억력에만 의존해서 하는 공부보다 효과적이다. 또한 공부에 대한 투자는 대부분 '저위험 고수익'이라는 특성을 가지고 있어서 가장 효율적인 투자가 된다.

나는 이시형 박사의 의견에 전적으로 동감이다. 그리고 확실하게 '저위험 고수익'을 경험하기 위해서는 방송대에 입학하라고 권하고 싶다. 방송대의 학비는 한 학기당 평균 40만 원 정도로 교재비와 기타 비용을 합해도 50만 원이 넘지 않는다. 1년이면 1백만 원 미만으로 대학교를 다닐 수 있다. 역사와 전통이 있는 방송대학교 학생이라는 사실에 나는 언제나 자부심을 느낀다. 나이가 들어서 하는 공부가 진짜 공부임을 깨닫게 해주고 평생 공부의 기쁨을 느끼게 해주는 방송대는 정말 은인과도 같은 존재다.

전문대를 졸업하고 회사생활을 시작한 나는 3년 전 승진할 기회를 맞이하게 되었다. 정말 관심이 있고 하고 싶은 업무를 승진과 함께 잡을 수 있는 기회였다. 10년 가까이 회사를 다니면서 내가 해낸 일 중에 가장 자랑스러운 일은 좌충우돌하면서도 계속해서 방송대와 인연을 이어간 것이다. 승진을 하기 위해서는 4년제 학사학위가 필요했는데 나는 방송대 경제학과를 졸업해서 그 자격을 갖추게 되었다.

지원자들이 많이 있었고 남들이 보기에 더 좋은 학교를 졸업한 사람도 있었지만 회사에서는 승진자 3명 중 한 명을 나로 선택했다. 합격자 발표를 듣고 크게 기대를 하지 않았던 나는 더욱 놀랐다. 우리 회사에는 직원들의 자기계발을 장려해서 교육비를 지원하는 복지제도가 있다. 이 지원금으로 영어학원에 다녀도 되고, 대학교에 다녀도 된다. 나는 지원금을 잘 배분해서 방송대와 영어공부를 함께하고 있었다.

개인적인 생각이지만 회사에서는 4년제 학사학위를 이미 가지고 있기보다는 회사의 취지와 복지제도를 잘 활용해서 꾸준히 공부하는 나에게 좀 더 좋은 점수를 준 것 같다. 어쨌든 정말 운이 좋아서 과장으로 승진했고 지금은 회사에 좀 더 도움이 되는 일은 무엇일까를 고민하면서 업무를 하고 있다.

나는 점점 재미있어지고 수준이 높아지는 방송대 강의를 접하면서 방송대 대학원에 진학하고 싶다는 목표를 세우게 되었다. 대학원에서 전공하고 싶은 공부는 마케팅이다. 일반적으로 마케팅은 회사를 광고하는 활동에 국한시켜서 생각하는 경향이 많다. 하지만 좀 더 큰 그림으로 고객이 무엇을 요구하는지 알아내고 그 요구에 부합하는 제품과 서비스를 끊임없이 관찰하고 충족시켜 주는 활동이 마케팅이고 내가 하고 싶은 일이다.

대학원에서 마케팅을 전공하는 상상을 하면 기분이 좋아진다. 방송대 대학원은 방송대에 비해서 모집정원이 소수이기 때문에 입학하기가 쉽지 않다. 서류심사와 면접 등 합격을 위해서 거쳐야 할 관문도 까다롭다. 졸업과 동시에 대학원 생활로 이어지면 정말 좋겠지만 바로 연결이 되지 않더라도 입학할 때까지 계속 도전할 것이다.

'러너스 하이Runners' High'라는 말이 있다. 이 용어는 캘리포니아대 심리학자인 아놀드 J 멘델이 1979년 〈세컨드 윈드Second wind〉라는 정신과학 논문에서 처음으로 사용했다. 그는 러너스 하이가 헤로인이나 모르핀을 투약했을 때 느끼는 행복감과 비슷하다고 소개했다. 조지아 공대와 캘리포니아대 연구팀도 24명의 참가자에게 달리기와 자전거 타기를 시킨 뒤 몸의 변화를 점검하면서 다음과 같은 결론을 내렸다.

달리기를 하거나 자전거를 탈 때 상당량의 '아난다마이드'가 생겨서 러너스 하이를 유발한다. 아난다마이드는 마리화나를 피울 때 환각을 일으키는 THC와 비슷한 칸나비노이드의 일종이다.

러너스 하이는 이렇게 달리는 중에 경험하는 황홀감이나 도취감 또는 쾌감을 말한다. 이런 기분은 유산소 운동을 통해서 뿐만이 아니라 오랜 시간 고통을 인내하면서 무언가 커다란 성취를 했을 때 느끼는 경우도 있다. 일상생활을 통해서 러너스 하이를 경험하는 것도 충분히 가능하다는 말이다. 러너스 하이를 경험하게 되면 그 행복감을 잊지 못해서 계속 뛸 수밖에 없게 된다고 한다.

나는 지금 방송대 공부를 통해서 점점 러너스 하이에 도달하고 있다. 공부의 기쁨은 충분히 느끼고 있지만 아직 공부의 황홀감까지 경험하지는 못했다. 아마 공부를 통해서 러너스 하이를 경험하게 되는 경우는 대학원에서 공부를 하는 어느 순간 우연히 맞이하게 될 것 같다. 그래서 한편으로 대학원 공부에 대한 기대가 크다. 대학원에서 러너스 하이를 맛보게 되면 그 경험을 살려서 또 다른 전공에 도전할 수 있을 테니 생각만 해도 행복하다.

공부를 계속하는 이유는 공부라는 도구로 내가 원하는 진짜 인생을 펼쳐나가기 위해서다. 성공은 도착해서 운행을 멈춰야 하는 종착역이 아니다. 그것은 단지 꾸준히 지나가야 하는 정류장일 뿐이다. 부와 명예 같은 성공의 상징들은 공부를 통해서 얻게 되는 부산물이다. 이런 부산물을 주산물이라고 여기기 시작하면 공부의 진정한 기쁨을 누리지 못하게 된다.

공부의 주산물은 '나답게 살 수 있게 해주는 힘'이다. 공부를 통해서 자신을 뛰어넘는 도전을 하다 보면 때론 실패도 경험하겠지만 성취감을 느낄수록 자신의 진면목에 눈을 뜨게 된다. 살다 보면 현실에 주눅이 들어서 꿈은 생각지도 못하고 미래를 생각하면 한숨만 나올 때가 있다. 공부를 하지 않으면 그런 현상이 더욱 심해진다.

유대인 속담에 "배우지 못한 사람들에게 노년은 겨울이지만, 배운 사람들에게 노년은 수확의 계절이다."라는 말이 있다. 20대 때 아무리 좋은 대학을 졸업했더라도 꾸준히 공부하면서 공부의 기쁨을 느끼지 못하면 노년은 혹독한 겨울이 될 것이다. 공부를 하게 되면 뇌에 자극이 꾸준하게 가기 때문에 나이에 상관없이 활기차고 열정적으로 살 수 있다. 공부가 주는 또 다른 기쁨이다.

무엇을 공부할 것인가

나는 똑똑한 것이 아니라
단지 문제를 더 오래 연구할 뿐이다.
알베르트 아인슈타인

2011년 국가통계 포털에서 발표한 평균수명은 여성은 84.4세, 남성은 77.6세다. 평균수명은 실제로 세상을 떠나는 사람들의 평균나이로 여성이 6.8년을 더 장수하는 것으로 확인되었다. 참고로 2015년 OECD에서 발표한 한국인의 기대수명은 여성은 85.1세, 남성은 78.5세다. 6.6년의 차이가 난다. 평균수명이 현재의 실상이라면 기대수명은 미래에 대한 예측으로 개념은 조금 다르지만 큰 차이는 없다.

우리는 평균수명과 기대수명이 80세 이상인 시대에 살고 있다. 은퇴 이후에도 20년 이상은 더 살아야 한다는 말이다. 요즘 각종 보험회사에서는 100세 시대를 겨냥한 상품들도 많이 출시한다. 보험회사에서 예측하고 기대하는 수명은 이미 100세를 넘어간 것이다. 불과 100년 전까지만 해도 평균수명은 50을 넘기기 힘들었지만 이제는 상황이

다르다. 장수가 축복이 될지 재앙이 될지는 자신을 어떻게 관리하느냐에 따라 달라진다.

베스트셀러가 된 김난도 교수의 《아프니까 청춘이다》에는 '인생시계 계산법'이 나온다. 사람이 태어나서 죽을 때까지를 하루 24시간에 비유한 계산법이다. 24시간을 분으로 환산하면 1,440분이다. 이것을 80세까지 산다고 가정해서 80으로 나누면 1년은 18분이 된다. 그래서 10년은 180분으로 3시간이 된다. 이 계산법에 따라 나이별 시간을 살펴보면 20세는 오전 6시, 40세는 오후 12시 그리고 50세는 오후 3시가 된다. 60세는 저녁 6시, 70세는 저녁 9시 그리고 80세는 밤 12시다.

하루 일과를 떠올려보면 출근해서 점심시간 전까지는 한두 가지 일에 집중하다 보면 금방 지나간다. 그래서 오전 근무시간은 상대적으로 너무 짧다. 본격적으로 많은 일을 소화하게 되는 시간은 오후 시간이다. 보통 1시 이후부터 퇴근 시간인 6시까지 더욱 많은 일들을 해낸다. 문제는 일을 하고 싶어도 할 수 없게 되는 상황이 발생하는 것이다. 인생은 길어지고 있음에도 불구하고 평생직장의 개념은 점점 사라지고 있고 은퇴연령 또한 낮아지고 있다.

40세 이전의 삶은 인생에 있어서 전반전에 해당된다. 전반전이 좌절과 절망으로 얼룩져서 실패만 남았다고 하더라도 하프타임을 넘어가는 40세 이후부터의 삶을 멋지고 성공적으로 살 수 있을 거라고 믿으면서 유연하게 대처한다면 남은 인생은 재앙이 아니라 축복이 될 것이다. 이 기적을 만드는 일에 있어서 필수요소가 바로 '공부'다. 무엇을 공부할 것인가에 대한 고민을 진지하게 시작해야 하는 이유다.

40세 전까지 우리는 많은 공부를 하게 된다. 학교를 다니면서 기본적으로 하게 되는 학교 공부와 시험공부. 그리고 취직을 위한 취직 공부와 자격증 공부. 승진을 위한 승진 공부 등이 있다. 이렇게 해온 공부는 취직을 하고 회사에서 어느 정도 자리를 잡으면 대부분 그만두게 된다. 공부라는 말만 들어도 지긋지긋했는데 공부를 그만두면서 느끼게 되는 해방감과 자유는 또 다른 쾌감으로 여겨지기도 한다.

하지만 지금까지 해온 공부가 '참된 공부'였는지 한 번은 꼭 되돌아봐야 한다. 학업과 취업에 등 떠밀려서 한 공부는 참된 공부가 아니다. 참된 공부란 하고 싶은 공부, 하면서 행복한 공부다. 그리고 앞으로 남은 인생을 즐겁게 살아갈 수 있게 해주는 공부다.

인생에서 조심해야 할 3가지는 초년의 성공과 중년의 방황과 말년의 빈곤이다. 50세~60세 이후에 크게 성공한 사람들이 의외로 많다. 이렇게 성공한 유형의 대부분은 40대 이후에 다시 시작한 공부가 큰 힘이 되었다. 공자는 나이 마흔을 불혹不惑이라고 했다. 이는 어떤 유혹에도 흔들리지 않게 된다는 뜻이다. 맹자는 나이 마흔을 부동심不動心이라고 했다. 마찬가지로 흔들리지 않는 마음을 갖게 된다는 뜻이다.

요즘 40대는 '청년' 취급을 받는다. '40대 청년'은 연애와 취업에 대한 고민 없이 공부에 집중할 수 있어서 20~30대와 비교했을 때 상대적으로 장점이 많다. 이제 정말 제2의 인생을 펼칠 수 있는 하고 싶은 공부만 하면 되는 것이다. 취업 전까지 해왔던 공부는 아마도 내 안에 있는 나를 위한 공부가 아닌 남에게 보여지는 나를 위한 공부가 아니었을까?

모든 인간은 내면에 무한한 잠재력을 지니고 태어난다. 그 잠재력 안에는 창조성과 천재성이 함께 존재한다. 하지만 우리는 학교가 원하는 틀, 사회가 원하는 틀에 맞추기 위해 노력하면서 창조성과 천재성의 팔다리를 곱게 접어버린다. 그렇게 몇십 년을 지내면서 은퇴 이후에 본격적으로 진정한 나를 찾고 하고 싶은 일을 하고자 시도한다면 굳어진 창조성과 천재성의 팔다리가 잘 펴지지 않을 것이다.

급속히 변하는 세상에서 20~30대에 했던 공부로 평균수명이 80세를 넘어가는 세상을 살아간다는 것은 굉장한 욕심이고 엄청난 모험이다. 이런 사실을 깨닫고 다시 공부를 시작하기에 좋은 시점이 40대. 하지만 용기가 필요하다. 또한 겸손한 인격을 겸비해야 다시 공부를 시작할 수 있다. 어른의 공부는 내가 부족함을 스스로 인정하기 전까지는 절대로 하기 힘들다. 부족함을 알고 공부를 다시 시작하는 사람보다 겸손한 사람은 없다.

장자莊子는 공부에 대해서 다음과 같이 말했다.

"출세할 생각으로 공부한다면 공부에 해가 된다. 그런 생각을 가지면, 반드시 이치에 맞지 않는 말을 하면서, 견강부회(牽强附會)하게 되므로 문제를 일으킨다."

견강부회란 전혀 가당치도 않은 말이나 주장을 억지로 붙여 조건이

나 이치에 맞추려고 하는 것을 비유하는 말이다. 공부의 기쁨을 제대로 느끼지 못하고 출세를 위한 공부만 한다면 오히려 인생에 해로울 수 있음을 경고한 말이다.

출세를 위한 공부가 아닌 제2의 인생을 위한 참된 공부는 스스로 찾아야 한다. 분명한 사실은 지금까지 해왔던 대로만 살아간다면 지금까지 경험한 만큼만 살게 된다는 점이다. 변화와 혁명은 위대한 질문에서부터 시작된다. 한 개인의 인생도 마찬가지다. 살면서 꾸준하게 해야 하는 질문들이 있다. 첫째, 나는 지금 행복한가? 둘째, 나는 정말 하고 싶은 일을 하고 있는가? 셋째, 나는 나누는 삶을 실천하고 있는가?

위에서 말한 3가지 질문에 부합하는 공부를 찾아야 한다. 행복한 삶을 위해서 무엇을 공부할 것인지, 정말 하고 싶은 일을 위해서 무엇을 공부할 것인지 그리고 나누는 삶을 실천하기 위해서 무엇을 공부할 것인지를 찾는다면 참된 공부를 위한 첫 단추를 잘 끼운 것이 된다.

무엇이든지 빨리빨리 하는 것이 습성화가 된 우리들은 공부에서도 단기간 안에 결과를 내고 싶어한다. 하지만 이렇게 찾은 공부는 10년 동안 꾸준하게 한다는 신념으로 시작해야 한다. 공부에서 필요한 것은 열정이나 재능보다는 꾸준함이다. 꾸준하게 공부하는 독종은 세상에서 가장 아름답다. 그리고 그런 독종들이 세상을 더욱 아름답게 바꿀 수 있다.

우리나라의 역사에서 그 누구보다 공부를 열심히 한 독종은 세종대왕이다. 세종대왕은 왕이었음에도 불구하고 누구보다 공부를 열심히 했다. 그것은 왕이 갖추어야 할 교양을 쌓기 위한 공부가 아니라 진심으로 백성을 아끼고 사랑하는 마음에서 비롯된 다방면의 공부였다. 천문학, 과학 그리고 농업 등 전 분야에 걸쳐 집현전의 학사들보다 뒤떨어지지 않기 위해 밤을 새우며 공부한 기록이 《세종실록》 여러 곳에 남아있다.

세종대왕은 집현전 학사들에게 "우리 모두 목숨을 버릴 각오로 독서하고 공부하자. 조상을 위해, 부모를 위해, 후손을 위해, 여기서 일하다가 같이 죽자."고 말했다. 또한 "임금이라도 공부하지 않으면 쓸모없는 인간이 될 수밖에 없다."고 말했다. 세종대왕이 위대한 인물이 될 수밖에 없었던 이유는 바로 위대한 공부에 있다. 고민의 힘은 답을 끌어올리는 마중물이다. 잠시 책을 덮고 무엇을 공부할 것인가 고민하고 찾아보자.

어른이 되어 시작하는
진짜 공부

가장 유능한 사람은
가장 배움에 힘쓰는 사람이다.
괴테

서울대학교 흉부외과 김원곤 교수는 국내 심혈관 분야의 권위자다. 그는 흉부외과 교과서 중 판매량이 가장 많은 《의대생을 위한 흉부외과학》을 비롯하여 8권의 전공서적을 펴내기도 했다. 한 분야에서의 최고 권위자인 그는 우리나라에서 가장 바쁜 사람 중 한 명이다. 하지만 그에게는 또 다른 수식어가 따라 다닌다. 그것은 바로 미니어처 술 수집가, 육체미 대가, 5개 국어의 달인 등이다.

1954년생인 김 교수는 이렇게 의학과 관련이 없는 분야에서도 널리 알려져 있다. 그는 평소에 즐겨하던 운동을 본격적으로 시작하면서 1년 만에 '몸짱'이 되었다. 환갑을 바로 코앞에 두고 만든 그의 멋진 몸은 '세미누드 사진집'에 담겨졌다. 그리고 2014년 3월에는 《20대가 부러워하는 중년의 몸만들기》라는 책을 출간하였다.

그는 몇 년 전 독특하고 색다른 사람들을 소개하는 TV 프로그램 [화성인 바이러스]의 작가로부터 전화를 받은 적이 있다. 그는 왜 자기를 섭외하려고 하는지 물었다. 방송작가는 "인터넷에 '의료계 기인'이라고 검색하니까 교수님이 바로 뜨던걸요."라고 답했다. 사실 그는 자타가 공인하는 '의료계 기인'이다. 하지만 이 프로그램의 섭외는 불발로 끝났다. 프로그램의 성격이 그와는 맞지 않았기 때문일 것이다.

대신 그는 SBS 스페셜 [작심 1만 시간]에 출현해 의료계에서 기인으로 불리게 된 사연과 어른이 되어 시작하는 진짜 공부에 대해서 이야기했다. 그는 2007년부터 중국어, 일본어, 프랑스어, 스페인어 등 4가지 외국어를 동시에 배웠다. 그렇게 외국어를 배우기 위해서 늦은 밤 학원가를 돌아다닌 7년 동안의 '작심 1만 시간'으로 인해 그는 영어를 포함한 5개 국어, 우리말을 포함하면 6개 국어를 자유자재로 구사할 수 있게 되었다.

또한 그는 외국어 공부의 결실을 엮어서 《50대에 시작한 4개 외국어 도전기》라는 책을 펴냈다. 이 책에는 7년 동안 그가 학원에 다니면서 외국어를 공부한 요령과 그만의 시간 관리 비법 등이 담겨 있다. SBS 스페셜 [작심 1만 시간]에서 그는 어느 노인이 쓴 한 편의 수기를 소개했다. 너무나도 인상적이었던 그 수기의 내용은 다음과 같다.

어느 95세 노인의 수기

나는 젊었을 때 정말 열심히 일했습니다.

그 결과 나는 실력을 인정받았고 존경을 받았습니다.

그 덕에 65세 때 당당한 은퇴를 할 수 있었죠.

그런 내가 30년 후인 95세 생일 때

얼마나 후회의 눈물을 흘렸는지 모릅니다.

내 65년 생애는 자랑스럽고 떳떳했지만,

이후 30년의 삶은 부끄럽고 후회되고 비통한 삶이었습니다.

나는 퇴직 후 "이제 다 살았다, 남은 인생은 그냥 덤"이라는 생각으로

그저 고통 없이 죽기만을 기다렸습니다.

덧없고 희망이 없는 삶......

그런 삶을 무려 30년이나 살았습니다.

30년의 시간은 지금 내 나이 95세로 보면......

3분의 1에 해당하는 기나긴 시간입니다.

만일 내가 퇴직할 때

앞으로 30년을 더 살 수 있다고 생각했다면

난 정말 그렇게 살지는 않았을 것입니다.

그때 나 스스로가 늙었다고,

뭔가를 시작하기엔 늦었다고

생각했던 것이 큰 잘못이었습니다.

나는 지금 95세이지만 정신이 또렷합니다.

앞으로 10년, 20년을 더 살지 모릅니다.

이제 나는 하고 싶었던 어학 공부를

시작하려 합니다.

그 이유는 단 한 가지······

10년 후 맞이하게 될 105번째 생일 날

95세 때 왜 아무것도 시작하지 않았는지 후회하지 않기 위해서입니다.

김 교수는 무언가를 시작할 때 일부러 떠벌리고 다닌다. 그것은 그만의 목표 달성의 비법이기도 한 '공개화 작업'이다. 언제까지 내가 무엇을 할 것이라고 주변의 지인들에게 널리 알리게 되면 의무감과 책임감 때문에라도 쉽게 포기하지 못하게 된다. 그는 50이 넘은 나이지만 외국어 공부와 멋진 몸매 만들기를 성공하겠다고 주변에 널리 알렸다.

평소 자기관리가 워낙 철저하다는 것을 인정한 지인들도 이번에는 "설마?", "조금 무리가 아닐까?" 하면서 반신반의하며 걱정을 하기도 했다. 하지만 그는 해냈다. 그것도 완벽하게 해냈다. 20~30대의 청춘들도 이루어내기 힘든 목표를 그는 보란 듯이 멋지게 달성했다. 그리고 용기가 필요한 40~50대에게는 롤모델로 손색없는 스타가 되었다.

누구나 1월 1일 새해를 맞이하게 되면 새로운 계획과 목표를 세운다. 금연 성공하기, 영어공부 다시 시작하기, 토익점수 올리기, 업무에 필요한 자격증 취득하기, 몸짱 되기, 다이어트 성공하기, 기타 등등.

하지만 새해 시작과 함께 세운 이런 목표들이 12월 31일까지 이어져서 성공하는 경우는 정말 드물다. 위에 열거한 목표들은 남들과 똑같은 숙제 같은 목표다. 그래서 우리를 흥분시키지 못한다.

인생에는 나이를 불문하고 어떤 흥분이 있어야 한다. 그런 흥분들이 곳곳에 숨어 있을 때 삶의 열망은 꺼지지 않고 뜨겁게 타오른다. 매일 반복되는 일들을 열심히 한다는 사실을 자랑스러워 해서는 안 된다. 세상은 변하고 있다. 무엇을 위해서 열심히 일하는지 모르고 그저 열심히 일만 하는 사람은 위험하다.

지금부터라도 인생을 흥분되게 하고 인생을 풍요롭게 만들 수 있는 공부를 찾아야 한다. 그 공부를 찾아서 언제까지 어떻게 이루겠다는 1만 시간의 목표설정이 필요하다. 새로운 계획과 목표는 1월에만 세우는 것이 아니다. 나이를 먹어갈수록 멀어지는 단어들이 있다. 꿈, 이상, 희망, 혁명…… 현실과 반대쪽에 살고 있는 단어들이 그렇다.

하지만 우리를 살게 하는 단어들이야말로 현실과 반대쪽에 있는 그런 단어들이다. 어른이 되면 더 이상 누가 강요해서 시키는 공부는 하지 않아도 된다. 어른의 공부, 이것은 정말 훌륭한 장점이고 강력한 특권이다. 95세 노인이 되어 지나온 인생을 후회하지 않으려면 먼저 내 꿈을 찾아야 한다. 그리고 그 꿈을 이루기 위해서 필요한 진짜 공부를 시작해야 한다.

외국어 공부를 하거나 몸짱이 되는 것에 있어서 나이는 숫자에 불과하다는 것을 김원곤 교수는 몸소 보여주었다. 그리고 그 2가지 경험을 잘 살려 각각 책으로 써서 작가가 되었다. 한 분야에서 혼신을 다해 1

만 시간을 투자하면 누구나 전문가가 될 수 있다. 그리고 그 경험을 책으로 써서 작가도 될 수 있다. 이것은 진짜 공부가 주는 기회이자 선물이다.

조선 후기 문장가 유한준은 "사랑하면 알게 되고 알게 되면 보이나니, 그때 보이는 것은 전과 같지 않으리라."라고 말했다. 이제부터라도 내가 평생을 두고 사랑할 진짜 공부는 무엇인지 고민하고 찾아보자. 이렇게 찾은 진짜 공부는 분명 세상을 다르게 보이게 만들 것이다. 진짜 공부를 하면 세상은 언제나 늘 아름답고 찬란하게 빛나고 있다는 사실을 깨닫게 된다. 이것이야말로 진짜 공부가 주는 최고의 선물이다.

언제 어디서나 학생처럼

모든 사람은 경탄할만한 잠재력을 가지고 있다.
자신의 힘과 젊음을 믿어라.
앙드레 지드

"여러분은 지금 행복하십니까?"라는 질문에 행복하다고 답할 수 있는 사람은 몇 명이나 될까? 우리나라 직장인들을 대상으로 실시한 최근의 설문조사는 소득에 따라 느끼는 행복감이 다르다고 발표했다. 월 소득 200만 원 이하의 계층은 24%의 행복감을 느끼고 있다고 응답했다. 월 소득 300만 원 이하 계층의 행복감은 33%다. 월 소득이 450만 원을 넘어야 행복감이 50%를 넘기 시작한다. 그래서 소득을 기준으로 한 대한민국의 행복감 평균은 37%다.

재테크 경제전문 주간지 〈머니위크〉는 2014년 전국의 16세 이상 남녀 1,014명을 대상으로 스마트폰 앱을 통한 설문조사를 한 바 있다. 주제는 '행복한 삶을 살기 위한 조건들'이다. '돈과 행복한 삶'에 관한 함수관계를 살펴보기 위해서 크게 4가지 질문을 던졌다.

1. 지금 당신에게 최소한 얼마의 금액이 있어야 웰라이프가 가능하다고 생각하나

2. 웰라이프를 위해 당신이 투자할 수 있는 월 금액은 얼마인가

3. 당신의 힐링 주거 공간의 최우선 조건은 무엇이라고 생각하나

4. 당신 삶의 질을 향상시킬 직장의 최우선 요소는 무엇이라고 생각하나

1번 질문에서는 5천만 원~1억 원이 20.7%로 가장 많았다. 2번 질문에서는 10만 원~20만 원이 25.2%로 가장 많았다. 3번 질문에서는 자연친화적 환경이 36.8%로 가장 많았다. 마지막 4번 질문에서는 급여가 60.7%로 가장 많았다. 성별로는 남성62.4%이 여성59.4%보다 급여가 중요하다고 답했다. 반면 '직급'이라는 응답은 3.6%에 그쳤다.

이 조사에서 내가 가장 흥미를 느낀 질문은 2번과 4번이다. 직장인들이 자신을 위해서 투자할 수 있는 금액의 평균과 직장생활에서 가장 중요하게 여기는 것이 무엇인지 궁금했다. 이천 희망재무설계 대표는 "매월 20만 원을 20년 동안 연 3% 적금에 가입하면 약 6,000만 원을 준비할 수 있다."고 말했다.

적금에 가입해서 안정적으로 자산을 불리는 것도 좋지만 나는 차라리 이 돈을 자기계발에 투자하라고 적극 권하고 싶다. 이 세상에 존재하는 투자 중 가장 안전하고 확실한 투자는 자기 자신에게 하는 투자다. 성형수술을 해서 자신감을 회복하는 것도 좋은 투자가 될 수 있다. 하지만 그보다 한 수 위의 투자는 '배움'과 '공부'에 투자하는 것이다.

배움과 공부에 대한 투자를 위해서 20년 동안 매월 20만 원을 자기계발비로 사용한다면 원금은 4,800만 원이지만 실제로 획득하게 되는

수입은 그보다 훨씬 높을 것이다. 몇천만 원이 아니라 몇억 원이 될 수도 있다. 배움에 적극적으로 나서는 순간부터 운은 조금씩 열리게 되고 사회는 진정 가치 있는 사람을 그냥 내버려 두지 않는다. 그래서 꾸준한 자기계발은 인생을 성공으로 이끌어주는 가장 확실한 방법이다.

이런 사실을 깨달은 직장인들은 샐러던트Saladent의 대열에 합류한다. 샐러던트란 샐러리맨과 스튜던트의 합성어다. 공부하는 직장인이라는 뜻이다. 실제 응답자 중에서도 5명 중 4명이 자기계발이 삶의 질을 높이는 데 도움이 된다고 답했다. 사회생활을 하게 되면 돈만 벌고 공부는 안 해도 될 거라고 생각했지만 막상 현실은 다르다. 남보다 뒤처지지 않기 위해서 그리고 어느 한 분야의 전문가가 되기 위해서는 계속해서 공부해야 한다.

공부를 통해서 궁극적으로 경험해야 하는 목표는 자기완성이다. 내가 누구인지 깨닫고 성찰하는 것이다. 하지만 처음부터 그런 고상하고 형이상학적인 목표를 세우고 공부에 달려들면 오래 하지 못하고 지쳐버린다. 공부를 통해서 자기완성을 하는 수준 높은 목표는 '배움'을 통해서 돈을 벌고 성과를 내는 방법을 충분히 터득한 다음에 해도 늦지 않다. 사회생활을 병행하면서 하는 공부에서 금전적인 보상을 기대할 수 없다면 힘을 내서 끝까지 할 수 없다.

행복을 위해서 돈은 충분조건은 아니지만 필요조건이며 행복과 밀접한 관계가 있다. 자기계발이 수익과 연결되지 않는다면 결국 공허한 시간 낭비가 될 수도 있다. "공부는 왜 하는가?"에 대한 솔직한 답은 "많이 벌어서 행복하게 살기 위해서다." 많이 번다는 것은 남들이 상상하는 그 이상으로 엄청나게 벌어도 상관없다. 다만 행복하게 살기 위해서는 남들과도 함께 나누고 베푸는 자세를 꼭 겸비해야 한다.

최근 부를 끌어당기는 부자들의 공부법이라는 소제목이 달린《배움을 돈으로 바꾸는 기술》을 재미있고 감명 깊게 읽었다. 저자인 이노우에 히로유키는 동경의대와 대학원을 졸업하고 30대 초반에 치과를 개업했다. 치료기술만으로는 병원의 경영이 힘들다고 느낀 그는 각종 경영 관련 세미나에 참석했지만 갈증을 해소되지 못했다.

그래서 경영과 비즈니스의 본고장인 미국에서 공부를 하고 경영학 박사가 되었다. 이렇게 해서 경영학 박사 학위를 가진 이색경력의 치과병원 원장님이 탄생하게 된 것이다. 그는 어느 날 우연히 서점의 자기계발 코너에서 나폴레온 힐의《놓치고 싶지 않은 나의 꿈 나의 인생》이라는 책에 이끌렸다. 평소 자기계발 코너는 관심이 없었지만 어떤 보이지 않는 힘에 이끌려 그 책과 만나게 되었다고 그는 고백했다.

어쨌든 이 책이 그에게 미친 영향은 너무 크고 강렬해서 그는 지금까지 해 온 공부와는 조금 다른 차원의 공부를 시작하게 되었다. 그것은 바로 인간이 가지고 있는 무한한 힘을 발휘하기 위한 공부, 더 나아가 인간에 대한 공부다. 이와 같은 단계의 공부까지 흥미를 가지고 접근하기 위해서는 먼저 자기 분야에서 전문가가 되고 성취감을 느껴야 한다.

이노우에 히로유키는 10명의 직원을 거느리고 연간 4억 엔의 매출을 올리는 병원을 경영하고 있다. 그의 병원은 세계 각지에서 환자들이 찾아오는 것으로도 유명하다. 그는 처음부터 치과의사가 천직이라고 생각하지는 않았다. 치과의사가 천직이라고 여겨지기 시작한 것은 어느 순간 공부에 빠져들기 시작하면서부터라고 한다.

'내가 선택한 길이니까' 누구에게도지지 않을 만큼 공부하자는 마음이 치과의사를 천직이라고 생각하게 만들어준 것이다. 하지만 그는 한편으로 이를 악물고 하는 노력은 하지 말라고 충고한다. 자신의 속마음을 배신하면서 하는 그런 공부로는 좋은 결실을 맺지 못하기 때문이다. 배우는 것이 좋고 나를 즐겁게 만드는 그런 공부를 해야 좋은 결실 또한 맺을 수 있다. 많은 시간을 공부에 투자했음에도 그동안 성과가 없었다면 너무 이를 악물어서일지도 모른다.

지금 행복하지 않다고 느끼고 있다면 지금까지 어떤 생각을 하고 어떤 공부를 하면서 지내왔는지 한 번 생각해볼 필요가 있다. 이제는 더 이상 나를 괴롭게 만드는 공부가 아닌 언제 어디서나 배움에 목마른 학생처럼 즐겁게 공부에 임할 수 있게 만드는 공부를 찾아야 한다. 나는 방송대 경영학과에 몸을 담고 일본학과에도 몸을 담았지만 둘 다 속마음이 편하지 않았다. 졸음을 참으며 이를 악물고 공부를 하기도 했지만 성적이 잘 나오지 않았다. 이제 와 생각해보니 둘 다 나를 즐겁게 만드는 전공이 아니었다. 나와 궁합이 맞는 공부는 배우면 배울수록 충만감과 기쁨이 넘쳐서 자신감이 생기게 만든다. 나는 그런 전공을 찾았고 그것이 경제학과였다.

공부에 한 번 눈을 뜨게 되면 꼬리에 꼬리를 무는 습성이 생긴다. 그래서 나는 방송대를 통해 계속해서 공부하는 인간이 되었다. 방송대 생활이 재미있고 방송대 공부가 재미있어서다. 지금 나는 박사 학위를 목표로 공부를 하고 있다. 아직 방송대에는 박사과정이 없지만 방송대에 박사과정까지 있다면 정말 좋겠다고 생각을 한다. 박사 과정이 있다면 나도 학위 두 개 정도는 공부하고 싶다. 물론 즐겁게 공부할 수 있는 전공을 선택할 것이다.

박사 학위를 두 개나 가지고 있는 이노우에 히로유키는 더 이상 대학에 다니지 않는다. 그 대신 관심이 있는 강연이나 세미나는 아무리 멀어도 참석을 한다. 세미나에 참석하는 것은 그가 배움을 실천하는 또 하나의 방법이다. 세미나가 해외에서 열리면 그는 해외로 기꺼이 날아간다. 뉴욕에서 세미나가 열린다면 그는 뉴욕으로 날아간다. 그 이유는 그가 돈이 넘치는 부자이기보다는 가능한 큰 도시에서 열리는 세미나에 참석한다는 나름의 규칙 때문이다.

그의 인생을 변화시킨 나폴레온 힐의《놓치고 싶지 않은 나의 꿈 나의 인생》은 자기계발서의 고전이며 분명 좋은 책이다. 하지만 나는 연령과 지위를 불문하고 공부하는 모든 이들에게 이노우에 히로유키의 《배움을 돈으로 바꾸는 기술》을 강력하게 추천하고 싶다.

언제 어디서나 학생처럼 공부하며 사는 게 나의 꿈이다. 그리고 나도 뉴욕에서 열리는 세미나에 주저 없이 날아가는 삶을 살고 싶다. 그러기 위해서는 공부의 끈을 놓지 말아야 한다는 사실을 누구보다 잘 알고 있다. 배움을 가장 우선순위에 두면서 살고 있는 나는 행복하다.

남들처럼 살지 말고
그들처럼 살자

명확히 설정된 목표가 없으면,
우리는 사소한 일상을 충실히 살다가 결국 그 일상의 노예가 된다.
로버트 하인라인

가끔 TV를 볼 때면 유난히 많은 오디션 프로그램이 있어서 놀라게 된다. 슈퍼스타K, 위대한 탄생, 보이스오브코리아, K팝스타 등 대부분이 참가자들의 노래 실력을 뽐내는 프로그램이다. 이렇게 노래를 부르는 오디션이 유행한 이유는 과연 어디에 있을까 생각해보니 '폴 포츠'가 떠올랐다.

폴 포츠. 그는 인생역전의 드라마를 써가며 전 세계인들의 사랑을 받는 아이콘으로 자리 잡았다. 평범한 휴대전화 판매원이었던 그는 보고서를 작성하기 위해서 인터넷을 사용해야 했다. 그런데 그날따라 인터넷을 연결하자마자 팝업창 하나가 떠올랐다. 대부분의 팝업창은 사용자와 크게 상관없는 판매를 유도하는 광고가 많다. 그래서 잘 보지 않고 닫게 된다.

폴도 팝업창을 닫기 위해 바로 클릭을 했다. 닫으려고 클릭을 했는데 화면은 오히려 더욱 커졌다. 전체화면 버튼을 누르게 된 것이다. 그는 기왕 화면이 커진 김에 내용을 살폈다. 〈브리튼즈 갓 탤런트Britain's Got Talent〉의 온라인 참가신청서가 눈에 들어왔다. 이 프로그램은 영국의 유명한 오디션 프로그램으로 미국의 〈아메리칸 아이돌〉과 함께 세계 오디션 프로그램의 원조로 불린다.

마감일이 얼마 남지 않았음을 확인한 폴은 동전을 던졌다. 동전의 앞면이 나오면 지원을 하고 뒷면이 나오면 지원하지 않기로 했다. 하늘의 계시였을까 동전은 앞면이 나왔다. 많은 사람들이 하고 싶은 일과 꿈은 따로 있지만 생계를 위해서 다른 일을 직업으로 삼는다. 꿈꾸는 일을 직업으로 삼는다면 얼마나 행복할까? 사실 그의 꿈은 오페라 가수였다.

오디션 프로그램의 마감일이 그날 밤이었기 때문에 폴은 바로 지원서를 작성해서 제출했다. 그는 스스로도 자신이 볼품없이 뚱뚱하고, 나이도 많고, 인기도 없는 음악을 한다고 생각하고 있었다. 그래서 자신은 TV가 아니라 오히려 라디오 프로그램에 적합하다고 여겼다. 하지만 꿈을 포기할 수 없었던 그는 자신감은 부족했지만 도전해보기로 결심을 했다.

그가 처음 대중 앞에 등장한 것은 2007년이다. TV에 나온 그의 모습은 그의 말대로 정말 볼품이 없었다. 입고 있는 셔츠는 배가 너무 나와서 금방이라도 단추가 풀릴 것만 같았고 표정은 금방이라도 울어버릴 듯이 울상이었다. 미남형이 아닌 그의 얼굴은 그를 더욱 안쓰럽게 보이게 만들었다. 당시 그의 나이는 37세로 다른 참가자들보다 나이도 많았다. 오페라를 부르겠다고 나선 그는 훌륭한 학벌이 있는 것도 아니고 독학으로 성악을 즐겼을 뿐이다.

무대에 오른 그에게 세 명의 심사위원 중 한 명이 물었다. "폴, 오늘 무얼 하러 나왔나요?" 폴은 대답했다. "오페라를 부르려고 나왔습니다." 순간 심사위원들은 서로를 바라보면서 의아하다는 표정을 지어 보였다. 그의 외모와 오페라는 어울리지 않는다고 생각한 것이다. 아마 대부분의 시청자들도 그렇게 생각했을 것이다.

그가 선택한 곡은 부르기에 어렵기로 유명한 투란도트 중 '공주는 잠 못 이루고Nessun dorma'였다. 이 책을 쓰기 위해서 나는 유튜브에 올라온 그의 동영상을 여러 번 봤다. 그리고 볼 때마다 감동을 받았다. 옆집의 뚱뚱한 아저씨 같은 그의 외모 속에서 터져 나오는 폭발적인 가창력은 정말 매력적이다. 그의 노래가 끝난 후 심사위원이 던진 평가는 적절했다. "우리는 지금 막 작은 석탄 조각 하나를 발견한 것과 마찬가지라고 생각해요. 그건 이제 다이아몬드로 변화할 겁니다."

심사위원의 예견대로 그는 정말 다이아몬드가 되었다. 평범한 휴대폰 판매원이었던 그는 46세가 된 지금 전 세계 13개국에서 앨범 판매 순위 1위를 기록한 세계적인 가수로 성공했다. 인생역전을 담은 그의 스토리는 2014년 영화로 만들어져 〈원챈스〉라는 이름으로 개봉하였고 그는 2016년 공연 일정까지 꽉 차 있는 잘 나가는 오페라 가수로 꿈과 희망을 전하고 있다.

유난히 한국에서 인기가 많은 그는 2013년 대한민국 홍보대사에 임명되기도 했다. 10번 이상 한국을 방문했고 부산 속초 등 15개 도시를 관광하면서 한국의 아름다움에 빠졌다. 그는 어느 인터뷰에서 한국사람들이 세계 어느 나라 사람들보다 따뜻하고 자주 방문할 수 있게 불러줘서 너무 감사하다고 말했다. 그의 이 말은 진심이었고 그는 이를 실천으로 옮겼다.

성균관대 학생회는 취업난에 지친 학생들에게 꿈과 용기를 심어줄 강연을 준비하면서 강연자로 폴 포츠를 떠올렸다. 하지만 폴은 더 이상 쉽게 연락해서 만날 수 있는 인물이 아니었다. 세계적인 스타가 되면서 부와 인기를 동시에 거머쥔 그는 1회 공연료가 비쌀 뿐만 아니라 이미 꽉 찬 스케줄로 인해 일정조차 잡기가 힘들다.

대학교 학생회의 초청장으로 그를 초대하기란 하늘의 별 따기와도 같았다. 이로 인해 학생들에게 '아무리 힘들어도 포기하지 말자'는 취지로 강연을 계획 중인 학생회에서 먼저 포기할 상황에 직면하게 되었다. 하지만 그들의 사연을 접한 폴은 흔쾌히 학생들을 만나러 가겠다고 연락을 해왔다. 놀라운 사실은 강연료는 물론 모든 경비를 그가 부담하겠다는 것이었다.

그는 학업과 취업에 대한 부담감으로 스트레스를 받고 있는 청춘들에게 그들이 궁금해하는 '희망'에 대해서 이렇게 말했다. "희망은 찾아 나서야 하는 것도, 선물처럼 주어지는 것도 아닙니다. 늘 우리 주변에 있는 것, 그게 희망입니다." 누구보다 분명한 희망의 상징인 그가 희망에 대해서 얻은 깨달음을 전해주었기 때문에 울림이 더욱 크게 느껴진다.

오래전 남아메리카 원주민들은 여러 세대에 걸쳐서 원인 모를 질병으로 죽어가는 경우가 많았다. 그래서 과학자들이 파견되어 원인을 조사한 결과 벽돌로 만든 집의 벽에서 서식하는 벌레가 원인이라는 것을 찾아냈다. 과학자들은 원주민들에게 4가지 방법을 제시했다. 첫째, 살충제로 벌레를 죽인다. 둘째, 기존의 집을 허물고 새로 짓는다. 셋째, 벌레가 없는 새로운 지역으로 이사한다. 넷째, 예전처럼 지내면서 물려 죽는다. 원주민들은 과연 어떤 방법을 선택했을까? 정답은 놀랍게도 마지막 네 번째 방법이다. 아무런 노력도 하지 않아도 되고 가장 손쉬운 방법이 예전처럼 지내는 것이기 때문이다.

사람들은 변화와 도전을 쉽게 받아들이지 못하는 경향이 있다. 그래서 평범한 사람들의 위대한 성공스토리를 접해도 세상에는 이런 사람도 있구나 하면서 영화나 드라마를 접하듯이 감상만 하고 끝내버린다. 그들처럼 살려면 지금 나의 위치에서 어떤 노력을 해야 하는지 적극적으로 연구하기보다는 오히려 상실감이 커지면서 우울해 하기도 한다. 그리고 결국에는 이야기를 접하기 전과 다를 바 없는 예전의 삶을 반복한다.

우리가 끊임없이 공부를 하는 이유는 정말 내가 하고 싶은 일을 하면서 행복하게 살기 위해서다. 그리고 그런 삶을 통해서 남들에게도 꿈과 희망과 용기를 주는 희망의 아이콘이 되기 위해서다. 폴 포츠의 성공이 한순간 운이 좋아서 반짝 성공한 것처럼 보이지만 사실 그가 남모르게 오페라를 연습한 것은 아홉 살부터였다. 영화 〈ET〉를 보면서 존 윌리엄스가 작곡한 음악에 매료된 것이 계기가 되었다.

그 이후 클래식 음악을 즐겨듣게 되었고 호세 카레라스, 드보르자
크, 차이콥스키 등을 좋아하게 되었다. 어렸을 적 집안 형편은 매우 가
난했기 때문에 그는 오페라 교육을 받지 못하고 중고 레코드 가게에서
음반을 사서 듣는 것으로 만족해야만 했다. 그렇게 스스로 많이 듣고
많이 연습하면서 37세가 되어 기회를 잡게 된 것이다.

폴 포츠의 삶은 철학자 볼테르의 말을 떠올리게 한다. 프랑스의 대
표적인 계몽주의 운동의 선구자이자 철학자였던 볼테르는 다음과 같
은 명언을 남겼다.

Each players must accept the cards life deals him or her;
인생이라는 게임에서는 주어진 카드는 일단 받아들일 수밖에 없다.
But once they in hand, he or she alone must decide how to play the cards
in order to win the game.
하지만 일단 카드가 손에 들어오면 그것으로 게임에서 이기기 위해 최선
을 다해야 한다.

볼테르의 말을 멋지게 실천한 사람 중 한 명이 폴 포츠다. 그에게 주
어진 카드인 보잘것없는 외모에도 불구하고 그는 또 다른 카드인 클래
식에 대한 관심과 오페라에 대한 열정으로 최선을 다하는 삶을 살며
감동을 주고 있다.

폴 포츠는 성균관대에서 진행된 강연 말미에 이런 말을 덧붙였다. "지난해 한국에 왔을 때 도산공원을 산책하다 안창호 선생의 어록을 읽었습니다. '낙망(落望)은 청년의 죽음이요 청년이 죽으면 민족이 죽는다.' 여러분은 한국의 미래입니다!"

낙망에 빠져있는 대한민국 청년들에게 희망을 전해준 폴 포츠. 무료로 진행된 그의 공연과 강연은 값을 매길 수 없을 만큼 훌륭했다. 세상은 가진 자의 성공보다는 꼴찌들의 반란에 더욱 열광한다. 지금 내가 낙오자나 꼴찌처럼 느껴지고 힘들더라도 하고 싶은 공부에서 손을 놓지는 말자. 마흔은 제2의 청춘이다. 마흔은 두 번째 스무 살이다. 끝까지 공부의 끈을 잡으면서 기회를 기다린다면 우리도 남들이 아닌 그들처럼 행복하게 살면서 희망의 증거가 될 수 있다.

누구에게나 공평한 24시간

인간은 살아있기 위해
무언가에 대한 열망을 간직해야 한다.
마가렛 딜란드

미국 건국의 아버지로 불리는 벤저민 프랭클린은 100달러 지폐의 주인공일 정도로 미국에 가장 큰 영향력을 끼친 인물 중 한 명이다. 그는 "당신의 인생을 사랑하십니까? 그렇다면 시간을 낭비하지 마십시오. 인생은 바로 시간으로 이루어져 있습니다."라고 말했다. 정규교육을 제대로 받지 못한 그가 정치, 외교, 출판, 과학 등 여러 분야에서 위대한 업적을 남기고 성공했던 비결은 철저한 시간 관리와 자기계발 덕분이다.

인생을 살다 보면 무엇보다 필요한 것이 시간 관리다. 직장을 다니면서 또는 가사를 병행하면서 공부까지 한다는 것은 몸이 여러 개라도 모자라는 일이다. 일과 학업이라는 두 마리 토끼를 다 잡으려면 시간 관리의 전문가가 되어야 한다.

처음 방송대에 입학하여 적응을 못 하게 되면서 시간 관리와 집중력에서 실패했다는 결론을 내렸다. 그래서 시간 관리에 관한 책을 읽고 자료를 찾다가 '프랭클린 플래너'라는 것을 알게 되었다. 내가 도움을 받은 책은 한국성과향상센터에서 실제로 프랭클린 플래너를 사용하는 유명인사들의 사례와 효과적인 사용법을 설명한 《나를 바꾼 프랭클린 플래너》다.

프랭클린 플래너는 흔히 사용하는 다이어리와 비슷하지만 '플래너'라고 불리는 특별한 이유가 몇 가지 있다. 보통의 다이어리에는 일일 단위, 주간 단위 그리고 월간 단위의 계획을 세우고 메모장을 적절하게 사용하는 정도에 그치지만 프랭클린 플래너는 그런 계획들을 세우기 전에 지배가치, 비전문 그리고 사명서를 작성할 것을 권한다.

지배가치는 사명과 비전의 바탕이 되는 가치로서, 매일의 행동방식에 지침을 제공해주는 역할을 한다. 비전문은 마감 시한이 정해져 있는 목표다. 단기목표가 아닌 장기목표에 초점을 두고 앞으로 무엇이 될 것인지 방향을 설정해준다. 반년 또는 1년 단위의 장기목표는 SMARTSpecific Measurable Action-oriented Realistic Time limited 기법을 통해서 구체적이고 측정 가능한 것을 작성하는 것이 좋다. 마지막으로 사명서는 자신의 존재 이유와 인생에서 진정 무엇을 원하는지에 대한 지침을 작성하는 것이다.

지배가치와 사명이라는 큰 그림을 먼저 정한 후 주간계획과 일일계획을 세우게 하는 것이 플래너와 다이어리의 가장 큰 차이점이다. 분명한 목적지가 있고 나침반이 있다면 험한 항해에서도 극복할 수 있는 용기와 지혜가 생기는 것과 같은 이유다. 플래너를 작성하면서 언제까지 무엇을 할지 비전문을 작성하는 것은 삶에 열정을 불러일으킨다.

플래너를 활용해서 효과적으로 목표를 달성하는 사람들의 비법은 과연 무엇일까? 그것은 바로 주간 계획이다. 일일 계획과 월간 계획도 물론 중요하지만 주간 계획은 여러 가지 면에서 일과 삶의 균형을 유지하면서 계획을 세우기에 가장 적당하다. 일과 삶을 병행하면서 개인의 다양한 역할을 소화하기에 하루는 너무 짧다. 그리고 한 달은 상대적으로 너무 길다. 그래서 주간 계획안에서 개인의 역할을 계획하고 실행하는 습관을 들이면 많은 도움이 된다.

실제로 프랭클린 플래너에는 위클리 컴퍼스Weekly Compass라는 기록지가 있어서 역할별로 일주일 동안 실행해야 할 중요한 일과 목표를 기록할 수 있다. 우리는 살면서 가정과 직장과 학교에서 다양한 역할을 수행하면서 살아가게 된다. 위클리 컴퍼스는 그 역할을 주간 단위로 설정하고 모니터링 할 수 있게 해주기 때문에 정말 유용하다.

생활철학의 대가인 발타자르 그라시안은 이렇게 말했다. "신이 우리를 가르칠 때는 채찍을 쓰지 않는다. 신은 우리를 시간으로 가르친다." 시간이라는 것은 손으로 만질 수 없는 무형의 자산이지만 우리는 시간을 활용해서 많은 것들을 창조할 수 있다. 하지만 시간 관리를 못해서 항상 시간에 쫓기면서 "바쁘다 바빠."를 입에 달고 사는 현대인들은 시간 관리에서 오는 스트레스를 적지 않게 받는다. 정말 신의 채찍으로 맞는 고통을 시간 관리의 실패에서 느낄 수도 있다.

그런 고통을 경험하지 않기 위해서는 다양한 방법들이 있겠지만 나는 내 경험상 벤저민 프랭클린의 자서전을 한 번 읽어보고 그의 삶에서 힌트를 얻어서 만들어진 프랭클린 플래너를 써볼 것을 주변 사람들에게 권하고 있다. 누군가 다시 태어나도 똑같은 삶을 살겠느냐고 물어본다면 그렇게 하겠다고 대답할 수 있는 사람들이 과연 몇 명이나 있을까? 벤저민 프랭클린은 자서전을 통해서 주저 없이 그럴 거라고 대답했다. 그 이유는 그가 철저하게 실천한 시간 관리와 자기계발을 통해서 얻은 행복 때문이다.

그는 완전한 인격체가 되기 위해서 13가지 덕목을 정해서 실천했다. 절제, 침묵, 질서, 결단, 절약, 근면, 진실, 정의, 중용, 청결, 평정, 순결 그리고 겸손이 이 덕목들이다. 스스로 '질서'에 관한 규율을 지키는 것이 제일 어려웠다고 말한 그는 모든 일을 시간을 정해놓고 지키기 위해서 하루 24시간을 어떻게 보낼지 계획했다.

그는 매일 아침 5시에 일어났다. 하루의 계획을 세우고 현재 하고 있는 공부를 한 후 아침을 먹었다. 8시부터 오전 업무를 하고 12시부터는 점심을 먹고 책을 읽었다. 2시부터 다시 일을 시작해서 6시에 업무를 마감했다. 업무를 마감하면서는 늘 습관적으로 모든 물건을 정리 정돈 했다. 그리고 나서 저녁식사를 하고 음악을 듣거나 가족들과 대화를 했다.

매일 하루를 시작하면서 "오늘은 무슨 좋은 일을 할 것인가?"라는 질문으로 시작하고, 하루를 마감하면서는 "오늘은 무슨 좋은 일을 했는가?"라는 질문을 스스로에게 던지던 벤저민 프랭클린은 10시에 잠자리에 들었다.

하지만 그도 인간이어서 아침 5시에 기상해서 저녁 10시에 취침하는 시간 계획을 매일매일 완벽하게 지키지는 못했다. 지키지 못한 날도 여러 번 있어서 자신이 도달하려던 완벽한 경지에는 미치지 못했다고 고백했다. 하지만 이런 시도를 통해서 훨씬 나은 사람 그리고 행복한 사람이 되었다고 하니 이를 본받아서 자신에 맞게 수정한 후 실행한다면 도움이 될 것이다.

변화경영전문가 구본형 소장은 하루를 22시간이라고 여기며 살라고 했다. 이 말은 하루 24시간 중 2시간은 완전히 분리해서 나만을 위한 시간으로 활용하라는 뜻이다. 그는 스스로 이런 삶을 실천해서 새벽에 2시간 동안 꾸준하게 책을 쓰는 노력을 했다. 그가 쓴 책들이 사랑을 받으면서 20년간 몸을 담았던 회사를 떠날 수 있었고 변화경영전문가의 삶을 뜨겁게 살았다.

나만을 위한 소중한 2시간은 이른 새벽이 되어도 좋고 늦은 밤이 되어도 좋다. 각자 집중력이 높고 선호하는 시간대가 다르기 때문에 새벽이든 밤이든 크게 상관이 없다. 중요한 것은 2시간을 나만의 시간으로 활용하는 실행력이다. 누구에게나 공평하게 매일매일 주어지는 하루 24시간을 계획해서 사용하지 못한다면 시간에 쫓겨 스트레스만 받으며 사는 '타임푸어'로 전락해버리고 만다. 타임푸어는 "바쁘다 바빠."만 입버릇처럼 연발하면서 인생의 진정한 의미가 무엇인지 깨닫지 못하고 일만 하다가 생을 마감할 수도 있다. 그것은 정말 슬픈 일이다.

벤저민 프랭클린은 50년 동안 매일 아침 같은 기도를 했다. 그가 했던 '전능하시며 좋은 이'의 내용은 다음과 같다.

"전능하시며 좋으신 이, 풍성하신 아버지! 자비로우신 인도자시요! 지혜를 충만케 하시어 저의 진심으로 추구하는 바를 찾게 하소서. 지혜가 가르치는 대로 행하려는 나의 결심에 힘을 더하소서. 당신의 다른 자녀들에게 내 호의를 받아들이게 하시옵소서. 당신이 내게 베푸시는 끊임없는 은혜에 내가 보답할 수 있는 유일한 길이니."

우리는 각자 소명이 있어서 이 세상에 태어났다. 각자의 소명을 깨닫고 진심으로 추구하는 바를 찾는 지혜가 필요하다. 그것을 찾게 된다면 쓸데없이 낭비하는 시간들이 눈에 보이기 시작하고 정말 아깝게 느껴진다. 그런 느낌 이후에는 시간 계획을 세워서 하루하루를 살고 싶다는 생각이 든다. 그리고 그 계획이 세워지면 누가 시키지 않아도 새벽 2시간 또는 밤늦은 2시간에 불을 밝히고 공부하게 된다. 진짜 나의 인생은 그 시간을 통해서 긴 잠에서 깨어난다. 마흔은 그 긴 잠을 깨우기에 절대로 늦은 나이가 아니다.

고통과 실패에서 배우기

연은 순풍이 아니라 역풍에서 가장 높게 난다.
윈스턴 처칠

매鷹는 사나운 맹금류에 속하지만 오래전부터 개와 함께 훌륭한 사냥 수단으로 이용되어 왔다. 그만큼 우리에게는 친숙한 조류다. 새들 중 가장 빠른 비행속도를 자랑하는 송골매는 시속 300km로 날 수 있다. 매는 빠른 스피드를 이용하여 자신보다 느리게 이동하는 먹이를 발로 차서 균형을 잃게 한 후에 낚아채는 기술이 뛰어나다. 우리나라에서는 주로 꿩사냥에 매를 이용했는데 고구려를 중심으로 한 삼국시대에 특히 성행했다.

매는 칭기즈칸이 사랑한 새로 몽골의 국조國鳥이기도 하다. 매가 몽골의 국조가 된 이유에 대해서는 전해져 내려오는 일화가 있다. 어느 날 일행과 함께 사냥을 나간 칭기즈칸은 하루종일 사냥감을 찾아 숲속을 헤맸으나 별다른 수확이 없었다. 해 질 무렵이 되어 너무 목이 말랐던 그는 평소대로 돌아가는 길목에 있던 샘물로 갔다. 항상 물이 넘치던 샘물은 그 날따라 샘이 말라 있었다.

할 수 없이 샘물 근처에서 휴식을 취하며 주변을 살피던 그는 바위틈으로 물이 한 방울씩 떨어지는 모습을 발견했다. 그래서 기쁜 마음에 물잔을 물방울이 떨어지는 위치에 놓고 물을 받았다. 시간이 흘러 물이 가득 차서 잔을 입으로 가져가려는 순간 어디선가 매가 날아와 부리로 잔을 쳐서 바닥에 던져버리고 하늘 높이 올라갔다.

칭기즈칸은 우연이겠거니 여기면서 다시 물잔에 물을 받았다. 너무 갈증이 심했던 그는 이번에는 물이 잔에 반쯤 찰 무렵에 잔을 입으로 가져갔다. 그런데 이번에도 어디선가 빠른 속도로 매가 날아와 잔을 발로 차서 날려 버렸다. 그는 그제서야 그 매가 자신과 사냥을 함께 다니는 사냥 매라는 것을 알았다. 이번 사냥에서 어디론가 사라졌다가 이제야 나타난 것이다.

자신을 잘 따르는 매가 왜 자꾸 그런 행동을 하는지 칭기즈칸은 알 수 없었다. 그는 화가 치밀어 오르는 것을 참으며 타는 목마름을 달래기 위해서 세 번째로 잔을 채웠다. 이번에도 매가 나타나 잔을 발로 차 버렸다. 누가 이기나 시합이라도 하듯이 칭기즈칸은 네 번째로 물잔을 채웠고 물이 차서 잔을 들고 마시려고 했다. 매는 어김없이 나타났지만 이번에는 발로 차는 대신에 필사적으로 잔을 입으로 물고 빼앗으려고 했다. 분노가 극에 달한 칭기즈칸은 자신이 아끼는 사냥 매였지만 칼을 빼내어 단칼에 죽여버렸다.

그는 더 이상 물을 한 방울씩 받는 것조차 참을 수 없어서 물줄기를 따라서 바위를 기어올랐다. 바위를 올라가 보니 과연 물이 고인 웅덩이가 있었다. 그는 웅덩이에 고인 물을 입으로 마시기 위해 무릎을 꿇고 엎드렸다. 자연스럽게 물속을 들여다보게 된 그는 깜짝 놀랐다. 물속에는 엄청나게 큰 독사 한 마리가 죽어있었던 것이다. 그는 그제서야 매가 자신을 살리기 위해서 독물을 마시지 않게 하기 위해 그런 행동을 했다는 사실을 깨달았다.

칭기즈칸은 바위에서 내려와 자신의 칼에 맞아 죽은 매를 품에 안으면서 눈물을 흘렸다. 그리고 이렇게 다짐을 했다. '나는 앞으로 어떤 경우에도 홧김에 결정을 내리는 어리석은 짓은 하지 않겠다.' 이 일을 경험한 이후 그는 두 번 다시 이런 고통과 실패를 경험하고 싶지 않았다. 매가 몽골의 국조가 된 이유에는 이런 가슴 아픈 사연이 있었다.

칭기즈칸은 매사에 더욱 신중해졌고 아무리 화가 치밀어 오르는 순간에도 침착하게 중요한 결정을 하면서 대제국을 건설해 나갔다. 그는 겸손하고 판단력이 높은 지도자로 존경을 받았다. 유럽의 모든 왕들이 법 위에 서려고 할 때, 그는 "통치자도 목자처럼 법 아래에 서야 한다."고 말하면서 겸손을 실천했다. 그가 겸손하지 못하고 정복에 대한 목마름만 추구했다면 세상은 어떻게 달라졌을지 모를 일이다.

매의 수명은 사람과 비슷해서 평균 70년이다. 또한 40세까지 왕성한 활동을 한다는 점도 사람과 비슷하다. 40년 동안 꾸준히 성장한 매는 몸에서 꾸준히 자란 털의 길이와 무게 때문에 비행에 어려움을 겪기 시작한다. 그리고 사냥에서 중요한 부위인 부리와 발톱이 무뎌져서 사냥이 힘들게 된다. 비행을 못 하고 사냥을 못 하게 된다는 것은 생사와 직결되는 커다란 문제다. 그래서 매는 본능적으로 변화에 대한 필요성을 느낀다.

매는 이런 위기의 순간에 직면하면 바위가 있는 산의 정상에 둥지를 튼다. 그리고 가장 먼저 하는 일은 부리를 새롭게 자라나게 하는 작업이다. 이 일을 위해서 매는 극심한 고통을 참으면서 부리로 바위를 공격한다. 무뎌진 부리가 다 닳아서 없어질 때까지 계속 반복하면서 참는다. 그렇게 해서 부리가 없어져야 매끈하고 튼튼한 새 부리가 자라난다.

새롭게 부리가 자라나면 두 번째로 진행하는 작업이 발톱제거다. 튼튼하게 다시 자란 부리로 뭉툭하고 무뎌진 발톱을 하나하나 뽑아낸다. 이 또한 극심한 고통이 따르지만 참으면서 모두 뽑아낸다. 그러면 마찬가지로 매끈하고 튼튼한 새 발톱을 얻을 수 있다. 마지막으로 하는 작업은 무거워지고 낡은 깃털을 부리를 이용해서 뽑는 것이다. 이렇게 다시 태어나기 위해서 걸리는 기간은 총 130일 정도다.

대부분의 매는 본능적으로 이런 과정을 거치면서 건강하게 제2의 인생을 살아간다. 반면에 독수리는 40년을 전후로 매와 같은 증상을 경험하지만 주어진 환경에 순응하면서 살다가 생을 마감하는 경우가 더 많다. 일부 용기 있는 독수리들만이 과감하게 변화를 실행하면서 스스로 부리와 발톱을 제거하는 고통을 참아낸다. 어쨌든 이렇게 다시 태어나기 위한 고통의 순간을 거쳐야만 매와 독수리는 다시 하늘을 누비면서 멋지게 남은 30년을 누릴 수 있다.

인생을 살다 보면 많은 선택을 해야 한다. 때로는 잘못된 선택으로 인해 고통을 겪고 실패를 경험하기도 한다. 칭기즈칸이 자신의 사냥매를 칼로 죽인 것도 분노를 억지하지 못하고 저지른 잘못된 선택이었다. 하지만 그는 고통과 실패에서 교훈을 배워 역사에 남는 위대한 지도자가 되었다. 고통과 실패에서 뭔가 배우지 못하면 무기력증에 사로잡혀 아무런 의욕도 생기지 않는다. 그래서 고통과 실패도 '공부의 기회'라고 생각하는 자세가 필요하다.

이런 긍정적인 발상의 전환은 주로 회복 탄력성이 높은 사람들에게서 나타나는 게 특징이다. 회복 탄력성Resilience이란 심리학에서는 긍정의 힘을 의미하는 말로 사용하는데 '원래 제자리로 되돌아오는 힘'을 뜻한다. 심리학자들은 마음에도 근육이 있어서 마음이 견딜 수 있는 힘이 사람마다 다르다고 한다. 마음의 근육이 얼마나 강하고 튼튼한지에 따라서 견뎌낼 수 있는 심리적인 고통의 무게가 달라진다.

고통과 실패에 빠졌더라도 강인한 마음의 근육을 바탕으로 회복 탄력성이 높은 사람은 오히려 전보다 더 높은 상태로까지 회복을 하는 경우도 있다. 그것은 매의 부리와 발톱이 새로 재생되면서 더욱 매끈해지고 튼튼해지는 경우와 같다. 매는 어쩌면 회복 탄력성이 가장 높은 동물일지도 모른다.

회복 탄력성이라는 단어의 본래 뜻은 '어떤 환경에도 굴하지 않고 이겨내는 강인한 힘의 원동력이 되는 속성'이다. 이는 심리학자 에미 워너 교수가 40여 년에 걸쳐 하와이 군도 카우아이 섬의 신생아 833명이 성인이 될 때까지 추적해서 연구한 자료를 바탕으로 만든 개념이다. 불우한 환경에서 자란 201명을 고위험군으로 따로 분류했는데 이

중에서 72명은 성인이 된 후 별다른 문제를 보이지 않았다.

이 72명은 처음 예상과는 달리 성적도 좋고 리더십도 뛰어나서 유복한 환경에서 자란 청년으로 성장했다. 그 이유를 면밀하게 분석한 결과 공통점으로 밝혀진 사실은 가족 중 단 한 명이라도 조건없는 사랑을 베푸는 사람이 있었다는 것이다. 그 사랑은 단순하게 의식주를 해결해주는 것을 뛰어넘어서 아이를 이해해 주고 지지해주면서 마음 편하게 기댈 언덕이 되어준 사랑이었다.

성인이라면 주변에서 사랑을 받길 기대하기보다 먼저 자기 자신을 사랑할 수 있어야 한다. 자기 자신을 아끼고 사랑하는 것만으로도 회복 탄력성은 높아진다. 공부는 인생에 대한 예의라는 말이 있다. 마찬가지로 자신을 사랑하면서 회복 탄력성을 높이는 자세 또한 인생에 대한 예의다. 진정으로 자신을 사랑하고 인생을 소중히 여긴다면 독수리와 같은 삶이 아닌 매와 같은 삶을 살아야 한다. 공부는 나에 대한 예의이고 나를 사랑하는 방법 중 하나다. 내 뼈를 깎는 고통에서 뭔가를 배우고 나를 진정으로 사랑하는 사람만이 새롭게 다시 태어날 수 있다.

공부로 생각하기

배움이란 일생동안 알고 있었던 것을
어느 날 갑자기 완전히 새로운 방식으로 이해하는 것이다.
도리스 레싱

살다 보면 근본적이고 철학적인 질문으로 회귀할 때가 있다. 나는 누구인가? 왜 태어난 것일까? 어디로 가고 있는 것일까? 죽음 이후에는 무엇이 기다리고 있을까? 이런 질문들은 인생이 흔들리고 불안할 때 찾아오는 빈도가 더욱 높아진다. 공부는 불안감을 잠재우는 효과가 있어서 공부를 꾸준히 할수록 마음이 편안해지고 행복해진다.

우리가 흔들리고 불안한 이유는 남들이 정해놓은 성공의 기준과 남들이 손에 쥐어 준 나침반을 들고서 항해를 하기 때문이다. 그것이 내 기준과 내가 가고자 하는 곳과 일치된다면 다행이지만 진정으로 내가 원하는 것이 아닐 때는 에너지가 무지막지 소모되면서 인생이 전체적으로 피곤해진다.

지금까지 해온 공부를 돌이켜보면 공부 또한 남들이 좋다고 하고 해야만 한다고 하는 것들을 해왔던 것 같다. 그래서 남들이 유망하다고 하는 학과에 진학하려고 노력하고 남들이 좋다고 하는 자격증 취득에 열을 올리면서 청춘을 보낸다. 그렇게 보낸 청춘 시절을 공부와 함께 떠올리면 행복이라는 단어 보다는 한숨이라는 단어가 먼저 떠오른다.

우리는 원하는 공부를 왜 하지 못했던 것일까? 그것은 근본적으로 공부를 통해서 스스로 생각하는 힘을 키우지 못했기 때문이다. 주입식 교육의 한계이고 결과다. 공부에 대한 이야기를 하면서 빼놓을 수 없는 민족이 유대인이다. 유대인들은 경쟁을 하기 위한 공부나 시험에서 높은 점수를 받기 위한 공부에 열을 올리지 않는다. 그들은 단기적 목표지향적인 공부에 관심이 없다.

유대인들은 자녀가 부모의 소유물이 아니며 하느님이 주신 선물이라는 가르침을 소중히 여기면서 지낸다. "100인의 유대인이 있다면 100개의 의견이 있다."는 그들의 속담은 개개인을 소중히 여기고 존중하는 그들의 철학과 문화가 담겨 있다. 유대인 부모의 역할은 자녀를 부모의 욕심에 따라 키우는 것이 아니고 멘쉬Mensch가 되기를 바라면서 조력하는 것이다.

멘쉬란 주위로부터 완전한 신뢰를 받는 사람, 정직하고 반듯한 윤리적인 사람, 어려운 사람을 도움으로써 행복을 느끼는 사람, 자신이 가진 지식과 부와 시간 등을 사회에 환원해서 타인에게 필요한 행동을 하는 사람을 뜻한다. 그들의 공부는 어떻게 하면 멘쉬가 될 수 있는지에 초점이 맞춰져 있다.

하버드 재학생의 30%, 노벨상 수상자의 25% 그리고 세계적인 영화

산업과 금융산업을 선도하고 있는 이들이 바로 유대인들이다. 이들이 이런 활약을 할 수 있는 이유는 주입식 공부가 아닌 '어떻게 생각할 것인가?'를 가르치면서 스스로 답을 찾게 만드는 그들만의 공부법이 가장 큰 역할을 하고 있다.

부모와 언제든지 소통하면서 질문을 통해서 대화와 토론에도 익숙한 유대인 자녀들은 자신감이 충만하고 창의력 또한 남다르게 성장한다. 이런 아이들에 맞춰 부모 또한 공부를 게을리하지 않으면서 함께 성장하는 것이 유대인들의 특징이다.

과연 우리가 그들 민족을 따라잡을 수 있을까? 언젠가는 따라잡을 수 있을 것이다. 교육시스템이 바뀌고 국민 전체가 교육에 대한 관심과 가치관이 변해야 할 만큼 긴 세월이 걸리겠지만 모든 시작은 나부터 하면 된다.

주변에서 하나 둘 씩 자녀의 의견을 존중하면서 재능을 찾고 살리려는 부모들이 늘어나고 있다. 이들은 자녀를 대안학교나 특수학교에 보내는 것을 두려워하지 않는다. 자녀교육만큼은 남들 눈치 보지 않고 소신껏 하겠다는 의지가 강하다. 그들과 대화를 해보면 자녀교육의 목적이 자녀의 성공보다는 자녀의 행복이라는 것을 알 수 있다.

자녀교육에 정답이 있을 순 없지만 자녀의 행복을 함께 찾으려고 노력하는 부모들은 스스로도 공부를 통해서 살아가는 의미와 사명을 깨닫는다. 공부는 진정한 나와 마주 설 수 있는 기회를 제공해주기 때문이다. 인생에는 매 순간 수많은 갈림길이 펼쳐진다. 우리는 그 앞에서 결단을 내려야 하는데 공부로 지식과 지혜를 쌓으면서 '생각의 힘'이라는 내공이 있어야 올바른 결단을 내리면서 전진할 수 있다.

엉뚱한 판단으로 다른 길을 계속 걸어가다 보면 진정한 나와 마주 서기 힘들어진다. 누구나 한 번쯤 길을 잃고 방황하는 순간이 찾아오지만 갈림길은 계속 나타난다. 그때마다 기회라고 여기고 올바른 결단을 내려준다면 다시 내 안의 나와 마주 설 수 있는 궤도에 올라올 수 있다. 공부를 어떤 목적을 이루기 위한 수단으로 여긴다면 진정한 나를 찾기 힘들다.

진정한 나를 찾을 때 세상은 나를 소모품이 아닌 온리원Only One으로 인정해주고 가치를 평가해준다. 나는 공부를 계속하면서 의식이 변화되는 것을 느꼈다. 그것은 남을 위한 인생을 사는 것이 아닌 진정한 나를 위한 인생을 사는 것이 중요하다는 깨달음이다. 내가 하고 싶은 일, 내가 하고 싶은 공부를 하는 것은 무엇과도 바꿀 수 없는 즐거움이고 행복이다.

유대인 부모를 따라잡고 뛰어넘기 위해서는 공부에 대한 고정관념을 버리는 것이 먼저다. 그 고정관념이란 학교에서 하는 공부, 학원에서 하는 공부만 공부라고 여기는 것이다. 공부에 대한 고정관념을 버리면 신문을 보는 것도 공부가 되고, 대화를 통해서 뭔가 얻는 것도 공부가 되고, 창밖으로 보이는 풍경도 관찰과 사색을 통해서 공부가 된다. 또한 직장에 다닌다면 일이 공부가 될 수도 있다.

참된 학문 _톨스토이

학문은 우리를 멋지게 장식해주는 왕관이 아니라
우유를 제공하는 젖소이다.

학문은 좋은 음식이 몸에 좋듯
우리에게 유익하다.
그러나 신선하지 못한 음식이나
탐닉하게 만드는 음식처럼 나쁜 것도 없다.

학자는 모름지기 공부하는데
오랜 시간을 보낸 사람이다.
하지만 그렇다고 해서 그가 무언가 안다거나
무언가 알 만큼 충분히 똑똑하다는 의미는 아니다.

학문은 우리가 더 나은 사람이 되도록
도움을 줄 때만 유익하다.

톨스토이의 말처럼 더 나은 사람이 되도록 도움을 주는 공부가 유익
한 공부다. 나는 틈만 나면 책을 읽는다. 그리고 이렇게 생각한 것들을
책으로 쓰기도 한다. 이것이 내가 하는 공부의 한 방법이다. 나는 책
읽기와 책 쓰기를 통해서 더 나은 사람이 되도록 노력한다. 책 읽기와
책 쓰기는 나에게 공부다. 그리고 나는 그 공부를 통해서 생각한다.
 일본의 어느 작가는 술집에서도 책을 읽고 아무리 피곤해도 매일 일

정량의 글을 쓴다. 아직 나는 그 정도 경지에 오르지는 못했다. 하지만 내 인생이 어느 방향으로 가야 하는지 그리고 그것을 위해서 어떤 공부를 해야 하는지는 확실히 알게 되었다. 그 꿈을 위해서 나는 계속 공부할 것이고 공부한 것들이 빛을 발휘할 수 있도록 현명한 생각을 실천해 나갈 것이다. 우리 모두가 그런 길을 찾아서 걸어간다면 세상은 분명히 좀 더 아름다워질 것이다.

세상에 꼭 필요한
사람이 되자

우리가 무슨 생각을 하느냐가
우리가 어떤 사람이 되는지를 결정한다.
오프라 윈프리

대통령 존 F.케네디, 조지 W.부시 그리고 버락 H. 오바마. 작가 랄프 에머슨, 헨리 소로. 영화배우 토미 리 존스, 나탈리 포트먼. 이들의 공통점은 무엇일까? 바로 하버드대학교 출신이라는 점이다. 1636년 미국 매사추세츠 주에 설립된 하버드는 전통과 역사를 자랑하며 세계 최고의 영재들이 몰리는 최정상급 대학으로 평가받고 있다

하버드는 수많은 미국 대통령과 수많은 노벨상 수상자 그리고 글로벌 기업의 CEO를 꾸준하게 배출하고 있다. 그래서일까 하버드의 영향력은 미국을 넘어서 세계 곳곳에 이른다. 이런 영향력은 세계의 변화를 선도하는 역할을 하면서 직간접적으로 작용하기 때문에 올바르게 행사해야 할 책임이 따른다. 누구보다 이 사실을 잘 아는 하버드와 하버드 출신들은 명성을 유지하기 위한 노력을 게을리하지 않는다.

비록 중퇴를 하긴 했지만 하버드 출신의 대표적인 기업가인 빌 게이츠는 어느 연설에서 이렇게 말했다. "게으름은 한 사람의 영혼을 집어삼킵니다. 아무리 단단한 강철이라도 먼지처럼 다가가서는 결국 녹이 슬게 만듭니다. 게으름은 모든 악의 근원입니다. 그것은 한 사람뿐만 아니라 한 민족 전체를 무너뜨릴 수도 있습니다."

게으름은 잡초와 같다. 관리하지 않으면 계속 자라면서 영역을 넓혀간다. 잡초를 제거하는 방법은 낫으로 베어버리거나 농약을 써서 죽여버리는 것이 아니다. 그것은 임시적인 방편이 될 뿐이고 가장 현명한 방법은 쓸모 있는 작물을 그 자리에 심는 것이다. 쓸모있는 작물을 많이 심으면 심을수록 잡초가 자랄 땅은 사라진다. 잡초가 사라지면 쓸모있는 작물만 남게 된다. 이 간단한 이치를 가장 잘 실천하는 사람들이 하버드 사람들이다.

자신의 인생에 만족하지 못하는 사람들은 신을 원망하면서 세상은 불공평하다고 투덜거린다. 하지만 신은 정말 공평하다. 우리가 성공하지 못하는 이유는 타고난 천재성이 없으면 성공하지 못한다고 생각하기 때문이다. 하지만 성공은 타고난 천재성 보다는 끊임없는 노력을 통해서 얻어진다. 그 끊임없는 노력이란 남들이 열심히 놀 때, 남들이 긴 잠을 잘 때 남다르게 시간을 활용하는 능력이기도 하다.

아인슈타인은 "인생의 차이는 여가 시간에 달렸다."라고 말했다. 어느 철학자는 시간에 대해서 이렇게 말했다. "세상에서 가장 긴 것은 시간이고, 가장 짧은 것도 시간이다." 시간은 이렇게 상황에 따라서 긴 것이 될 수도 있고 짧은 것이 될 수도 있지만 인생의 차이를 만들기 위해서는 무엇보다도 여가 시간을 치밀하게 계획해서 사용해야 한다. 여가 시간이란 다른 누군가에 의해서 좌지우지되지 않는 철저히 나만을 위해 준비된 시간이다.

하버드 출신들은 시간이 없다는 불평을 하지 않는다. 그들은 시간이 없다고 판단되면 시간을 만들기 위해서 방법을 연구한다. 지금 당장 달콤한 유혹에 빠져서 침을 흘리고 자게 되면 나중에는 그 침이 눈물이 되어 돌아온다는 사실을 알기 때문이다. 그들이 이렇게 치열하게 공부에 시간을 투자하는 이유는 배움의 고통은 잠시지만 배우지 않은 고통은 평생을 갈 수도 있다는 사실을 잘 알기 때문이다.

하버드의 새벽 4시 반 도서관 풍경은 대낮과도 같다. 영국의 한 방송사에서 하버드 학생들의 생활을 면밀히 취재한 '하버드 새벽 4시 반'에는 이른 새벽이나 깊은 밤에도 언제나 환하게 불이 켜진 하버드 캠퍼스를 볼 수 있다. 놀라운 사실은 비단 이런 모습이 도서관에서만 발견되는 것이 아니라 식당과 보건실에서도 확인된다는 점이다.

'가을걷이가 끝나고 나면 모종을 심듯, 공부하고 공부하고 또 공부하라.'
이는 하버드대학의 캠퍼스 격언으로, 배움의 가치를 아주 잘 보여주는 말이다. 제아무리 하버드에 다니는 잘난 사람이라 하더라도 쉬지 않고 공부해야만 다른 이들에게 뒤떨어지지 않고서 성장할 수 있는 모양이다.
그런데 공부에서 가장 중요한 핵심은 무엇일까? 바로 꾸준함이다.

웨이슈잉, 《하버드 새벽 4시 반》

하버드 출신들은 졸업 후에도 평생 공부하는 습관을 유지하는 경향이 있다. 평생 공부하면 뭐니뭐니해도 떠오르는 학교가 바로 방송대다. 하버드를 졸업하고 다시 재입학 해서 공부하는 학생이 과연 몇 명이나 있을지 잘 모르겠다. 하지만 방송대에는 그런 학생들이 정말 많다. 어쩌면 평생 공부를 가장 잘 실천하고 있는 학생들은 방송대 학생들일지도 모른다.

방송대는 하버드에 비해서 아직 세계적인 명성을 쌓고 있지는 않기에 세계적인 인물들을 거론하기도 힘들다. 하지만 국내 다른 어느 대학보다 방송대 출신의 유명인사들은 많다. 대표적인 인물로는 김효준 BMW 사장과 락앤락 김준일 회장이다. 이들 졸업생은 언론에도 자주 노출되면서 기회가 되면 방송대 알리기에도 힘쓰기 때문에 마치 방송대 홍보대사인 듯한 착각도 든다.

김효준 BMW 사장은 고졸 출신 CEO로 샐러리맨들의 성공신화 주인공이기도 하다. 1975년 덕수상고를 졸업한 그는 늦은 나이에 다시 공부를 시작하겠다는 목표를 세웠다. 방송대 경제학과에 입학한 그는 1997년 경제학과를 졸업했다. 그 후 2000년에는 연세대 경영대학원에서 국제경영학 석사학위를 받았고, 2007년 한양대에서 경영학 박사학위를 받았다.

어렸을 적 그가 가장 갖고 싶었던 것은 예상외로 자동차가 아니라 책상이었다. 그는 어린 시절 금호동 단칸방에서 책상이 없어 박스에 보자기를 덮어서 공부한 기억이 있다고 한다. 그래서 혼자서 조용히 공부할 수 있는 공부방과 책상을 그는 가장 가지고 싶어 했다. 이제 원

없이 그 소원을 이룬 그는 "나는 먼 길을 아주 멀리 돌아왔다. 후배들은 좀 더 빨리 갈 수 있도록 돕는 역할, 글로벌 리더로 클 수 있도록 돕고 싶다."고 말했다.

내가 좋아하는 또 한 명의 졸업생은 김준일 락앤락 회장이다. 그는 맨주먹으로 시작해 밀폐용기 하나로 한국 주부들의 마음을 사로잡고 이제는 세계 110여 개국 주부들의 마음을 사로잡기 위해서 노력하고 있다. 꾸준히 혁신적인 제품을 내놓기로 유명한 락앤락은 글로벌 기업으로 성장했다.

김 회장은 어려운 가정 형편으로 인해 고교진학을 포기하고 무작정 서울로 상경했다. 서울에서 영업사원으로 사회생활을 시작하면서 그는 배움에 대한 목마름으로 방송대에 입학했다. 행정학과 75학번인 그는 방송대 기부천사로도 유명하다. 2012년에는 문화발전기금으로 3억 원을 쾌척했고 2013년에는 학교발전기금으로 2억 원을 쾌척했다. 총 5억 원 기부다.

그는 "바쁘게 일하며 다녔던 방송대가 인생에 정말 많은 도움이 됐다. 방송대는 평생교육의 중요성이 커지는 이때 점점 영향력이 커지고 있어 민간 차원에서라도 조금이나마 지원하면 후배 양성에 도움이 되지 않을까 하는 마음에서 기부한다."고 말했다.

1978년 26세의 나이로 국진유통이라는 회사를 창업한 것이 락앤락의 시작이다. 2010년 락앤락은 주식시장에 상장되면서 김 회장은 주식 거부가 되었지만 그의 행보는 변함없이 겸손하다. 해외현장을 수행원 없이 혼자서 방문하는 것은 기본이고 사회와 환경을 중시하는 기업으로 만들기 위해서 계속 노력하고 있다.

혜화동 방송대 본관 건물에는 '락앤락'이라는 이름의 북카페가 있다. 기부자 김준일 회장의 뜻을 기리고 예우하기 위한 차원으로 정해진 이름이다. 나는 하버드 출신들이 부럽지 않다. 오히려 이렇게 방송대 출신 선배들이 세상에 꼭 필요한 사람이 되어 전해주는 스토리에 더욱 열광한다. 그리고 나도 그런 사람이 되고 싶다. 이런 인물들이 많아진다면 방송대의 명성은 어느 순간 하버드를 넘어설 것이라는 믿음이 있다.

"성공하고 싶은가? 그러면 지금 당장 공부하라!"는 하버드의 격언 중 하나다. 하버드에서 가르치는 것은 3가지로 요약이 된다. 그것은 계획하고, 공부하고, 경험하라는 것이다. 치밀하게 계산된 계획을 하고 열정적으로 공부하고 실패하더라도 두려워하지 않고 경험을 쌓아간다면 우리는 세상에 꼭 필요한 사람이 되어 있을 것이다. 공부를 해야 하는 이유는 언제 어디서나 세상에 꼭 필요한 사람이 되기 위해서다. 오늘 해야 할 공부를 내일로 미루지 말자. 세상은 언제나 공부로 성공한 사람들의 명령을 기다리고 있다. 평생 공부로 세상에서 꼭 필요한 사람이 되자.

혼돈과 불황의 시대,
인간의 조건

인간은 어떻게 성장하는가

저의 인생철학은 자신의 삶을 스스로 책임질 뿐만 아니라,
이 순간 최선을 다하면 다음 순간에
최고의 자리에 오를 수 있다는 것입니다.
오프라 윈프리

1996년 동아일보 3월 24일자 신문에는 〈인간의 삶에 대한 의문〉이라는 칼럼이 실렸다. 영화감독 이현승이 쓴 이 글은 인간의 성장을 통해서 과연 어떤 삶이 진정한 인간의 삶인지 고뇌하게 만든다. 시간이 많이 흘렀지만 지금의 모습과도 비슷하다. 전문을 소개하면 다음과 같다.

인간으로 태어난 것에 긍지를 느끼는 한 사람이 있었다. 그는 인간답게 살기 위해 교육을 받았다. 유치원 초등학교 중학교 고등학교를 마쳤을 때 그의 나이는 18세였다. 더욱 인간답게 살기 위해서는 대학교육을 받아야 한다고 해서 자신의 수능점수에 적절한 대학과 학과를 골라 입학했다. 중간에 군대를 다녀와서 졸업을 하니 그의 나이 26세가 되어 비로소 어린아이

취급에서 벗어나 자신만의 일을 할 수 있게 되었다.

그러나 취직시험에서 번번이 떨어졌고 학원에서 영어 컴퓨터를 공부하여 2년 만에 간신히 조그만 회사에 들어갔다. 28세였다. 그런데 그가 하는 일은 초등학교에서 배운 지식만으로도 능히 할 수 있는 일이라는 것을 알았을 때 그는 의문을 갖기 시작했다.

인간만이 삶의 3분의 1 정도를 '준비'만 하면서 '교육'만 받으면서 지내는 것이 아닐까. 그러나 그는 직장에 계속 나갔으며 결혼도 하고 아이를 낳았다. 하고 싶은 것 먹고 싶은 것을 다 참으며 집을 갖기 위해 노력한 끝에 10년 만에 그의 보금자리를 마련했다. 그때 그의 나이 36세였다.

그는 또다시 의문점이 생겼다. 자신의 보금자리를 마련하기 위해 삶의 6분의 1을 보내는 동물이 있을까 하는…… 집도 장만했고 이제는 삶을 좀 누리며 살고 싶었으나 아내는 수입의 거의 반을 학원비 과외비로 지출해야 한다고 해서 다시 허리띠를 졸라매고 자식들을 열심히 교육시켰고 두 자녀를 다 대학졸업을 시키기까지 24년이 걸렸으며 그의 나이 60세가 되었다.

자식 중 한 명은 딸이어서 마지막으로 부부동반 세계여행을 염두에 두고 모았던 돈을 혼수장만 하는 데 쓰지 않을 수 없었다. 딸의 결혼식장을 나온 그 날 눈이 내리고 있었다.

강아지 한 마리가 눈을 맞으며 신나게 깡총거리며 뛰어다니는 것을 보며 문득 자신이 언젠가 들었던 욕이 생각났다. 「개만도 못한 놈….」

60세의 그 눈 내리는 어느 겨울날 그는 또다시 의문을 갖기 시작했다. 정말 인간이 동물보다 나은 삶을 살고 있는 것일까?

어쩌면 우리도 60이 넘어서 이 칼럼의 주인공처럼 내 인생도 아무생각 없이 뛰어다니는 강아지보다 못한 삶은 아닐까? 고민에 빠지며 혼란스러워할지도 모른다.

인간은 어떤 욕구를 가지고 있고 어떤 단계를 거쳐서 성장하는지 관심을 갖고 연구한 학자가 있다. 그 중 한 명이 인본주의 심리학자인 메슬로우다. 그는 인간의 욕구를 5단계로 구분했다. 첫 번째는 식욕, 성욕, 수면욕과 같은 생리적 욕구다. 두 번째는 위험과 고통으로부터 회피하려는 안전의 욕구다. 세 번째는 소속감과 친화력 그리고 사회에 귀속하려는 애정의 욕구다. 네 번째는 인정을 받고 지위와 명예를 누리고 싶은 존경의 욕구다. 다섯 번째는 자기의 완성과 삶의 보람을 찾는 자아실현의 욕구다.

메슬로우 박사의 이론처럼 인간은 하위 욕구가 어느 정도 충족된 다음에 상위 욕구로 이동하고 발전해나가는 특성이 있다. 그러나 이 과정이 반드시 계단식으로 단계를 밟아서 올라가는 것은 아니다. 하위 욕구가 충분히 만족되지 않은 상태에서 오히려 대리 충족을 위해서 상위 욕구를 탐하는 경우도 있기 때문이다. 분명한 것은 상위 욕구를 충족시켜나갈수록 성취감과 만족감이 커진다는 사실이다. 또한 욕구의 수준이 커질수록 뇌에서 모르핀이 많이 분비되어 쾌감 또한 커진다.

욕구 5단계 설에서 3단계까지의 하위 욕구에서는 '인간'으로 살아가면서 느끼는 최고의 행복을 느끼기는 어렵다. 인간은 최상위 욕구인 자아실현의 욕구가 충족될 때에야 비로소 최고의 행복을 느낄 수 있다. 〈인간의 삶에 대한 의문〉은 결국 잠재력을 깨워서 끊임없이 자아실현을 추구하는 인간으로 살았느냐 아니면 생존과 생계만을 위해서 살았느냐에서 답을 찾아야 할 것이다.

자아실현의 욕구가 없다면 정말 '개만도 못한 놈'은 아닐까 의문을 가져야 한다. 살다 보면 결혼도 하고 아이도 낳으면서 희생하고 헌신만 하는 경우가 많다. 그리고 마치 하루살이가 된 것처럼 미래를 계획하지 않고 쫓기듯이 오늘을 살아낸다. 그런 인간의 삶은 10년 전과 비교해서 크게 달라지지 않았다. 대부분의 우리들에게 미래를 계획하지 않고 현실밖에 없이 사는 삶은 앞으로도 계속될 것이고 더 심각해질지도 모른다.

언제 어떤 상황에서도 인간의 삶을 결정하는 것은 외부환경이 아니라 한 인간이 가진 의식이다. 그리고 자신에 대한 투자만이 미래를 바꿀 수 있다는 사실을 알아야 한다. 우리는 마음먹기에 따라서 각자가 가진 재능을 발견하고 마음껏 활용할 수 있다. 인간과 동물을 구분하는 결정적인 차이는 바로 이것이다. 숨겨진 재능을 발견하여 자아를 실현할 때 우리는 원하는 삶을 살 수 있을 뿐만 아니라 최고의 행복을 경험할 수 있다.

인간은 누구나 신이 허락한 재능을 하나씩 가지고 태어났다. 하지만 그것은 스스로 찾기 전까지는 알 수 없다. 그래서 정성을 다해서 시간을 투자하는 노력이 필요하다. 가족을 위해서 희생하고 헌신하는 삶도 좋지만 시간을 쪼개고 쪼개서라도 자신을 위한 시간을 만들어야 한다.

가장 고통스러운 삶은 인생에서 즐거움이 하나도 없이 잘려나간 삶이다. 즐거움이 없는 인생은 세상을 부정적으로 보게 만든다. 세상은 언제나 변함없이 눈부시게 빛나고 있지만 그것을 보지 못한다. 어떤 인생을 살든 자신에 대한 사랑을 잊어서는 안 된다. 다른 사람들이 나를 사랑하지 않을 때도 나 자신은 나를 끝까지 사랑하면서 가야 한다. 그것이 인생이다.

미국이 낳은 가장 위대한 시인으로 평가받는 월트 휘트먼은 "나도, 어느 누구도 당신의 길을 대신 가 줄 수 없다. 그 길은 스스로 가야 할 길이기에."라고 말했다. 인간은 스스로 각자의 길을 사랑하며 걸어갈 때 성장한다. 자아를 찾아가는 그 길의 초입에는 공부라는 것이 있다. 지금 당장 원하는 일을 하지 않고 원하지 않는 삶이라고 세상을 원망하지는 말자. 원하지 않는 일과 원하지 않는 삶을 살고 있는 이유는 내 길이 아닌 다른 누군가의 길을 걸어가고 있기 때문이다.

오늘부터라도 "나는 어떻게 성장하고 싶은가?"라는 질문 하나를 끌어안고 살아보자. 삶과 일이 혼연일체가 되었을 때 인간은 가장 희열을 느낀다. 일이 놀이가 되는 그 순간이 자아가 실현되는 최고의 순간이기도 하다.

진정한 프로는
공부로 만들어진다

탁월한 능력은 새로운 과제를 만날 때마다
스스로 발전하고 드러낸다.
발타자르 그라시안

한 젊은 경영인이 2003년 어느 날부터인가 경영에 관련된 짧은 에세이를 지인들에게 이메일로 보내기 시작했다. 이메일에는 주옥같은 명언들과 함께 짧은 해석이 담겨있다. 메일의 제목은 '행복한 경영이야기'이고 줄여서 '행경'이라고도 한다. 처음 수십 명만 받아보던 행경은 10년이 넘게 지난 지금 186만 명이 받아보고 있다.

나도 그 중 한 명이다. 업무 시작 전 커피 한 잔과 함께 행경을 읽고 음미하는 시간은 의미 있고 소중한 시간으로 자리 잡았다. 매일 아침 행경을 읽을 때마다 참 대단하다는 생각을 한다. 어떻게 하면 하루도 빠짐없이 좋은 문장들을 준비해서 메일을 보낼 수 있는지 정말 궁금했다.

하루도 빠짐없이 10년 이상 행경을 준비하고 발송하는 주인공은 휴넷 조영탁 대표다. 그는 온라인 경영교육 콘텐츠 제공업체인 휴넷을 운영하는 기업인이다. 대학과 대학원에서 경영학을 전공한 뒤 10년 동안 금호그룹 기획실에서 근무했던 그는 외환위기 직후 회사를 나와 닷컴 열풍이 한창이던 1999년 휴넷을 설립했다. 직원 서너 명으로 시작해서 이제는 매출 175억 원의 중견기업으로 회사를 성장시켰다.

조영탁 대표는 그동안 좋은 명언을 찾기 위해서 1년에 300권씩 2,500권을 읽었다고 한다. 보통 일반 직장인들은 한 달에 한 권 읽기도 쉽지 않은데 1년에 300권이라니 정말 대단한 독서량이다. 그는 독서하는 한편으로 좋은 글귀나 문구를 따로 메모했다. 그렇게 메모해둔 종이가 1주일에 400페이지가 넘는다. 이렇게 걸러지고 걸러져서 선택된 문장들이 전송용으로 분류되어 아침마다 하나씩 이메일로 배달되는 것이다. 조영탁 대표는 "1000년 유대인의 지혜가 모인 탈무드 같은 교육프로그램을 만들어 보는 것도 장기적인 목표"라고 말했다.

여기 휴넷에서 발표한 흥미로운 조사결과가 있다. 직장인들이 자기계발에 얼마나 관심이 있는지를 보여주는 자료다. 휴넷이 2014년 직장인 1,239명을 대상으로 조사를 한 결과, 전체의 86.1%가 학습계획이 있는 것으로 나타났다. 학습목적은 교양과 힐링이 강세를 보였으며 업무역량 강화의 비중도 높아졌다. 자기계발을 위한 교육비 지출 계획은 절반 정도인 49.9%가 '작년과 비슷한 수준으로 유지하겠다'고 답했으며 44.1%는 '지출을 늘리겠다'고 답했다.

휴넷 조영탁 대표는 "급변하는 환경에 적응하기 위한 직장인들의 스트레스를 반증하는 결과"라며 "학습을 스트레스가 아닌 자기 자신을 위한 힐링시간으로 사용하고자 하는 직장인들의 심리를 엿볼 수 있었다."고 전했다.

직장인들의 공부는 관련 자격증이나 외국어 공부에 한정되는 경우가 많다. 하지만 그런 공부는 참된 공부라기보다는 업무를 보다 잘하기 위한 기본기 쌓기 정도라고 보는 것이 좋다. 자기계발은 조사결과에서도 알 수 있듯이 누구나가 관심을 가지고 하고 있다. 따라서 나를 차별화 시키기에는 역부족이다. 참된 공부는 힐링도 되면서 우리에게 상상력도 선사하고 창의력을 무한대로 확장시켜 주는 공부다. 그런 공부로 내공이 쌓이면 진정한 프로가 될 수 있다.

여행이나 출장으로 해외에 다니다 보면 마일리지가 쌓인다. 누적된 마일리지가 많은 만큼 분명 추억도 많을 것이다. 하지만 추억을 빛바랜 추억으로 만드느냐 빛나는 추억으로 만드느냐도 공부를 통해서 달라진다. 어디를 가든지 호기심을 갖고 관찰하고 궁금한 것은 파고들어 공부를 한다면 언젠가는 나만의 독특한 콘텐츠가 만들어진다. 독특한 콘텐츠를 가진 나는 하나의 브랜드가 된다.

2012년 레드캡 투어는 국내 1위 여행사인 하나투어를 제치고 영업이익 293억 원으로 창사 이래 최대실적을 올렸다. 레드캡투어는 여행업계에서는 보기 드물게 품질보증제와 가이드서비스 평가제를 도입하여 운영하고 있다. 레트캡투어를 경영하는 주인공은 바로 심재혁 대표다. 그는 1970년대 LG상사에 입사한 후 전 세계를 돌아다니며 세일즈를 했다.

그의 취미는 해외에 나갈 때마다 현지의 음식과 술을 맛보는 것이다. 거기에서 더 나아가 술의 역사와 종류 그리고 술잔 모양까지 공부를 했다. 그는 보통의 주당들과는 달리 술을 마시는 것을 넘어서 연구를 한 것이다. 폭탄주를 나쁜 술 문화라고 여기는 사람들도 있지만 심 대표의 생각은 달랐다. 심 대표는 폭탄주가 훌륭한 커뮤니케이션 수단이라고 생각했다.

가끔 직원들과의 회식자리에서도 직접 폭탄주를 선보이는 그에게 폭탄주는 마음의 벽을 허무는 착한 폭탄이다. 그는 술이라는 생활 속 소재로 자신만의 독창적인 브랜드를 만들었고 즉석 폭탄주 제조와 퍼포먼스에 대한 입소문이 퍼지면서 강연까지 하고 다닌다.

온갖 와인을 섭렵한 그는 2007년 6월 프랑스 보르도와인 연합회에서 수여하는 '코망드리 와인기사 작위Commanderie du Bontemps de Medoc et des Graves'도 받았다. 이 작위는 보르도 지역의 와인 발전에 현저하게 기여한 세계 각국의 전문가와 명사들에게 수여되는 가장 명예로운 기사 호칭이다.

그의 사장실 책장에는 절반 이상이 술과 관련된 각종 책들로 빼곡하게 들어차 있다. 대부분은 국내외에서 직접 구입한 것들이고, 술에 남다른 관심이 있는 그에게 지인들이 선물을 한 것들이다. 그가 책을 모으는 이유는 술 강의에 사용할 자료를 모으기 위해서이기도 하고 은퇴 후 책으로 펴낼 계획을 가지고 있기 때문이기도 하다. 술박사 심재혁 대표. 세상은 그를 술을 잘 알고 폭탄주를 가장 잘 만드는 술 박사로 기억할 것이다.

좋은 명언을 찾기 위해서 1년에 책을 300권씩 읽고 메모하는 휴넷 조영탁 대표와 술에 대한 관심과 사랑을 연구로 승화시킨 레드캡투어 심재혁 대표. 한 분은 좋아하는 책을 사서 읽기 위해서 월급을 아낌없이 투자했을 것이고, 한 분은 좋아하는 술을 마시고 연구하기 위해서 월급을 아낌없이 투자했을 것이다.

배움에 대한 투자와 성과는 확실하게 자기 것이 된다. 예측이 불가능한 주식에 투자해서 하루하루 그래프의 오르내림에 따라서 기분까지 덩달아 오르락내리락하는 삶보다는 수익이 약속된 최고의 투자처인 자기 자신에게 투자를 해야 한다. 그리고 적극적으로 배움의 장을 찾아서 나선다면 그곳에서 만나게 되는 인연들을 통해서 깨닫고 얻게 되는 수확이 있다. 그것의 가치는 주식의 시세차익이나 배당금보다 더 큰 기쁨을 안겨 줄 것이다.

어떤 분야의 공부를 하기로 마음먹었다면 공부를 최우선 순위에 놓아야 한다. 그렇다고 각자에게 정해진 일상과 맡은 업무를 무시하고 내팽개치라는 말은 아니다. 공부를 최우선 순위에 놓고 방법을 찾아보라는 뜻이다. 그렇게 방법을 찾고 고민을 하다 보면 해답은 나온다. 동료와 업무스케줄을 바꿀 수도 있고, 약속을 조정할 수도 있고, 야근을 해서라도 주말 시간을 확보할 수도 있다.

프로는 최고를 말하지 않는다. 스포츠의 세계에서와같이 최고는 언제든지 대체가 가능하다. 그래서 넘버원이 되기보다는 온 리 원이 되어야 한다. 대체 불가능한 온 리 원이 진정한 프로다. 진정한 프로는 끊임없는 공부를 통해서 만들어진다. 배움에 대한 투자를 아끼지 말고 공부를 통해서 진정한 프로가 되자.

공부는 남을 위해서가 아니라 자신을 위해서 해야 한다. 인생을 자유롭게 펼쳐나가기 위해 하는 것이 어른의 공부이며 프로의 공부다. 술도 공부하면서 마시면 인생이 달라진다. 공부하는 프로에게는 자유롭고 행복한 미래가 기다리고 있다. 그것이 공부가 주는 선물이다.

끊임없이 욕망하고
끊임없이 도전하라

중요한 것은 학습을 중단하지 않고, 도전을 즐기고,
애매모호함을 받아들이는 것이다.
종국에는 확실한 해답은 없기 마련이다.
마티나 호너

"끝날 때까지 끝난 게 아니다It ain't over till it's over."라는 명언은 야구를 모르는 일반인들에게도 잘 알려져 있다. 이 명언의 주인공은 미국 메이저리그의 전설로 통하는 요기 베라다. 그의 본명은 '로런스 피터 베라'지만 자주 가부좌를 틀고 앉아 있는 모습이 요가 수행자와 비슷하다고 해서 요기(Yogi)라는 별명을 얻게 되었다.

베라는 1925년 미국 세인트루이스에서 태어났다. 부모는 가난한 이탈리아 이민자여서 그는 중학교를 중퇴하고 돈을 벌어야만 했다. 하지만 야구를 좋아해서 여가시간이 생기면 야구연습에 열을 올렸다. 1944년 미 해군에 입대해서 제2차 세계대전 중 대공포 사수로 복무한 그는 전역 후 1946년 뉴욕 양키스에 입단했다.

이후 양키스에서 18년간 포수와 외야수로 명활약을 하면서 15년 연속 올스타에 선정되었다. 뿐만 아니라 뛰어난 타격으로 통산 홈런 358 개, 안타 2,150개를 기록했다. 양키스의 월드시리즈 10회 우승을 이끈 주역인 그의 등번호 8번은 영구결번되었다. 화려하게 선수생활을 마친 그는 1973년 뉴욕 메츠의 감독을 맡았다.

뉴욕 메츠가 시즌 중반에 꼴찌를 기록하자 취재진들은 "이번 시즌은 끝난 것 아닙니까?"라는 질문을 했고, 이에 베라는 "끝날 때까지 끝난 게 아니다."라고 대답했다. 그의 대답에 보답이라도 하듯 팀은 시합을 거듭하면서 승리를 쌓아나갔다. 그래서 기적과도 같이 최종 두 팀이 겨루는 월드시리즈의 주인공이 되었다. 하지만 아쉽게도 최종 결승의 영광은 오클랜드 애슬레틱스에게 돌아갔다.

베라는 특유의 화법으로 '요기즘Yogism'이라는 별명까지 얻으며 많은 명언들을 쏟아내기도 했다. "야구의 좋은 점 중에 하나는 겸손을 가르친다는 것이다.", "야구의 90%는 정신력이다. 그 나머지가 육체에 달려 있다.", "똑같이 할 수 없다면, 흉내조차 내지 마라.", "나는 항상 기록은 깨질 때까지만 존재한다고 생각한다." 등이 대표적인 명언이다.

야구나 인생이나 끝날 때까지 끝난 게 아니다. 인생을 90세까지 산다고 가정한다면 50세나 60세는 야구로 치면 5회나 6회다. 이쯤에서 게임을 접고 포기한다면 아무것도 달라지지 않는다. 인생을 살다 보면 순간순간 9회 말 투아웃처럼 느껴지는 순간들이 찾아온다. 하지만 야구는 9회 말 투아웃부터다. 끝까지 포기하지 않고 충실하게 플레이를 하다 보면 멋지게 역전하고 승리를 만끽할 수 있는 기회가 찾아온다.

인생에서 성공을 거둔 사람들 중에는 의외로 중년 이후에 새로운 목표를 발견하고 노년에 진가를 발휘한 경우가 많다. 괴테가 《파우스트》를 완성했을 때 그의 나이는 83세였고, 에디슨이 생의 마지막 특허를 신청한 나이 또한 83세였다. 르네상스 시대를 풍미했던 미켈란젤로는 성 베드로 성당을 그의 나이는 89세에 완성했다.

위인이나 성공한 사람들을 평가할 때 그들의 '업적'에만 집중하는 경우가 많지만 '나이'까지 함께 살펴본다면 더욱 느끼고 깨닫게 되는 것들이 많아진다. 평균수명이 짧았던 시절에도 새로운 것에 대한 호기심과 배움에 대한 열정을 간직한 인물들은 위대한 업적을 남기면서 세상을 감동시켰다.

우리는 단지 나이가 들었다는 이유로 많은 것들을 포기하면서 살게 된다. 그것은 나이가 들수록 체력과 자신감이 떨어지면서 꿈도 작아지기 때문이다. 흔히 이런 벽에 부딪히게 되는 시점은 중년이라고 불리기 시작하는 마흔부터다. 중년 이후를 '위기'로 볼 것인지 '기회'로 볼 것인지는 우리들 마음먹기에 달렸다. 요즘은 마흔 살을 '두 번째 스무 살'로 부르기도 한다. 인생의 후반전을 건강하게 보내기 위해서는 꿈을 욕망하는 자세가 무엇보다 중요하다.

크게 성공해서 인류에게 영향력을 미친 수많은 사람들의 공통점은 의외로 간단하다. 그들은 부와 성공과 명예를 간절히 원하는 것을 세속적인 것이라 생각하지 않았다. '무소유'가 크게 회자되면서 검소하고 간소하게 사는 것이 바람직한 삶이라는 인식이 퍼지기도 했다. 그래서 필요 이상의 욕망은 '탐욕'으로 여기고 세속적인 성공은 색안경을 끼고 본다. 그런 부류는 나이가 들어서 욕망하는 것은 '노욕(老慾)'

이라며 더욱 추하다고 여긴다.

물론 내가 간절히 원하는 것이 누군가에게 피해를 주거나 사회적으로 물의를 일으키게 된다면 그런 욕망은 부적절하다. 그런 욕망은 내려놓아야 한다. 하지만 인간을 인간답게 살게 하는 시작은 건전한 욕망의 불씨를 꺼지지 않게 하는 것에서부터 시작된다. 그런 내면의 욕구는 나이에 상관없이 계속 만들어 내고 받아들여야 한다. 그리고 이룰 수 있다고 믿어야 한다. 욕망 다음엔 믿음이 따라야 하고 그 믿음을 바탕으로 도전이 이루어지면 성공은 쉽다.

KFC 할아버지로 더욱 유명한 할랜드 샌더스는 15세부터 돈을 벌기 시작했다. 초등학교를 중퇴한 그는 다양한 직업을 전전하면서 25년 동안 박봉으로 생활을 했다. 그가 경험한 직업은 농장 일꾼, 철도 노동자, 자동차 페인트공, 보험외판원 등 여러 가지다. 그는 무슨 일이든 열심히 일했고 성실했다. 그리고 언젠가는 성공하리라는 믿음을 가지고 살았다.

1929년, 그는 39세의 나이에 켄터키 주의 코빈이라는 곳에 작은 주유소를 개업했다. 그동안 살아온 인생에 있어서 처음으로 누리는 작은 성공이었다. 평소 요리에 재능이 있었던 그는 자신의 재능으로 사업을 할 생각은 처음부터 하지 못했다. 그러던 어느 날 주유소에 찾아온 손님 중 한 명이 주변에 제대로 된 식당이 없다고 불평하는 소리를 들었다.

듣고 보니 그 손님의 말이 맞았다. 손님의 말에 자극을 받은 샌더스는 그의 주유소 뒷마당에 작은 창고를 개조하여 손님들이 간단하게 식사를 할 수 있도록 식당을 열었다. 그는 닭튀김, 샐러드, 비스킷 등

어머니로부터 배운 소박한 남부 스타일의 음식으로 메뉴를 구성했고 손님들의 반응은 좋았다. 음식 맛에 대한 소문이 점점 퍼지면서 주유소 손님보다 식당의 손님이 더욱 많아지자 결국은 주유소를 정리하고 〈샌더스 카페〉라는 이름으로 레스토랑 사업을 시작하게 되었다. 이 것이 KFC의 시작이다.

샌더스의 주특기는 닭튀김이었다. 그리고 그는 틈나는 대로 수년에 걸쳐 닭튀김 기계에 대한 연구를 해서 '샌더스 압력튀김기' 개발에 성공한다. 이 기계를 사용하면 대량의 닭고기를 더욱 신선하고 맛있게 10분 이내로 튀길 수 있다. 압력튀김기로 튀긴 닭은 기름기가 남거나 겉이 딱딱해지는 단점이 없이 촉촉하고 양념의 맛을 더욱 잘 간직하게 하게 된다.

날로 사업이 번창하면서 그는 50세가 되었을 때 자연스럽게 성공한 레스토랑 경영자로 불리게 되었다. 승승장구하던 그의 가게는 좋은 조건으로 매각하라는 제의가 여러 번 있었지만 그는 결국 팔지 않았다. 하지만 그런 제의는 오래가지 못했다. 정부에서 실시한 국도개발사업의 영향으로 그의 가게와는 다른 쪽으로 길이 나면서 식당 앞으로 차가 거의 한 대도 지나지 않게 상황이 변한 것이다.

샌더스는 헐값에 가게를 정리하고 은퇴하여 연금으로 연명해야 하는 처지가 되었다. 그때 그의 나이는 65세였다. 하지만 샌더스는 좌절하지 않았다. 그는 이렇게 말했다. "이제부터 내가 세계에서 그 누구보다 잘 할 수 있는 일이 있을 거야. 그건 닭튀김이야. 그게 바로 내가 할 일이지." 그는 이렇게 말하면서 초심으로 돌아가서 차 트렁크에 닭튀김용 압력솥과 양념을 싣고 식당 주인들을 찾아다녔다.

그는 때로 차에서 밤을 지새우며 자기도 하고 휴게소 화장실에서 세수와 면도를 하면서도 스스로를 격려했다. 이렇게 2년 동안 움직이면서 그와 계약한 식당은 불과 다섯 군데였다. 하지만 그는 포기하지 않고 전국을 돌아다녔다. 그 결과 1960년, 그의 나이가 70세가 되던

해에는 2백여 개가 넘는 켄터키프라이드치킨 체인점이 생겼다.

1963년 체인점의 수가 6백여 개를 넘으면서 감당하기가 힘들게 되어버리자 좋은 조건으로 회사를 매각했다. 평생 연봉과 이사회에 참석하고 고문으로 활동하는 것도 보장받았다. 이것이 커널 할랜드 샌더스의 성공스토리다. 지금으로부터 수 십 년 전인 1950년대에도, 65세의 나이에 스스로 수만 마일을 운전하면서 불굴의 도전 정신을 보여주며 꿈을 이룬 그는 정말 존경의 대상이다.

샌더스는 평소 아무리 나이를 많이 먹었어도 "최선의 것은 아직 이루어지지 않았다."는 정신으로 살았다. 꿈을 이루기 위한 욕망을 멈추고 도전을 멈추면 나이 들어 늙기 전에 이미 녹슬어 버린다는 사실을 누구보다 잘 알았던 것이다.

"어제의 홈런으로는 오늘 게임을 이길 수 없다.Yesterday's home runs don't win today's game.". 마찬가지로 단 한 번의 성공이 남은 인생을 보장해주지 않는다. 나이는 잊어버리자. 지금 나의 인생은 내가 욕망하고 도전해서 성취한 딱 그 정도의 모습일 뿐이다. 무엇이든 끊임없이 욕망하고 끊임없이 도전하는 자만이 원하는 것을 얻을 수 있다.

늘 한 권의 책은
가지고 다녀라

진정한 책을 만났을 때는 틀림이 없다.
그것은 사랑에 빠지는 것과 같다.
크리스토퍼 몰리

요즘은 책 읽는 모습을 보는 것이 귀한 풍경이 되었다. 사람들은 고개를 숙이면서 뭔가를 열심히 보고 있지만 그것은 책이 아니다. 그것은 스마트폰이다. 스마트폰이 급격하게 보급된 이후 대부분의 사람들은 스마트폰과 함께 시간을 보낸다. 스마트폰을 통해서 우리는 많은 것들을 할 수 있다. 사진도 찍고, 영화도 보고, 채팅도 하고, 인터넷도 하고, 게임도 하고 은행업무 및 증권거래까지 정말 다양하다.

스마트폰을 통해서 궁금한 것이 생기면 인터넷에 접속해서 알아보고, 심심하면 게임을 하거나 영화를 감상한다. 스마트폰이 이렇게 진화하기 전까지는 지적 호기심을 채우기 위해서 필요한 분야의 책을 찾았고, 재미를 위해서 인기 있는 베스트셀러 소설을 구매하기도 했다. 하지만 이제는 더 이상 일부러 시간을 내서 책을 볼 이유가 사라져 버린 듯하다. 스마트폰은 이렇게 독서인구를 더욱 희귀하게 만드는데 결정적인 역할을 하고 있다.

대한민국 국민들이 과연 얼마나 책을 읽고 있는지에 대해 문화체육관광부에서 조사를 한 자료가 있다. '2013년 국민 독서 실태조사'가 바로 그것이다. 이 조사에 따르면 대한민국 성인 10명 중 3명이 단 한 권의 책도 읽지 않은 것으로 조사됐다. 또한 국민의 평균 독서시간은 평일 26분, 주말 30분으로 밝혀졌다. 이는 하루 평균 인터넷 사용 2.3시간, 스마트폰 사용 1.6시간에 비해 상당히 낮은 수치이다. 가계별 월평균 도서구입비는 1만 9,026원으로 지난 2003년에 비해 28%나 하락한 것으로 드러났다.

통계청에서 2014년 실시한 자료에서도 2인 이상 가구의 한 달 도서구입은 1권, 연간 독서량은 10권 미만으로 조사됐다. 그리고 국민의 70%는 공공도서관을 이용하지 않는다. 이런 조사결과에 네티즌들의 반응은 "책 좀 읽어야겠다.", "이러다가 종이책이 사라지겠다." 등의 반응을 보였다. 문제의식을 느낀 문화체육관광부는 오는 2018년까지 성인 독서율을 80% 수준까지 높이기 위해 도서구입비 세제 지원 추진 등의 내용을 담은 '독서문화 진흥계획'을 발표하기도 했다.

어쨌든 전국민독서운동이 다시 한 번 붐을 일으켰으면 좋겠다. 지금 TV에서 가장 인기를 끌고 있는 프로그램은 '무한도전'과 '런닝맨' 등이다. 하지만 2001년 MBC의 간판 예능프로는 '느낌표'였고 거기에 속한 코너였던《책, 책, 책 책을 읽읍시다》는 좋은 책들을 소개하면서 독서의 소중함과 중요성을 일깨워 주는데 많은 공헌을 했다. 이 프로그램은 3년 동안 이어지면서 다른 한편으로 잡음이 발생하여 폐지가 되었지만, 선정도서의 수익금으로 도서관을 건립하는 등 사회 전반에 끼친 영향은 상당히 컸던 것으로 기억한다. '무한도전 토토가'가 부활하여 90년대 가요와 가수들이 다시 많은 사랑을 받고 있듯이《책, 책, 책 책을 읽읍시다》도 다시 건강하게 부활하면 좋겠다.

책과 독서에 관한 이야기에서 유대인을 빼놓을 수는 없다. 우리가 잘 아는 마이크로 소프트의 빌 게이츠, 버크셔 해서웨이의 워런 버핏, 스타벅스의 하워드 슐츠, 페이스북의 마크 저커버그 등은 모두 유대인이다. 이들의 공통점은 전 세계적으로 성공한 사업가이며 엄청난 부자라는 점이다. 하지만 이들의 다른 공통점은 지독한 독서광이라는 사실이다.

빌 게이츠가 추천한 책은 수 십 년 전에 절판이 된 책이 다시 출간되어 베스트셀러가 되기도 할 정도로 출판계에 미치는 그의 영향력은 대단하다. 그는 "인간에게는 한계가 있지만 그 한계를 뛰어넘는 것은 독서이고 탁월한 삶을 꿈꾼다면 독서하라."라고 말했다. 또한 "야심을 갖는 것보다 중요한 것은 동시대 사람들의 생각을 뛰어넘는 것"이라고 말했다. 이렇게 그의 독서관은 뚜렷하며 독서를 통한 사색으로 생각을 뛰어넘는 생각을 중요시하고 있다. "경쟁자는 두렵지 않다. 경쟁자의 '생각'이 두려울 뿐이다."라고 말한 빌 게이츠. 그래서 이미 수천 권의 책을 읽은 그는 오늘도 책을 읽으면서 언론을 통해 매년 책을 추천하기도 한다.

사실 이런 빌 게이츠를 만든 것은 아버지인 빌 게이츠 시니어다. 게이츠 시니어는 《게이츠가 게이츠에게》라는 책을 통해서 자식을 빌 게이츠처럼 키우길 희망하는 이 세상의 모든 부모들에게 자녀 교육법에 대해서 이야기 한다. 빌 게이츠의 어렸을 적 이름은 '트레이'였다. 게이츠 시니어는 트레이가 어렸을 적부터 자주 도서관에 데리고 다녔다. 트레이는 호기심이 많은 아이였고 책 읽기 시합을 벌일 정도로 광적으로 책을 좋아했다. 아이의 호기심을 키워주기 위한 노력으로 게이츠 시니어는 TV를 멀리하게 하고 대신 책을 많이 사주었다.

유대인들은 책을 어떤 물건보다 소중하게 여기는 민족이다. 그래서 전해져 내려오는 격언으로 다음과 같은 것들이 있다. '만일, 가난한 나머지 물건을 팔아야 한다면, 우선 금·보석·집·땅을 팔아라. 마지막까지도 팔아서는 안 되는 것이 책이다.', '책을 당신의 벗으로 삼아라. 책장을 당신의 뜰로 삼아라. 그리하여 그 아름다움을 즐기고, 과실을 거두어들이며, 꽃을 따도록 하라.', '여행을 하는 중에 지금까지 읽어보지 못한 좋은 책을 보게 되면, 반드시 그 책을 사 가지고 고향에 돌아가라.' 등이다.

아버지가 사준 책이 모자라서였는지 트레이는 주체할 수 없는 왕성한 호기심에 동네 도서관에 있는 책을 모조리 읽어버리고 말았다. 심지어는 가족이 함께하는 식사자리에서도 책에서 눈을 떼지 못하고 독서를 하기도 했다. 그래서 게이츠 시니어는 식사 도중에 책을 읽는 것이 예의에 어긋난다는 것을 가르치는 것이 만만치 않았다고 고백하기도 했다. 빌 게이츠는 수많은 인터뷰에서 항상 역할모델이 있느냐는 질문에 "부모님!"이라고 답한다. 1만 4천여 권의 책을 소장하고 있는 그는 항상 먼저 독서하는 모습을 보여주고 자신을 독서광으로 이끌어 준 부모님을 존경하고 감사해 하며 살고 있다.

유대인의 인구는 전 세계에서 0.3%에 해당한다. 하지만 빌 게이츠를 비롯한 그들의 영향력은 우리의 상상 그 이상이다. 타임지에서 20세기를 바꾼 세 사람으로 선정된 카를 마르크스, 프로이트, 아인슈타인도 유대인이다. 얼마 전 타계한 스티브 잡스도 유대인이다. 2013년 기준으로 국가별 IQ 순위에서 1위는 홍콩으로 IQ 107, 대한민국은 IQ 106으로 2위를 기록했다. 이스라엘은 IQ 94로 33위를 기록했는데, 이것은 IQ가 높은 나라가 반드시 세계를 선도하지 않는다는 반증이기도 하다. 유대인들이 다방면에서 성공하고 영향력을 행사하며 세계를 선도하는 근본적인 힘은 바로 독서와 독서습관에서 나오는 것이다.

우리는 이제 책을 읽는 것이 오히려 이상해 보이는 시대에 살고 있다. 또한 "왜 책을 읽어야 한는가?"라는 질문에 대답을 해야 하는 시대가 되었다. 스마트폰이 제공하는 유리감옥 안에서 충분히 행복하고 많은 정보와 지식을 얻을 수 있다고 주장하는 사람들에게 책은 오히려 불편하고 불필요한 그 무엇이다. 하지만 과다한 스마트 기기의 사용은 우리 뇌의 기능을 저하시켜서 인지 과정과 숙고과정을 둔화시키고 순간적인 외부반응에만 익숙하게 만든다. 또한 기억력과 계산능력을 저하시켜 '디지털치매'를 유발하기도 한다는 사실을 알아야 한다.

빌 게이츠는 자녀교육을 위해서 하루에 45분 이상 컴퓨터를 사용하지 못하도록 제한하기도 했다. 그의 아버지가 그에게 TV 시청을 제한시켰듯이 컴퓨터 사용을 제한시키고 대신 책 읽기를 통해서 지혜를 배우고 스스로 좋은 생각과 좋은 행동을 선택할 수 있도록 격려했다.

책은 스마트폰보다 스마트하다. 우리에게 사고력과 창의력 향상에 도움을 주기 때문이다. 또한 시간과 공간을 넘나들면서 위대한 작가들을 만나게 하고 그들과 대화를 할 수 있게 해준다. 그리고 그런 과정을 통해서 내면의 자아와 접촉하면서 이 세상에 태어난 소명을 깨닫고 인생의 방향을 설정하게 만든다. 또한 꿈을 향해할 수 있는 원동력과 지혜까지 얻게 된다. 이것이 책이 선물하는 종합선물세트다.

항상 몸에 지니는 스마트폰과 함께 한 권의 책을 가지고 다니면서 읽어보자. 책 읽는 사람과 안 읽는 사람, 책 읽는 민족과 안 읽는 민족은 다른 운명을 맞이하면서 살게 된다는 사실은 반드시 명심해야 한다. 이제부터라도 새로운 운명을 창조하고 싶다면 언제 어디서나 책과 함께하는 습관을 갖자. 빌 게이츠를 넘어선 성공은 할 수 없을지라도 분명 지금과는 달리 모든 면에서 나아진 삶을 살게 될 것이다.

사는 대로 생각하지 말고
생각대로 살자

나는 행동이 사람의 생각을 가장 훌륭하게
해석해 준다고 늘 생각해왔다.

존 로크

역경을 딛고 성공한 사람들의 이야기는 언제나 감동적이다. 그들의 이야기를 분석해보면 한 가지 공통점을 발견하게 된다. 그것은 꿈을 이루고 목표에 도달하기 위해서 자신의 생각대로 과감하게 행동하며 살았다는 점이다. 금수저를 물었느니 흙수저를 물었느니 요즘은 수저에 대한 이야기를 많이 한다. 흙수저가 금수저가 되는 방법은 생각에서부터 시작된다.

인생을 하나의 연극무대라고 설정한다면 우리는 모두 주인공이다. 그리고 타인들은 우리를 돋보이게 만드는 조연들이다. 그렇게 우리는 이 세상에서 아름답고 좋은 것들을 풍족하게 누리면서 행복하게 살 수 있는 자격을 가지고 이 세상에 태어났다. 그래서 자기 주도적인 삶을 살아야 함에도 불구하고 우리는 거의 대부분 내가 주연인 것을 망각하고 조연의 역할을 하면서 살아간다.

각자 주어진 배역이 있고 가야 할 길과 목적지가 다른데 우리는 남이 잘되면 배가 아프고, 남이 잘되면 괜히 기웃거리면서 시간을 낭비한다. 그렇게 남과 비교하는 것이 습관화되면 열등감에 빠지고 인생이 더욱 우울해진다. 지금부터라도 내비게이션을 켜고 내 인생의 현 위치가 어디인지를 먼저 파악하는 습관을 들이자. 차를 운전하는 것과 마찬가지로 현 위치와 목적지를 알아야 최단거리로 갈 것인지, 최단시간으로 갈 것인지 그리고 유료도로로 갈 것인지, 무료도로로 갈 것인지 등을 결정할 수 있기 때문이다. 그 결정은 운전자인 내가 하는 것이다.

《이상한 나라의 앨리스》에 이런 대화가 나온다.

"혹시 나는 갈 곳이 없는 건 아닐까?"
"지도만 보면 뭘 해? 남이 만들어놓은 지도에 내가 가고 싶은 곳이 있을 것 같니?"
"그럼 내가 가고 싶은 곳은 어디에 나와 있는데?"
"넌 너만의 지도를 만들어야지."

《나는 희망의 증거가 되고 싶다》의 저자 서진규 박사는 자신만의 지도를 만들면서 인생을 살았다. 그녀는 가발공장 여공에서 하버드 대학의 박사가 된 것으로 유명하다. 사는 대로 생각하지 말고 생각대로 살아야 함을 보여주는 대표적인 인물이다. 서진규는 1948년 경상남도의 작은 어촌마을에서 엿장수의 둘째 딸로 태어났다.

집안 형편상 가난하고 배고프게 지냈던 그녀는 초등학교 5학년 때 담임선생님으로부터 꿈과 용기를 불어넣어 주는 한마디를 듣게 된다. 어느 날 수업시간에 담임선생님이 반 학생들의 손금을 봐주었다. 서진규의 손금을 본 선생님은 "진규야, 너는 반드시 큰 인물이 될 거다."라고 말했다. 그때 선생님의 말씀은 그녀의 가슴에 오래도록 남아서 희망의 등불이 되어 주었다.

아버지의 노름 빚으로 갑작스레 부산을 떠나 충북 제천으로 이사를 하면서 어머니는 술집을 인수해서 장사를 시작했는데 그녀의 어머니는 유난히 딸들을 심하게 차별했다. 오빠와 남동생은 집안에서 어느 정도 대접을 받으면서 지냈지만 집안일은 장사를 하는 어머니 대신 거의 그녀의 몫이었다. 6학년 때부터는 추운 겨울에도 새벽 5시에 일어나서 아침밥을 차렸다. 식구들이 식사를 마치면 설거지까지 마치고 학교에 갔다. 그녀는 공부가 가장 즐겁고 행복했다.

어느 날 서진규는 자신의 미래를 개척하고 싶다는 생각에 제천을 떠나 서울로 가기로 결심한다. 고등학교 입학을 앞둔 중학교 3학년 때 그녀는 식음을 전폐하고 맞아 죽을 각오로 부모님을 설득하는가 하면 초등학교 선생님과 중학교 선생님을 찾아가서 도움을 청했다. 선생님들의 도움으로 부모님을 설득한 그녀는 풍문여고에 입학했다.

풍문여고에 다니면서 전교 2등을 하기도 했던 그녀는 대학에 원서를 내던 날 폐병에서 다시 회복한 오빠가 대학에 진학하기 위해서 원서를 냈는데 둘 다 대학에 보낼 형편이 안되는 집안 사정상 본인이 결국 포기했다. 그리고 그녀는 사촌 언니와 함께 가발공장에서 일을 시작했다. 하지만 가발공장에서 가발을 만드는 일이 그녀에게는 쉽지 않았다.

그러던 어느 날 가발공장에서 알게 된 한 친구를 통해서 그녀는 근처 골프장 식당에서 새로운 일자리를 얻었고 작은 방을 하나 얻어서 자취생활을 시작했다. 또래들에 비해서 힘겨운 생활의 연속이었지만 그녀는 희망을 잃지 않으려고 노력했다. 그녀는 골프장과 자취생활을 하는 판잣집을 오가면서도 1주일에 한 번씩은 영어학원에 다녔다. 적은 월급에 학원비가 부담이기는 했지만 그녀는 인생이라는 자동차를 멈추지 않게 해줄 엔진오일 교환의 필요성과 중요성을 어린 나이에도 잘 알고 이를 실천한 것이다.

서진규는 골프장 손님의 권유로 골프장을 떠나 여행사에 비서 겸 경리로 일하게 되었다. 월급은 비슷했지만 식당 종업원에서 사무직으로 전환한 것이다. 하루는 같이 일하는 직원으로부터 미국 가정집에서 식모를 구한다는 얘기를 전해 들었다. 그녀는 계속해서 밑바닥 인생을 살기보다는 가슴이 이끄는 대로 새로운 인생에 도전하기로 결심했다. 국제 직업소개소를 통해서 미국으로 가기로 결심한 것이다. 다시 한 번 맞아 죽을 각오로 부모님을 설득하면서 이민 수속을 밟았다.

비자는 2년 만에 나왔고 서진규는 1971년 3월 9일 미국행 비행기에 올랐다. 미국에 도착한 그녀는 유대인이 경영하는 식당에서 일을 시작했다. 성실함을 인정받으면서 일했던 그녀는 이민수속으로 진 빚도 모두 갚고 어느 정도 저축도 할 수 있었다. 그러다 문득 잠시 잊고 있던 자신의 꿈을 떠올리게 되었다. 계속해서 공부를 해야겠다는 생각, 엔진오일을 꾸준하게 교체해야겠다는 생각이 든 것이다.

그래서 바쁘고 피곤하고 힘들어도 시간을 내서 공부하기로 했다. 그녀는 외국인을 위한 영어과정이 개설된 퀸스대학의 영어회화 과정에 등록해서 낮에는 공부하고 밤에는 식당에서 웨이트리스로 일했다. 1972년 서진규는 회계학으로 유명한 바루크 대학에 등록하여 정식으로 대학생이 되었다. 영어 실력이 부족해서 강의를 알아듣지 못하는 상황이 계속되었지만 포기하지 않고 독하게 공부했다. 그래서 영어를 제외한 다른 과목에서는 모두 B 이상의 성적을 받았다.

서진규는 고생스러운 미국 생활 속에서도 가정을 이루었지만 행복은 오래가지 않았다. 남편의 폭력 때문에 힘든 결혼생활이 반복되었다. 그녀는 많은 고민 끝에 28살의 나이에 미국 육군에 자원입대하게 되었다. 평균 연령이 자신보다 10살 정도 어린 훈련병들과 생소한 군대 용어 그리고 힘든 훈련 때문에 포기하고 싶은 유혹에도 많이 시달렸다. 하지만 마음을 다스린 그녀는 최우수 훈련병으로 졸업했다.

능력을 인정받은 그녀는 미국의 동북아시아 지역 전문가로 선발되었다. 지역전문가가 되려면 그 국가의 언어뿐만 아니라 대학원 석사과정까지 무료로 마칠 수 있게 군에서 지원을 해준다. 그래서 그녀는 하버드와 버클리에 대학원 신청을 했고 최종적으로 하버드 대학원에 합격했다. 그녀는 1990년 하버드 대학 대학원 석사 과정에 입학해서 학자의 길을 걷다가 1996년 소령으로 예편하고 2006년 불혹의 나이에 하버드 대학 대학원에서 박사 학위를 받았다.

서진규는 "주어진 현실에 안주하지 않고 꿈과 용기를 가지고 도전하다 보면 길이 나타난다. 스스로 포기하지 않을 때 반드시 꿈은 이루어진다."라고 말했다. 아무리 힘들어도 인생이 흘러가는 대로 내 인생을 내버려두지는 말자. 저절로 되는 것은 아무것도 없다. 지금 내 인생이 마음에 들지 않는다면 꿈꾸는 인생을 상상하면서 생각을 먼저 바꾸면 된다. 나도 그런 인생을 살 수 있다고 믿으면 된다. 가발공장에서 하버드까지 간 살아있는 전설 서진규는 생각대로 사는 노력을 통해서 그가 원하는 희망의 증거가 되었다.

인간으로 태어나 인생이라는 여행을 하면서 이 여행길을 천국으로 만들지 지옥으로 만들지는 각자에게 달려있다. 인생길을 천국으로 만드는 나만의 지도를 만들어보자. 아리스토텔레스는 "머릿속으로 자신이 바라는 것을 생생하게 그리면 온몸의 세포가 모두 그 목적을 달성하는 방향으로 조절된다."고 말했다.

내 인생이 내가 원하는 방향으로 잘 흘러가고 있지 않다면 머릿속에서 원하는 것을 생생하게 그리지 않고 있기 때문이다. 수시로 내 인생이 내가 원하는 방향으로 잘 흘러가고 있는지 점검하는 시간이 필요하다. 미래는 알 수 없다. 그것은 내가 마음먹기에 따라서 변할 수 있다는 가능성의 다른 표현이다. 사는 대로 생각하며 살았더라도 어느 순간 생각대로 살기로 마음먹는 순간 인생은 변하기 시작한다.

내일 당장 죽더라도
후회 없이

낭비한 시간에 대한 후회는
더 큰 시간 낭비이다.
메이슨 쿨리

직장생활을 시작한 이후로 1년에 한 번은 정기적으로 건강검진을 받는다. 기력이 왕성하고 배도 나오지 않았던 30대 중반까지는 건강검진을 받는 것이 1년에 한 번 있는 이벤트라고 여겼다. 그리고 때로는 건강검진을 받는 몇 시간이 귀찮기도 했다. 하지만 30대 중반을 넘으면서 건강검진을 대하는 태도에 변화가 생겼다. 신체적인 변화를 스스로 감지하기 시작하면서 건강관리의 중요성을 깨닫기 시작한 것이다.

누구나 언젠가는 죽지만 우리는 죽음을 의식하지 않으며 살고 있다. 그것은 건강하다는 방증이다. 아프지 않고 병들지 않았기 때문에 그다음 단계인 죽음까지는 생각하지 않는 것이다. 하지만 갑자기 시한부 인생을 선고받아서 생이 얼마 안 남았다는 사실을 알게 된다면 어떨까? 또한 갑작스럽게 죽음을 맞이하게 된다면 어떨까?

죽음은 정말 갑작스런 사고로 찾아오기도 한다. 10년 가까이 회사 생활을 같이했던 형이 있었다. J형은 나보다 나이가 많았지만 입사는 2개월 느려서 내가 업무를 가르쳐 주면서 친해졌다. 우리는 같은 팀에 속해서 업무적인 도움도 서로 많이 주고받았다. 입사하기 전 다른 회사에서 영업사원으로 근무했던 J형은 배송팀에서 일하면서 기회가 되면 영업팀으로 옮기기를 원했다.

내가 보기에도 J형은 영업적인 수완이 뛰어났다. 시간에 쫓기는 배송팀의 특성상 고객과 친밀하게 대화를 나누면서 가려운 곳을 긁어주고 문제를 해결해 주기가 쉽지 않은데 J형은 그걸 정말 잘했다. 내가 영업부 부장이라면 스카우트를 해서라도 데리고 가고 싶다는 생각이 들 정도였다. J형은 기회가 있을 때마다 영업부에 지원을 했지만 부서를 옮기는 것은 쉽지 않았다. 그러던 어느 날 J형은 많이 고민을 했다고 하면서 회사에 사표를 던졌다.

회사를 그만둔 J형은 몇 달 후 멋진 정장 차림으로 회사를 방문했다. 한 손에는 비즈니스 정장에 어울리는 서류가방을 들었다. 잘 어울렸다. J형은 보험회사의 영업사원으로 새로운 인생을 시작한 것이다. 마음 같아서는 나도 보험을 한 개 정도 들어주고 싶었지만 장모님께서 보험회사에 다니시기 때문에 더 이상 보험을 들지 않아도 될 만큼 이미 충분히 많은 보험에 가입을 한 상태였다.

하고 싶은 일을 하는 사람의 모습은 멋있고 여유롭고 자신감이 넘쳐 보이기까지 한다는 사실을 그때 처음 알았다. J형은 보험회사에 입사한 지 1년도 안 되는 시점에서 각종 기록을 세우고 상을 휩쓸며 승승

장구를 했다. SNS에 올라오는 J형의 소식을 통해서 그런 소식들을 틈틈이 접하던 직원들은 형의 성공을 진심으로 축하해 주었다. 왜냐하면 지금까지 회사를 떠나서 잘 된 사람들이 별로 없었기 때문이다.

그러던 어느 날 회사 직원들은 아침부터 충격에 휩싸였다. 전날 저녁 뉴스에 보도된 교통사고 소식 때문이었다. 화곡동 사거리에서 심야에 발생한 교통사고로 사망자와 사상자가 발생했다는 뉴스였다. 사망자가 1명 있었는데 그 사망자가 바로 J형이었다. 지인 차에 함께 동승하여 이동하던 중 신호위반을 하며 과속으로 주행하던 차가 J형 일행이 탑승한 차와 정면으로 충돌한 것이다.

사고소식을 접하고 뉴스 다시보기를 통해서 사건 당시 동영상을 봤는데 정말 끔찍했다. 신호위반 차량의 속도는 마치 전투기와 같았다. 전투기와 차량의 충돌처럼 사고는 정말 순식간에 일어났다. 사고의 충격으로 피해차량에 타고 있던 J형은 차에서 튕겨져 나왔고 병원으로 옮겨졌지만 숨을 거두었다. 정말 믿을 수 없는 사망소식이었다.

잘 나가던 40대 초반으로 두 아이의 가장이기도 했던 한 남자가 예측하지 못한 사고로 갑자기 세상을 떠난 것이다. J형의 장례식장에는 수많은 동료들이 참석해서 고인의 명복을 빌었다. J형과 비슷한 또래인 40대 직원들은 이게 무슨 날벼락이냐며 하늘을 원망하기도 했다. 이제 좀 잘 살고 성공자가 되어가는 모습이 보기에도 너무 좋고 전 직장동료로서 자랑스러웠는데 가슴이 너무 아프다는 거였다. 그런 기분은 나도 마찬가지였다.

살다 보면 어느 순간 결혼식과 돌잔치보다는 장례식장을 다니는 횟

수가 더 많아지는 시점이 찾아온다. 보통은 지인의 부모님이 돌아가신 경우에 장례식장에 참석하게 된다. 지인이나 친구의 죽음으로 장례식장에 참석하게 되는 횟수가 증가한다면 나도 자연스럽게 그럴 때가 된 것으로 봐도 된다. 이렇게 우리는 참석하는 경조사에 따라서 내가 준비해야 할 인생의 통과의례를 미리 짐작할 수도 있다.

갑작스럽게 죽음을 맞이한 J형의 장례식장을 다녀온 이후로 참 많은 생각이 들었다. 정말 누구나 한순간에 불의의 사고로 죽음을 당할 수 있다. 죽음은 동전의 양면과 같이 삶과 항상 함께 존재하는 것 같다. 어떻게 보면 우리는 모두 시한부 인생이다. 다만 그 순간이 언제일지만 모를 뿐이다. 죽음은 어차피 피할 수 없는 관문이다. 그래서 잘 죽는 것이 중요한데 잘 죽기 위해서는 잘 살아야 한다.

내일 당장 죽더라도 후회하지 않으려면 어떻게 살아야 하는지? 그 질문이 한동안 나를 감싸고 돌았다. 스스로 답을 찾을 수 없었던 나는 책을 통해서 답을 찾으려고 노력했다. 그래서 읽게 된 책이《오늘 내가 살아갈 이유》다. 저자 위지안은 79년생으로 서른 살에 세계 100대 대학 중 하나인 상하이 푸단대학교에서 교수로 재직하게 된 수재였다.

위지안은 환경경제를 공부하기 위해서 노르웨이에 유학을 갔는데 '노르웨이 숲'의 매력에 흠뻑 빠져서 '숲에 미래가 있다'는 비전을 세우고 중국으로 돌아와서 교수가 되었다. 숲을 너무 사랑한 그녀는 숲에서 대체에너지를 생산하는 '에너지 숲 프로젝트'를 정부에 제안하기도 했다. 그러던 2009년 10월의 어느 날 갑자기 말기 암이라는 판정을 받는다. 그녀는 말기 암 판정이 이륙 준비가 끝난 우주선이 카운트다운 직전에 어이없이 폭발해버린 느낌이라고 했다. 삶의 소중함을 깨달은 그녀는 책에서 이렇게 말했다.

> 인생이란 아무것도 안 하면서 살기엔 너무 소중하고, 출세만을 위해 살기에는 너무 값지다. 혼자 깨어 있는 적막한 시간에 마음 깊은 곳에서 영혼의 갈채 소리를 들을 수 있을 만큼 삶을 살 수 있다면, 그것이야말로 참 좋은 인생일 것이다.
>
> 위지안, 《오늘 내가 살아갈 이유》

갑자기 벼락부자가 되어 아무것도 하지 않는다면 얼마나 좋을까? 다들 그러기 위해서 눈에 불을 켜고 성공을 향해서 달려가고 있다. 하지만 출세만을 위한 성공은 영혼의 갈채 소리를 절대 들을 수 없을 것이다. 혼자 있는 시간에 내 삶을 돌이켜보았을 때 영혼의 갈채 소리를 들을 수 있어야 참 좋은 인생이고 참 좋은 성공일 될 수 있다는 점을 깨닫게 되었다.

삶을 관통하는 단 하나의 단어를 꼽아야 한다면 '사랑'이다. 항상 '사랑'을 생각하고 실천한다면 내일 당장 죽더라도 후회가 없을 것이다. 니체는 "인생을 최고로 여행하라!"고 말했다. 인생을 최고로 여행하기 위해서는 앞만 보고 전력질주 하기보다는 단 한 명의 손이라도 따뜻하게 잡아 주면서 함께 걸어가는 행동이 있어야 한다.

인간으로 태어나서 지구에서 숨 쉬고 있는 이유는 지구 상에 어떤 도움을 주기 위해서다. 숨을 거두는 마지막 그 순간까지 우리에게는 각자 주어진 사명이 있다. 인생에서 가장 중요한 것은 내게 주어진 시간과 내가 가지고 있는 사랑을 어떻게 사용할지를 판단하고 실천하는 것이다. 최후에 웃는 자가 승자라고 했다. 인생의 마지막 순간에 눈을 감으며 웃는 사람이 정말 강한 사람이다.

사람들 마음속에 '사랑'이라는 씨앗을 뿌리면서 살아갈 수 있다면 그런 인생이야말로 성공한 인생이라고 말할 수 있다. 내가 잘할 수 있는 일, 내가 즐기면서 할 수 있는 일이 무엇인지 찾아서 세상에 대한 '사랑'을 뿌리면서 하루하루 산다면 갑작스런 죽음을 맞이해도 억울하지 않을 것이다. 지금까지 살면서 가장 소중하다고 여기는 깨달음은 사랑과 행복은 미루는 게 아니라는 것이다. 둘 다 지금 당장 이 순간에 행하고 느껴야 한다.

인생이라는 시나리오를 계속 써나가면서 주인공은 언제나 나 자신이라는 것을 잊지 말아야 한다. 인생을 최고로 여행하려면 내가 주인공이어야 한다. 여행을 하다 보면 때론 피를 흘리는 상황도 발생하지만 때론 불꽃놀이 같은 장관도 경험하게 된다. 용기를 잃지 않고 내가 줄 수 있는 사랑을 계속 전하면서 행복을 느끼고 가면 되는 것이다.

내가 이 세상에 줄 수 있는 사랑의 방식은 요리가 될 수도 있고, 커피 한 잔이 될 수도 있고, 책 한 권이 될 수도 있다. 나는 책을 쓰면서 사랑을 전하고 싶다. 그리고 책을 쓰면서 행복을 느낀다. 누구나 자신이 줄 수 있는 최고의 것을 세상에 선물한다면 죽더라도 사람들의 기억 속에는 영원히 남게 된다. 그런 인생은 내일 당장 죽더라도 후회가 없을 것이다. 이제부터라도 내가 세상에 선물할 수 있는 사랑을 찾아 보면 좋겠다. 나를 위해. 세상을 위해.

미생에서 완생으로 가는 길

모든 전사 중 가장 강한 전사는 이 두 가지,
시간과 인내다.
레프 톨스토이

드라마 〈미생〉이 대단한 히트를 쳤다. 미생未生은 바둑용어로 집이나 대마가 아직 완전하게 살아있지 않은 상태를 뜻한다. 직장인들의 애환을 그린 이 드라마는 회사 안에서 직장인들이 경험하는 불완전한 상태를 잘 묘사해서 인기를 얻었다. 미생은 '다음웹툰'이 원작으로 이미 드라마화되기 전부터 사랑을 받았던 작품이다. 드라마 미생은 원작을 잘 살려서 만들어졌다는 평가를 받으며 원작 이상으로 선풍적인 관심을 받았다.

지금까지 우리나라 드라마의 스토리는 연애와 사랑이 주를 이룬 것이 특징이다. 전쟁드라마는 전쟁을 하면서 연애를 하고, 수사드라마는 범인을 잡으면서 연애를 하고, 의학드라마는 환자를 치료하면서 연애를 한다. 하지만 미생은 감초처럼 들어가 있던 연애가 빠지고 직장생활을 하면서 때로는 상사에게 호통도 받고, 때로는 웃고 때로는 긴장도 하는 모습이 많은 공감을 얻었다. 현실을 감추는 이야기가 아니라 현실을 고스란히 잘 보여준 것이 〈미생〉의 인기비결이다.

주인공 장그래는 고졸 출신으로 2년 계약직이다. 한국기원을 나와서 들어간 첫 회사 원인터내셔널에서 계약직인 '미생'으로 사회생활을 시작한다. 취업하기가 하늘의 별 따기인 요즘에는 계약직이든 정직원이든 대부분의 신입사원들이 높은 스펙을 자랑한다. 취업난에 비례해서 지원자들의 스펙이 오르는 것은 자연스러운 현상이다. 취업하기가 쉽다면 상대적으로 스펙을 쌓기 위한 고단한 노력도 필요 없을 테니 말이다.

고졸 출신인 장그래는 스펙에서 내세울 것은 없지만 공손하고 예의가 바르다. 이것은 직장생활에서 굉장한 장점이다. 왜냐하면 스펙이 아무리 뛰어나더라도 상사를 무시하고 자기 할 말 다하는 직원은 조직을 와해시키고 위태롭게 만들 수 있기 때문이다. 계약직원으로 파리목숨과도 같은 장그래는 자신의 스펙을 떠나서 본성이 훌륭하여 상사들에게 인정을 받는다. 정직원이 되고 싶다는 솔직한 마음을 기분 나쁘지 않게 표현할 줄 알면서도 주어진 업무 또한 불평 없이 잘 처리한다. 장그래는 결국 정직원이 되지 못하고 이야기는 끝난다. 하지만 정직원이 되었다고 '완생'이라고 할 수 있을까 하는 의문은 남는다.

극 중에서 오 차장은 승진에 대한 야망이나 사내정치에는 전혀 관심이 없는 인물이다. 그의 관심은 오로지 가늘고 길게 직장에서 생존하는 것이다. 정직원으로 직장생활을 하더라도 정년까지 근무를 하는 것이 그에게는 완생이기에 그는 또 다른 미생이다. 오 차장에게는 직장생활이 총성 없는 전쟁터와도 같다. 그리고 직장 밖은 지옥이나 마찬가지다. 직장에 남아 있는 사실 자체만으로 축복인 것이다.

그래서 따지고 보면 계약직이나 정직원이나 우리는 모두 불안한 미생이다. 직장생활을 하다 보면 간혹 깊은 외로움을 느끼는 순간이 찾아온다. 그것은 내가 대체가 가능한 소모품처럼 느껴질 때다. 간혹 긴 휴가나 병가를 다녀온 뒤에도 회사가 아무 이상 없이 잘 돌아가고 있으면 왠지 섭섭하다. 승진을 하거나 특별한 프로젝트를 무사히 잘 수행한 뒤에도 내가 아닌 다른 누군가 그 업무를 대신 했어도 충분히 가능하다는 사실을 깨닫게 된다면 많이 허무해진다.

직장인들의 비애는 바로 내 운명이 회사의 손에 달려 있다는 것이다. 언제든지 대체가 가능하기 때문에 그런 처지에 놓이지 않기 위해서 처세술이 필요하기도 하다. 직장생활을 오래 하다 보면 공통적으로 듣게 되는 말이 있다. "사람이 힘든 거지! 일이 힘드냐?"라는 말이다. 이 말은 사람 사이의 관계가 힘들지 일은 힘들지 않다는 뜻이다. 인간관계로 인해 발생하는 스트레스로 회사를 당장 때려치우고 싶더라고 실행에 옮기기는 힘들다.

인문고전을 많이 읽어야 한다고 흔히들 말하지만 나는 자기계발서를 즐겨 읽는 편이다. 인문고전 독서의 중요성은 두말할 나위가 없지만 자기계발서를 읽는 것 또한 중요하다. 인문고전은 보약 같은 것이라면 자기계발서는 비타500과 같다. 보약은 효과는 크지만 큰 맘 먹고 작정을 하고 섭취해야 그 효과를 얻을 수 있다. 하지만 비타500과 같은 음료는 언제 어디서든 부담 없이 가볍게 마실 수 있으니 즐겨 찾게 된다.

최근 《미생, 완생을 꿈꾸다》라는 자기계발서를 접했다. 이 책의 저자들은 대한민국에서 완생을 꿈꾸는 10대 청년들이다. 10대들에게 토요일 오전 7시 30분은 불금으로 피곤한 몸을 이불 속에서 보내고 싶은 시간일 것이다. 하지만 이들은 자발적으로 모여 HBR^{Havard Business Review}를 읽으면서 토론을 한다. 이들은 평범한 직장인이기도 하고 자기사업을 꿈꾸기도 하는 미생들이다.

이 책의 저자들은 미생임을 인정하고 완생이 되기 위해서 '실천'을 한다. 그 실천의 일환이 HBR 토론이다. 우리는 생김새가 모두 다르듯이 각자 생각하는 완생의 모습도 다르다. 하지만 완생을 성공시키기 위해서는 공통된 행위를 하나 해야 한다. 그것은 바로 구체적이고 수치화된 계획을 세워서 꾸준하게 실천해야 한다는 것이다. 사실 우리는 이 비밀을 잘 알고 있다. 하지만 중요한 '실천'을 잘 하지 않는다.

그것은 좋은 책을 한 권 읽고 "잘 읽었다. 정말 좋은 책이야."하고 덮어버리는 행위와 같다. 실천하지 않는 지식과 지혜는 무용지물이다. 머릿속에 생각만 있고 실천하지 않는다면 몇 년이 지나도 우리 인생은 달라지지 않는다.

삶의 무대_이정하

삶의 무대에 조명이 켜지면

나는

단역배우도 조연 배우도 아닌

주인공으로,

또한 감독으로 내 인생을 연출하게 됩니다.

따라서 내 인생은

나 자신이 멋지게 연출하고,

나 자신이 멋지게 출연하지 않으면 안 됩니다.

누가 대신 출연해 줄 수 없기 때문입니다.

누가 대신 연출해 줄 수도 없기 때문입니다.

또한

혼신의 힘을 다해 몰입하지 않으면 안 됩니다.

연습도,

재공연도 없는

단 1회 공연이기에 말입니다.

인생은 선택의 연속으로 이어지는 단 1회 공연이다. 그리고 그 선택은 완성으로 가기 위한 한 걸음 한 걸음이다. 그 선택을 통해서 계단을 하나씩 올라가야 한다. 혼신의 힘을 다해 몰입하면서 완성으로 향하는 계단으로 올라가야 한다. 제자리걸음을 하거나 후퇴를 하게 되면 완성과는 점점 멀어진다.

미생의 명대사 중 하나는 "나는 어머니의 자부심이다. 잊지 말자!"

다. 다른 명대사보다도 가장 기억에 남는다. 관점을 달리해서 보면 완벽하지 않은 상태인 미생은 완벽해질 수 있는 '기회'다. 더 이룰 게 없는 완생은 사실 죽음의 또 다른 표현으로 보아야 할 것이다. 살아생전에 완생은 없다. 있다면 아마 죽음 이후의 세계에 있을 것이다.

각자가 '어머니의 자부심'이라는 사실을 가슴 깊이 새기면서 살아간다면 인생을 함부로 대하고 시간을 함부로 낭비하면서 지내는 일은 생각조차 하기 힘들다. 삶의 무대에는 언제나 밝은 조명이 켜져 있다. 그 조명을 보지 못하는 것도 나 자신이고 주연이 되는 것도 조연이 되는 것도 나 자신의 선택이다. 죽기 전까지는 완생을 이룰 수 없는 긴 여행이지만 점점 더 성숙하고 멋있는 미생으로 계속 나아가자. 우리 모두는 '어머니의 자부심'이니까.

탁월한 창의력과
상상력을 위하여

우리에게는 존재하지 않는 것들을
꿈꿀 수 있는 사람들이 필요하다.
존 F. 케네디

1947년 영국의 평범한 가정에서 남자아이가 한 명 태어났다. 아이는 어려서부터 유난히 에디슨을 좋아하고 존경했다. 그의 이름은 제임스 다이슨이다. 다이슨은 지금 비틀스 다음으로 성공한 유명인으로 영국에서 많은 사랑을 받고 있다. 어렸을 적 꿈을 이룬 그는 발명가이자 기업가다. 그는 런던 왕립미술대학에서 가구와 인테리어 등 산업디자인을 전공했다.

디자인이 적성에 맞았던 다이슨은 어느 정도 재능을 인정받았다. 그래서 대학을 졸업하기 전부터 외부에서 의뢰한 프로젝트에 참여하게 된다. 그것은 무거운 화물을 신속하게 운반할 수 있는 고속 상륙정을 만드는 일이었다. 쉽지 않은 프로젝트였지만 스스로도 끈기가 있고 미련함도 있다고 평가하는 다이슨은 '씨트럭Sea Truck' 개발에 성공했다. 다이슨이 디자인한 씨트럭은 반응이 좋아 전 세계에 판매되었다.

그는 '기능적인 디자인'을 선호하고 그런 디자인을 하기 위해서 많은 노력을 한다. 씨트럭의 성공 이후 디자이너로 4년간 회사생활을 하면서 실력을 키우던 그는 자신이 만든 회사에서 일하고 싶다는 욕망이 커지자 창업을 결심한다. 그러던 어느 날 정원용 수레를 직접 사용하면서 귀찮고 불편한 경험을 하게 된다. 평소 같았으면 무심히 지나쳤을 불편함이 그를 사로잡았고 그는 계속 그 문제를 생각했다.

다이슨은 기존의 정원용 수레가 얇은 바퀴로 인하여 오히려 깊은 바퀴 자국을 남기면서 다루기가 쉽지 않다는 점을 발견했다. 그래서 무른 땅에도 빠지지 않고 운전하기도 쉽게 하기 위해서 농구공과 비슷한 모양의 볼을 바퀴로 사용한 제품을 선보였다. 제품 이름은 볼Ball과 수레Barrow를 합성한 '볼배로Ballbarrow'로 정했다. 기존 정원용 수레의 단점을 확실하게 개선한 제품으로 평가를 받은 볼배로는 인기리에 판매되어 영국에서 70%까지 시장점유율을 차지했다.

하지만 무리한 사업의 확장과 경영상태의 악화로 인하여 동업자들로부터 회사를 떠나달라는 통보를 받았다. 제품의 연구를 위해서 투자자를 모집한 다이슨은 결국 자신이 창업한 회사에서 투자자들에게 등을 떠밀려 쫓겨나게 된 것이다. 그가 영국의 스티브 잡스로 불리는 이유에는 혁신적인 제품을 만들어 세상에 내놓은 공통점도 있지만 이런 고난과 역경도 비슷하기 때문이다.

그렇게 직장을 잃고 잠시 집에서 쉴 때 그는 아내를 돕기 위해 청소기를 돌렸다. 그러면서 다시 한 번 창조력을 자극하는 불편함을 느꼈다. 흡입력이 약해진 청소기에 불편함을 느껴 자세히 살펴본 결과 먼지가 먼지봉투의 미세한 구멍을 막는 것이 원인이라는 것을 발견했다. 집안일을 직접 하게 되면서 청소기에 분통을 터트린 다이슨은 창고에서 연구를 시작하기로 한다. 이 시작 또한 애플의 잡스와 비슷해서 한편으론 신기하기도 하다.

다이슨이 먼지봉투가 없는 청소기를 개발하기로 했다는 소문이 퍼지자 주변에서는 불가능한 일이라고 수군거렸다. 그런 일이 가능했다면 세계 최대의 진공청소기 회사인 '후버'에서 이미 만들었을 거라는 이유에서다. 그도 처음엔 뾰족한 방법을 찾지 못했지만 우연히 방문한 제재소에서 공기의 회전을 이용해서 공기와 톱밥을 분리하는 '사이클론 방식'이라는 것을 알게 된다. 그리고 이 기술을 청소기에 응용하면 승산이 있다는 생각이 번뜩였다.

하지만 성공은 쉽게 찾아오지 않았다. 다이슨이 먼지봉투가 없는 사이클론 방식의 청소기를 만드는 데 걸린 시간은 5년 이상이다. 그 시간 동안의 생계는 전적으로 아내가 책임지게 되었다. 미술강사로 활동하는 아내는 미술교실을 열어서 수강생들을 가르치고 잡지에 그림을 팔기도 하면서 남편이 연구에만 전념할 수 있도록 했다.

아내의 헌신이 없었다면 지금의 '다이슨'은 존재하지 않았을 수도 있다. 어쨌든 다이슨은 아내의 지원에 힘입어 먼지봉투 없는 진공청소기 하나를 만들기 위해서 5126번 실패했다. 그리고 마침내 5127번째 모형에서 성공을 거뒀다. 5천 번이 넘는 연구와 실험을 위해서 5년 동안 빚을 지고 소송도 여러 번 당했지만 그는 위험을 감수하는 것을 두려워하지 않았고 절대 포기하지 않았다.

다이슨은 이렇게 말했다. "실수나 실패는 발견에 한 발짝씩 다가가는 과정이므로 성공만큼 값지다. 이것이 내가 새내기 개발자들에게 '계속해서 실패해라. 그것이 성공에 이르는 길이다.'라고 말하는 이유다. 나는 실패를 사랑한다."

다이슨은 청소기를 만들기 위해서 한 번에 하나씩 실험을 했다. 동시에 두 가지 이상의 테스트를 진행하지 않고 한 번에 하나의 테스트만 진행한 것이다. 그는 성공을 위해서 서두르지 않았고 계속 실패하고 계속 도전하기를 반복하고 또 반복했다. 이것이 바로 불가능을 가능으로 만든 기적의 비법이다.

1993년 다이슨사가 설립되었다. 회사 설립 이후 다이슨의 청소기는 18개월 만에 영국 내에서 판매 1위를 차지했다. 소비자들은 브랜드보다는 기술을 더 빨리 인식한다는 것이 다이슨의 생각이다. 그래서 그는 그런 기술을 선보이면 고객들을 저절로 끌어들일 수 있기 때문에 지나친 마케팅에 대해서는 오히려 반대를 하는 입장이다. 특히 인터넷이 발달한 요즘에는 혁신적이고 뛰어난 제품의 경우 소비자들이 스스로 알아서 찾는다는 것이다.

다이슨사에 근무하기 위해서는 모든 직원이 제품의 원리와 기능에 대해서 관심을 갖고 이해해야 한다는 것이 다이슨의 경영철학이다. 그래서 모든 직원은 입사하는 첫날에 청소기를 직접 분해하고 조립하는 과정을 거쳐야 한다. 다이슨의 청소기는 영국, 미국, 호주, 뉴질랜드 등에서 인기가 많다. 사실 우리나라에서 먼저 인기를 끈 것은 청소기가 아니라 '날개 없는 선풍기'다.

언제나 일상의 문제를 기능적인 디자인과 기술을 통해서 해결하는 것을 최고의 사명으로 여기는 다이슨은 '날개 있는 선풍기'에 대해서도 의문을 품고 불편함을 느껴서 자신만의 창의력과 상상력을 발휘해서 제품을 만들었다. 그것 또한 모든 사람들이 불가능하다고 여긴 일이다. 선풍기에 날개가 없다니? 평범한 사람들은 이해할 수도, 상상할 수도 없는 일을 다이슨은 해냈다.

다이슨의 관점에서 날개 있는 선풍기는 아이들의 안전과 위생에 있어서 문제가 많았고 그는 그것이 불만이었다. 또한 날개 커버를 벗기고 날개를 청소하는 것도 귀찮았다. 다이슨은 아무도 이 문제에 대해서 127년 동안 적극적으로 해결하지 않고 도전하지 않았음을 오히려 기회로 여겼다. 다이슨의 본사 건물 2층에는 다음과 같은 문구가 걸려 있다.

"전기를 이용한 최초의 선풍기는 1882년 발명되었다. 날개를 이용한 그 방식은 127년간 변하지 않았다."

100년이 넘도록 누구도 날개 달린 선풍기에 의문을 품고 바꾸려고 하지 않았다. 또한 날개 달린 선풍기로 인한 사건 사고가 매년 끊임없이 발생하고 있지만 조심해서 써야 한다는 생각뿐 그 이상은 없었다. 모기장처럼 생긴 보호덮개를 씌워 사용하는 것이 혁신이었다. 100년 가까이 선풍기에 대해서 가지고 있던 인류 전체 아이디어의 총합이 그랬다는 얘기다.

아마 지금부터 10년 후에는 날개 있는 선풍기가 오히려 이상하게 여겨지는 세상이 될지도 모른다. 다이슨은 2010년부터는 CEO 명함을 버리고 최고 엔지니어로 일하고 있다. 경영은 전문경영인에게 맡기고 자신은 제품 개발에만 전념하기로 한 것이다. "불가능해 보이는 것을 실제로 만들어내는 일이 여전히 나의 일입니다."라고 말하면서 디자이너이자 엔지니어로 살기 위해서 CEO 직함을 버렸다.

주변을 자세히 살펴보면 각자 귀찮게 하는 것들이 무엇인가 있을 것이다. 그것이 다이슨의 경우처럼 가전제품일 수도 있고 아닐 수도 있다. 중요한 점은 그런 것들을 경험하게 되었을 때 그냥 넘어가지 않고 '좀 더 나은 방법은 없을까?' 스스로에게 질문을 던지는 노력이다. 탁월한 창의력과 상상력은 바로 그 질문에서 시작된다.

영국의 소설가 메리 오거스타 워드는 "누구나 자신이 찾은 것보다 더 나은 이야기를 남기고 떠나야 한다."고 말했다. 인생을 살다 보면 수많은 실패를 경험하게 된다. 무엇인가를 이루기 위해서 5천 번 넘게 실패를 경험한 적이 있는가? 다이슨 앞에서는 실패의 경험을 함부로 말하기 힘들 것이다. 아무리 실패를 하더라도 열정을 잃지 않고 다음 실패로 계속 나아갈 수 있어야 한다. 남들이 생각하는 것 이상으로 기준을 높게 세운다면 우리는 더 나은 이야기를 남기는 사람이 될 수 있다. 우리는 그런 사람이 되기 위해서 인간으로 태어났다.

공자의 공부법과
소크라테스의 생각법

들은 것은 잊어버리고.
본 것은 기억하고 직접 해본 것은 이해한다.
공자

공자는 자신이 '공부를 좋아하는 사람'이라고 여러 번 말했다. 그래서 "열 집쯤 모인 작은 마을에도 나처럼 마음이 진실하고 믿음직스러운 사람이 있을 것이다. 그러나 나처럼 배우기를 좋아하는 사람은 없을 것이다."라며 공부하는 삶에 대한 자부심을 내비치기도 했다.

공자는 배움을 최고의 기쁨으로 여기며 평생을 살았는데 그는 무엇인가를 알아가면서 깨달음을 얻을 때 인간은 비로소 성장하고 인간다워질 수 있다고 믿었다. 그래서 인간을 성장시킬 수 있게 한다면 무엇이든 배움의 대상이 된다는 것이 그의 생각이다. 지금까지 의무교육을 받으면서 의무적으로 공부를 한 기간 동안 우리가 배운 것은 단 하나다. 의무적으로 뭔가를 하게 되면 흥미를 느끼지 못하고 몰입을 통한 깨달음과 희열을 맛볼 수 없다는 것이다.

누군가 시켜서 하는 것에는 기쁨도 자부심도 느낄 수 없다. 스스로 "나는 공부를 좋아하는 사람입니다."라고 말할 수 있는 경지가 되기 위해서는 경쟁을 하기 위한 공부에서는 이탈해야 한다. 진짜 공부는 '인간다움'을 찾아 주고 일깨워 주는 공부다. 경쟁을 위한 공부를 버리고 '인간다움'을 위한 공부를 할 때 우리는 위대한 업적을 이룰 수 있다. 그 위대한 업적을 이루면 세상이 말하는 성공도 자연스럽게 따라온다.

공자의 제자 중 하나였던 자로는 원래 타고난 능력이 뛰어난 사람들도 계속 공부를 해야 하는지에 대해서 의문을 품고 스승에게 이렇게 물었다. "대나무는 누가 가꾸지 않아도 혼자서 곧게 잘 자랍니다. 그래서 화살이나 창으로도 쓸 수 있습니다. 이런 식이라면 꼭 배워야 할 필요가 있습니까?" 이에 공자가 대답했다. "화살에 촉을 갈아서 박는다면 더 깊이 박히지 않겠느냐?"

대나무처럼 스스로 잘 성장하고 여러모로 쓸모가 있다 하더라도 그 상태에 머문다면 더 좋은 쓰임으로 이어지지 못한다. 대나무를 잘라 화살로 만들 경우 날카로운 촉을 갈아서 박는 부단한 노력을 해야만 화살은 더 깊이 박혀서 본연의 역할을 분명하게 할 수 있다. 공부와 배움이란 화살촉을 날카롭게 만드는 방법이다. 공자가 말하는 '인간다움'이란 결국 공부를 통해서 점점 더 나은 사람이 되어가는 것이다.

그래서 공자의 공부법에 따르면 공부는 죽을 때까지 평생 해야만 하는 것이다. 점점 더 나은 사람이 되는 것에는 끝이 있을 수 없기 때문이다. 인생의 마지막 순간까지 인격수양을 위해서 노력하는 것이 인생의 즐거움이다. 그것을 깨닫게 되었을 때 인생은 소풍이 되고 삶이 결국은 공부 자체가 된다. 이런 인생에서 지루함이나 허무함은 찾아볼 수 없다.

공자는 중국이 매우 혼란했던 춘추전국시대에 활동했다. 이 무렵 중국은 여러 나라로 나뉘어 전쟁이 빈번하였고 백성들의 삶은 물질적으로나 정신적으로 매우 피폐했다. 이런 시대적 상황 속에서 먹고 사는 문제를 떠나서 '인간다움'을 논한다는 것은 커다란 도전이었다.

국가가 존립하고 성장하는 것에만 관심을 쏟았던 시대에 오히려 인격을 성숙시켜 '군자'가 되어야 한다고 공자는 생각했다. 그런 공자의 가르침은 사람을 끌어들이는 힘이 있어서 출신, 나이, 재산의 많고 적음에 상관없이 전국에서 제자가 되고자 수많은 사람들이 몰려들었다. 공자는 제자들과 함께 숙식하면서 자신의 사상을 전파했다.

공자가 강조한 공부법 첫 번째는 스스로 생각하면서 하는 공부다. 그는 "스스로 어찌할까 어찌할까 생각하지 않는 사람은 나도 어떻게 할 수 없다."라고 말하면서 하나를 가르쳐 주었을 때 하나만 아는 사람은 다음 단계로 도약할 수 없다고 했다. 두 번째는 자신만의 답을 찾는 공부다. 공자는 이 세상에 단 하나의 정답이란 없다고 여겼다. 그래서 제자들이 물어보는 똑같은 질문에도 상황과 제자에 따라서 다른 대답을 해주기도 했다.

세 번째는 모르는 것을 부끄러워하지 않는 공부다. 제자 자로가 "사람이 죽으면 어떻게 됩니까?"라고 물었을 때, 공자는 "삶을 제대로 알지 못하는데 어찌 죽음까지 알 수 있겠느냐."라고 말했다. 모르는 것은 당당하게 모른다고 대답한 것이다. 공자는 알지 못하는 것에 대해서 어설프게 안다고 말하지 않았다.

모르는 것은 자연스럽게 인정하고 오히려 제자들과 함께 자유롭게 질문하고 토론하면서 알려고 공부했다. 공자는 제자들에게는 스승이었지만 스스로 한평생 배우고 배움을 나누는 공부하는 인간임을 잊지 않았다. 아무리 뛰어난 스승을 만나더라도 스승은 우리를 거들뿐이다. 스스로 생각하고 여러 가지 정답을 인정하면서 모르는 것을 부끄러워하지 않는 공부를 해야 한다. 이것이 우리가 실천해야 하는 진정한 공부법이다.

서양 철학사에서 위대한 스승으로 인정받는 소크라테스도 공자와 비슷한 점을 강조했다. 그것은 바로 '생각'이다. 더 자세하게 말하면 '스스로 하는 생각', '생각하는 힘'이다. 인간에게 이것이 얼마나 중요했으면 그는 자신이 이 세상에 태어나 수행할 사명을 '사람들이 스스로 생각하는 힘을 길러 주는 것'이라고 정의했다.

공부의 시작은 어디에서부터 해야 하는 것일까? 그것은 자신이 모르는 것이 무엇인지 정확히 아는 것에서부터다. 소크라테스는 자신이 절대 남들보다 똑똑하거나 지혜롭다고 생각하지 않았다. 그는 자신이 남들보다 조금 더 나은 점이 있다고 여겼는데 그것은 바로 자신이 무지하다는 사실을 아는 것이고 했다.

소크라테스의 일과 중 하나는 아테네 광장에 나가서 행인을 아무나

붙잡고 인생에서 가장 소중하다고 생각하는 가치가 무엇인지 질문을 던지는 것이었다. 그는 "전원과 나무는 아무것도 가르치는 것이 없으며, 오로지 길거리의 사람만이 가르친다."고 말했을 정도로 행인들과의 대화를 좋아했다. 군대에서 사병으로 세 번 정도 출전한 것 외에는 아테네를 벗어난 적이 없는 소크라테스는 아테네와 아테네 시민들을 너무 사랑했다.

사람들은 그동안 자신이 쌓은 지식을 바탕으로 세상을 살아간다. 그 지식을 통해서 우리는 '생각'을 하게 되고 스스로 생각한 것들을 통해 '선택'을 하면서 인생을 만들어 가는 것이다. 그래서 지식과 생각과 선택은 순환고리를 만들면서 끊임없이 반복된다. 어느 것 하나 중요하지 않은 것이 없지만 선택에 가장 결정적으로 영향을 주는 것은 '생각'이다. 하지만 가장 중요하다고 할 수 있는 생각도 따지고 보면 내 생각이 아닌 보편적인 생각이고 남의 생각인 경우가 많다.

사회에서 관습적으로 통용된 생각을 '내 생각'이라고 여기는 오류 속에서 살아가는 사람들이 대부분이다. 소크라테스는 당대의 지혜로운 사람들을 찾아다니며 대화를 하기도 했는데 막상 만나서 대화를 하다 보면 그렇지 않다는 사실을 알게 되었다. 대부분의 사람들은 모르면서도 알고 있다고 생각한다. 하지만 자신은 모른다는 사실을 알고 있기 때문에 자신이 가장 현명한 사람이라고 판단하기에 이른다.

소크라테스는 좋은 인생을 살기 위해서 가장 중요한 것은 '자기 자신을 알아야 하는 것'이고 이것을 잘하기 위해서는 '스스로 생각하는 법'을 터득해야 한다고 가르쳤다. 책 한 권 집필하지 않았고 오로지 대화로만 수많은 제자들을 길러낸 소크라테스는 스스로를 산파에 비유했다. 그는 사람들이 가지고 있는 각자의 생각과 지혜의 힘을 세상 밖으로 끄집어내는 데 도움을 주는 '생각과 지혜의 산파' 역할을 했다.

생각대로 살지 않으면 사는 대로 생각하게 된다고 했다. 사는 대로 생각하게 된다는 것은 정말 불행한 일 중 하나다. 누구나 각자 꿈꾸고 마음먹은 대로 살 수 있다. 그 시작은 스스로 생각하는 힘을 키우는 것이다. 그러기 위해서는 제일 먼저 어떤 현상에 대해서 의식적으로 '질문'을 던지는 습관이 중요하다. 하루에 한 번 정도 이런 질문 하나를 만들어 누군가와 대화를 시도해보면 좋다. 무의식적으로 당연하게 여겼던 것들에 문제의식을 가지고 질문을 던지며 답을 찾는 과정을 즐긴다면 틀에 박힌 사고에서 조금씩 벗어날 수 있다.

소크라테스는 일흔 살에 국가가 인정하는 신을 부정하면서 청년들을 잘못 교육했다는 이유로 고소를 당했다. 법정에서 당당하게 자신의 소신을 밝혔지만 재판결과 결국 사형을 선고받았다. 그를 존경하고 따르는 수많은 제자들이 완벽한 탈옥계획을 세워 스승을 설득하기도 했으나 그는 죽음을 두려워하지 않았고 담담하게 받아들였다.

아테네 시민은 법에 불만이 있을 경우에 아테네를 떠날 권리가 주어져 있다. 하지만 일흔까지 계속 아테네에 남아 살았다는 것은 법에 순종하겠다는 암묵의 약속이었다는 것이 소크라테스의 생각이었다. 그래서 그는 법을 지키기 위해 악법도 법이라 여기고 묵묵히 받아들인 것이다. 그가 "이제 가야 할 때가 되었다. 나는 죽기 위해서, 여러분은 삶을 이어가기 위해서. 하지만 누가 한결 좋은 운명을 맞이하게 될지는 신 말고는 아무도 알지 못한다.”라고 마지막 말을 남겼다.

공자와 소크라테스는 태어난 사명을 다하고 이 세상을 떠났다. 하지만 우리는 마음만 먹으면 언제든지 좌청룡 우백호처럼 왼쪽에는 공자를, 오른쪽에는 소크라테스를 함께 불러서 대화를 할 수가 있다. 그들과 함께하는 방법은 전해져 내려오는 가르침을 연구하고 실천하는 것이다. 부단히 공부하라는 공자의 말씀과 스스로 생각하는 힘을 키우라는 소크라테스의 말씀은 나를 변화시킨 가장 강력한 힘이다. 나는 이 두 스승을 지팡이 삼아서 한 걸음씩 인생여행을 하고 있다. 그래서 매일매일 조금씩 나아지는 내 모습과 내 인생을 경험할 때마다 기분은 최고가 된다. 누구나 이를 실천한다면 평생 인간답게 성장하는 기쁨을 누리게 될 것이다.

감사하고 또 감사하라

나는 감사할 줄 모르면서
행복한 사람을 한 번도 만나보지 못했다.
지그 지글러

미국의 신경과학자들은 감사할 때 일어나는 신체의 변화에 대해서 오랜 기간 연구했다. 그 결과 뇌에서 일어나는 변화와 뇌의 활성화 부위 및 활성화 정도를 과학적으로 측정하는 데 성공했다. 연구결과에 따르면 감사하는 마음을 느낄 때는 긍정적인 감정이 생기면서 좌뇌의 전전두피질이 활성화된다.

좌뇌의 전전두피질은 인간적인 정서를 담당한다. 이 전전두피질이 활성화되면 아드레날린, 노르아드레날린, 코르티솔 등 스트레스에 관련된 호르몬이 감소한다. 대신 엔도르핀, 도파민, 세로토닌 등 행복감과 관련된 호르몬이 증가하면서 행복을 느끼게 되는 것이다. 그래서 아무리 재산이 많아도 감사하게 여기지 못한다면 행복할 수 없다. 오히려 적게 가져도 감사하게 여기는 사람이 더욱 행복하다.

우리 몸의 70%는 물이다. 이 사실은 초등학생 정도면 누구나 아는 사실이다. 하지만 우리가 왜 긍정적인 생각을 하고 감사의 말을 하면서 살아야 하는지에 대해서 학교에서는 잘 알려주지 않는다. 인간의 몸을 구성하고 있는 물을 포함해서 '물'은 의식과 감정이 전하는 파동 에너지에 영향을 받아서 변화를 일으킨다. 이 사실을 잘 설명한 책《물은 답은 알고 있다》는 2002년에 출판되어 많은 사랑을 받았다.

이 책에는 물을 다양한 방법으로 실험해서 결정체가 어떻게 변하는지를 보여주는 사진이 많이 등장한다. 물은 하나의 살아있는 생명처럼 외부의 감정과 말에 따라 반응한다. 저자인 에모토 마사루 박사는 눈 (雪)마다 결정체가 다르다는 사실에 기초해서 물도 그렇지 않을까 의문을 품고 실험을 했다. 그 결과는 정말 대단했다.

물에게 '고맙습니다, 사랑합니다.'라는 글자를 보여주면 물은 아름다운 결정체를 맺었다. 반대로 '멍청한 놈, 짜증 나'와 같은 글자를 보여주면 결정이 깨지면서 보기에도 싫은 모양의 결정체로 변했다. 음악을 통해서 한 실험에서도 같은 결과를 보여줬다. 베토벤의 교향곡 '운명'과 '전원'을 들려주었을 때는 아름다운 결정체를 보여주었다. 하지만 대조적인 성격의 음악인 헤비메탈을 들려주었을 때는 결정이 깨지면서 무섭게 변했다.

《물은 답은 알고 있다》에는 물 이외에 '밥'으로 한 실험도 등장한다. 밥을 두 개의 병에 각각 나눠서 담는다. 그리고 한 병에는 "고맙습니다!"라고 말한다. 다른 한 병에는 "멍청한 놈!"이라고 말한다. 실험의 결과는 위에서 예로든 결과와 비슷하다. 고마움을 표현한 병에 담긴

밥은 발효가 잘되었고 멍청하다고 놀린 밥은 먹을 수 없게 썩어버렸다. 밥 또한 수분을 포함하고 있기 때문에 이런 결과가 생긴다는 것이 저자의 설명이다.

> 당신의 말에는 전부를 바꿀 힘이 있습니다. 물에게 "사랑해"라고 말을 걸어 보세요. 그러면 물은 쑥쑥 자라나서 자유롭게 결정을 만듭니다.
> 사랑하는 이에게, 남편에게, 자식에게, 그리고 친구에게 이 말을 전해보세요. 당신의 마음을 '말'로 표현하면 당신의 몸 안에 있는 물도 아름답게 빛나게 될 것입니다.
>
> 에모토 마사루,《물은 답은 알고 있다》

물을 가지고 진행한 이 실험이 전문적이지 못하고 과학적이지 못하다고 비평하는 사람들도 존재한다. 하지만 세상에는 과학적으로 증명하지 못하는 불가사의한 일들이 많이 있다. 과학적이지 않은 것은 무조건 무시하고 받아들이지 않는 태도는 너무 편협한 태도다. 모든 것을 과학적으로만 접근해서 따지려고 하는 사람들은 수많은 종교인들로부터 비난을 받아야 마땅하다.

이 책이 전하는 메시지는 인간은 물론 이 세상에 존재하는 모든 것들이 가장 아름다운 결정을 맺을 수 있게 해주는 말이 "사랑합니다.", "고맙습니다."와 같은 감사의 표현이라는 것이다. 또한 우리가 마음속에 품은 하나의 생각과 외부로 내뱉는 한마디 말에 얼마나 큰 힘이 작용하는지를 깨닫게 해주는 데 목적이 있다.

이 책을 읽은 후 나를 변화시키는 좋은 습관은 '물에게 감사하기'가 되었다. 이제 나는 물 한 잔을 마시기 전에 물에게 감사함을 전하는 것이 습관화되었다. 속으로 항상 "맛있고 좋은 물을 마실 수 있게 해주셔서 감사합니다." 라고 말한다. 종교인들이 식사 전에 감사의 기도를 올리는 것과 같은 의식이다.

물에게 감사의 기도를 올리면서 마시게 되면 아름다운 결정체가 된 물을 통해서 나 또한 아름다운 결정체가 되는 느낌이다. 이 느낌은 귀인(貴人)이 되어가는 과정으로 여겨지기도 한다. 이 느낌이 나는 정말 좋다. 한 잔의 물에도 감사함을 느낄 수 있게 된 다음부터는 세상의 모든 것들이 아름답고 소중하게 여겨지기 시작했다. 모든 것이 그러하니 불평과 불만을 가질 이유와 필요조차 없어졌다.

《탈무드》에는 "세상에서 가장 지혜로운 사람은 배우는 사람이고 세상에서 가장 행복한 사람은 감사하며 사는 사람이다."라는 말이 있다. 행복은 우리가 얼마나 많이 가지고 있는지에는 관심이 없다. 행복은 소유의 크기에 비례하지 않는다. 행복은 감사의 크기에 비례한다. 아무리 작은 것이라고 진심으로 감사를 느낀다면 그 순간 행복은 찾아온다.

감사할 줄 아는 사람은 어떤 환경에서도 세상을 아름답게 볼 줄 안다. 세상은 모든 것을 아름답게 보는 사람들에게 축복을 내린다. 마음속이 미움과 분노와 슬픔으로 가득 차 있다면 운(運)이 들어올 자리가 없다. 돈이 돌고 돌 듯이 운도 돌고 도는 성질이 있는데 진심으로 감사하지 못하는 사람에게는 좋은 운이 돌아오지 않는다. 대신 안 좋은 운만 돌아와서 쌓이게 된다. 이것이 우주의 원리이고 세상의 이치다.

인간은 삶이 두려워 사회를 만들었고 죽음이 두려워 종교를 만들었다. 인생은 어떻게 보면 불확실성과 불안의 연속이다. 그래서 종종 '감사'를 잃어버린 삶을 살아간다. 원하는 대학과 원하는 직장에 들어가는 것이 쉽지 않다. 원하는 결혼 상대를 만나는 것 또한 쉽지 않을 뿐만 아니라 결혼 자체도 쉽지 않다. 인생의 중대한 이벤트들이 스트레스가 되면서 불안감이 증폭하면 감사할 여유를 잃어버리게 된다.

감사에 대한 일화가 하나 있어서 소개한다. 아파트 2층에 사는 어떤 주부가 대청소를 하게 되었다. 그녀에게는 이제 막 걸음마를 시작한 어린아이와 강아지 한 마리가 있었다. 그녀는 대청소를 위해서 아이와 강아지를 밖에서 함께 놀게 하는 것이 좋겠다고 판단했다. 그래서 베란다에서 보이는 1층 잔디밭에 아이와 강아지를 옮겨놓고 청소를 시작했다. 청소하는 틈틈이 바깥 상황을 살피던 그녀는 아이와 강아지가 잘 노는 것을 보고 다행이라고 여겼다.

그녀는 청소가 거의 끝나갈 무렵 아이와 강아지가 잘 놀아준 것에 대한 보상으로 쿠키를 주기로 했다. 약간의 장난기가 발동한 그녀는 실에 쿠키를 매달아서 2층 베란다에서 1층으로 내려보냈다. 냄새를 맡은 강아지가 먼저 달려와서는 쿠키를 잽싸게 입에 물고 근처에 자리를 잡고는 맛있게 먹었다.

그녀는 두 번째 쿠키를 준비해서 다시 내려보냈고 이번에는 아이가 손으로 잡았다. 아이는 쿠키를 한 번 살펴보고 실을 따라서 시선을 위로 올렸다. 시선이 끝난 곳에는 엄마가 아이를 향해 밝게 웃으면서 손을 흔들고 있었다. 아이도 엄마를 향해서 미소를 보이며 손을 흔들었다. 그리고 나서야 아이는 쿠키를 입에 넣었다.

이처럼 감사할 줄 아는 여유와 능력은 인간과 동물을 구별하는 가장 큰 차이점 중 하나다. 강아지는 먹을 것을 누가 주었는지 그 존재에 대해서는 전혀 관심이 없었다. 하지만 아이는 누가 주었는지에 대해 관심을 갖고 살펴보는 여유를 가지고 있었다. 그리고 미소와 함께 손을 흔들면서 감사함을 전했다. 인간이라면 작은 것 하나에도 감사할 줄 알아야 한다.

인간의 조건은 감사할 줄 아는 능력이다. 아리스토텔레스는 "인간의 마음 중에 가장 쉽게 늙는 부분이 있다면 그것은 감사하는 마음이다."라고 했다. 감사하는 마음이 작아지고 있다면 나이에 상관없이 늙어가고 있다고 볼 수 있다.

우리가 갖게 된 모든 것들은 보이지 않는 실에 묶여져서 우리에게 전해졌다. 그리고 앞으로도 그럴 것이다. 무엇인가 갖게 되고 성취하게 될 때마다 그 맛을 음미하기 이전에 어떻게 누구에 의해서 전해진 축복인지를 먼저 생각하고 감사하는 습관을 가지는 것이 좋다. 감사가 충만한 마음속에는 불평과 불만이 들어설 자리가 없다. 감사는 또한 이미 생겨난 마음속의 독소도 제거해준다. 감사하고 또 감사하자. 축복된 인생이 시작될 것이다.

미래는 내가 만든다

과거의 나와 결별하고
의식을 변화시켜라

꿈은 이루어진다.
이루어질 가능성이 없었다면 애초에 자연이
우리를 꿈꾸게 하지도 않았을 것이다.
존 업다이크

내셔널지오그래픽에서 제작한 다큐멘터리 〈코스모스〉 2편 '생명의 강물'에는 개의 출현에 관한 흥미로운 이야기가 나온다. 지금으로부터 3만 년 전에는 개가 없었다. 빙하기 시절부터 야생에서 지내온 인간은 야생동물인 늑대와 마주치며 지낼 수밖에 없었다. 늑대는 가끔씩 어린 아이를 잡아먹는 위협적인 존재였기 때문에 인간과 늑대 사이에는 항상 긴장감이 흘렀다. 늑대는 인간이 그들을 충분히 해칠 수 있다는 사실을 잘 알고 있어서 쉽게 접근하지 못했고 항상 스트레스를 받았다.

스트레스를 받을 때 분비되는 호르몬이 코티솔cortisol이다. 만약 코티솔이 없는 상태에서 숲 속을 걷다가 호랑이를 만나게 된다면 우리는 공포에 사로잡혀 그저 멍하니 바라만 보면서 서 있을 수밖에 없게 된다. 코티솔은 스트레스와 같은 외부 자극에서 신체가 대항할 수 있도록 신체 각 기관에 더 많은 혈액을 방출시킨다. 그 결과 맥박과 호흡이 증가하기는 하지만 근육을 긴장시키고 정확한 판단이 가능하도록 정신을 또렷하게 만든다. 그래서 코티솔의 역할은 그런 상황에서 '호랑이에 맞서 싸울 것인가?' 아니면 '죽을 힘을 다해 도망칠 것인가?'를 판단하여 적절하게 대처할 수 있게 해준다.

일반적으로 코티솔은 면역세포와 염증, 혈관과 혈압 그리고 뼈와 근육 등의 정상적 유지에 중요한 역할을 한다. 하지만 과도한 스트레스 상황에서 너무 많은 코티솔이 분비된다면 치명적인 결과를 초래할 수도 있다. 코티솔 수치가 정상 범위를 벗어나 만성적으로 되풀이 된다면 비만, 고혈압, 피로, 우울증, 알츠하이머 등의 위험이 따른다.

오래전부터 인간과 함께 지내온 늑대들 중에는 코티솔 수치가 너무 높아서 문제가 된 경우도 있었지만, 반대로 일부에서는 유전변이로 인하여 코티솔의 수치가 낮아져 인간들을 두려워하지 않는 개체들이 나오기 시작했다. 그래서 그들은 인간을 덜 무서워하기 시작했고 인간과 대치하기보다는 길들여지는 것을 선택했다. 이렇게 일부 늑대들의 탁월한 생존전략이 시작된 것은 지금으로부터 1만 5천 년 전이다.

인간과 함께 생활하면서 인간이 남긴 음식물 쓰레기를 먹을 수 있게 된 늑대들은 사냥을 하는 노고에서 벗어나게 되었고 먹이에 대한 걱정도 하지 않게 되었다. 그들은 평소보다 더 자주 식사를 할 수 있었기 때문에 자연스럽게 새끼들도 늘어났다. 온순해진 늑대들의 성향은 새끼들에게 유전되었고 이 계통의 야생늑대들이 진화에 진화를 거듭하여 오늘날의 개가 되었다.

개는 인간의 음식물 쓰레기를 줄여주었을 뿐만 아니라 경비견의 역할까지 담당해서 야생늑대로부터 인간을 보호하기도 했다. 때로는 인간의 사냥을 돕기도 하고 가축을 몰고 짐을 운반하기도 했다. 이렇게 개와 인간의 협력관계가 오랜 세월 지속됨에 따라서 개의 생김새도 점차 바뀌게 된다. 귀엽고 예쁘고 말을 잘 듣는 개들만 살아남으면서 지금처럼 다양한 종류의 개들이 등장하게 된 것이다.

이 다큐멘터리를 통해 알게 된 늑대의 진화와 개의 탄생 이야기는 상당히 흥미로웠다. 야생늑대들은 만오천 년 전부터 스스로 변화경영을 시작해서 자기혁명을 이룩한 것이다. 변화의 필요성을 느끼고 혁명을 하기로 결심하기 위해서는 미래에 대한 강한 확신이 있어야 한다.

하루하루 먹고살기에 급급하고 월급날만 손꼽아 기다리는 사람들에게 미래는 없다. 미래는 지금 당장은 삶이 힘들더라도 간절히 원하는 그 무엇을 끊임없이 갈망하는 이에게 찾아온다. 과감하게 무리를 이탈한 일부 야생늑대들은 늑대라는 껍데기를 버리고 스스로를 죽이면서 개로 새롭게 태어났다. 그리고 그들의 후손들은 진화를 거듭하면서 풍요와 사랑이 넘치는 삶을 누리고 있다.

우리는 기차와 같이 잘 만들어진 레일 위를 달릴 때 안정감을 느낀다. 또한 사람들이 몰려다니는 대열에 합류해야 시대에 뒤떨어지지 않고 있다고 안도한다. 그렇게 교육을 받고 길들여진 인생을 살아온 상태에서 다른 생각을 하고 의식을 전환하기란 정말 가뭄에 콩이 나길 기대하듯이 어려운 일이다.

풍요로운 미래는 과거의 나와 과감하게 결별을 선언하고 그런 미래를 맞이할 수 있다는 강한 확신에서부터 시작된다. 그리고 무리에서 이탈하는 늑대가 되어야 가능하다. 하지만 무턱대고 무리에서 이탈한다면 더 빨리 굶어 죽을 수도 있기 때문에 적절한 타이밍이 중요하다. 앤디 워홀은 "작품을 감상할 때 우리는 360도를 돌아가며 본다. 인생을 살며 한 가지 문제가 있다면, 삶도 그렇게 보아야 한다는 사실을 잊어버리는 것이다."라고 말했다.

이제부터라도 작품을 감상하듯이 규칙적인 시간과 주기를 정해서 내 인생을 360도 돌아가면서 감상하고 평가해보자. 일주일에 한 번이든, 한 달에 한 번이든 이런 시간들이 쌓이면 내가 진짜로 원하는 삶이 무엇인지 알게 된다. 그런 삶이 바로 나의 꿈이고 미래다. 다른 누구의 인생도 아닌 너무나도 소중한 내 인생을 감상하다 보면 분명 더욱 좋게 만들고 싶어지게 된다.

평범한 사람과 훌륭한 사람은 의식의 차이에서 시작된다. 사람은 평소에 가지고 있는 의식에 따라서 인생을 대하는 태도, 인생을 살아가는 자세가 달라진다. 의식意識이란 사회적으로나 역사적으로 형성된 사물이나 일에 대한 개인적·집단적 견해나 사상을 뜻한다. 어디에서 무엇을 하든 내 인생의 주인은 나이며, 나는 1인 기업을 운영하는 기업가라고 의식을 전환해야 한다.

당당하고 밝은 미래를 만들기 위해서는 이런 정신적인 태도가 먼저 갖춰져야 한다. 그래서 의식의 전환은 꼭 필요하다. 이렇게 의식이 전환되면 필요한 모든 것들이 맞물려서 미래를 위한 톱니바퀴가 굴러가는 것이 느껴진다. 스티븐 호킹 박사는 이런 말을 했다. "'나는 변화를 원하는가?' 이런 질문은 무가치한 것이다. 단지 '변해서 무엇이 되고 싶은가, 그리고 어떻게 그렇게 될 수 있는가?'라는 질문만이 진정한 질문이다."

나는 내 인생의 변화를 원했다. 정말 간절히 원했다. 책과 함께하는 시간이 가장 행복한 나는 그래서 작가가 되었고 이렇게 책을 쓰고 있다. 흔히들 크게 성공한 사람이나 전문 작가들만이 책을 쓸 수 있다고 말한다. 그리고 그렇게 믿고 있다. 물론 나도 그렇게 생각했던 사람 중 하나였다. 평소 독서량이 많기로 소문난 직장동료들도 책 쓰기에 대해서는 넘을 수 없는 벽이라고 선을 그어버린다.

하지만 나는 크게 성공하기 이전에 먼저 책을 쓰기로 의식을 전환했다. 의식의 코티솔 수치를 변환시켜서 책 쓰기의 세계로 들어갔다. 먼저 책 쓰기에 대해서 알려주는 책들을 찾아서 읽었다. 그리고 그것으로 모자라 책 쓰기를 알려주는 학원이나 전문 강사가 따로 있는지 알아봤다. 이미 책 쓰기 코칭을 하는 몇몇 강사들이 활동을 하고 있었다. 그래서 그중 가장 신뢰가 가는 한 곳을 택해서 12주 동안의 강의를 수료했다.

운전면허가 있다고 해서 모두 운전을 잘하는 것이 아니듯이 뭔가를 수료하고 자격증이 있다고 해서 실력이 금방 늘지는 않는다. 책 쓰기도 마찬가지다. 아웃라이어가 되기 위한 10만 시간의 법칙은 책 쓰기에서도 예외가 아니다. 창작의 고통이 어떤 것인지 충분히 느끼면서 공저인《책을 쓴 후 내 인생이 달라졌다》와 개인 저서인《직장인 자기

혁명 공부법》이 세상에 나왔다. 책이 한 권씩 탄생할 때마다 느끼는 기쁨과 감격은 정말 최고다.

내 버킷리스트에는 오래전부터 '39세 베스트셀러 작가 되기'라고 적혀 있었다. 아직 나는 베스트셀러 작가가 아니지만 꿈에 그리던 작가가 되었다. 이제는 꾸준히 좋은 책을 선보이는 일만 남았다. 평범했던 내가 과거와의 결별을 선언하고 의식을 전환해서 작가가 되었듯이 누구나 마음만 먹으면 원하는 일을 하고 원하는 인생을 살 수 있다.

모든 시작은 아무리 늦어도 늦은 게 아니다. 나이는 정말 숫자에 불과하다. 현재의 내 모습이 불만족스럽고 더 나은 미래를 꿈꾸고 있다면 가장 먼저 해야 할 일은 지금까지의 나와 결별하는 것이다. 세상은 언제나 눈부시도록 아름답게 빛나고 있다. 단지 우리의 의식이 그것을 차단하고 있을 뿐이다. 무엇이든지 할 수 있다고 믿고 그것을 위한 작은 행동을 시작하자. 성공은 그렇게 시작되고 행복은 그래야 찾아온다.

소망은 모든 성공의
시작점이다

지속적인 긍정적 사고는 능력을 배가시킨다.

콜린 파월

나는 정기적으로 헌혈을 하고 있다. 헌혈은 크게 '전혈'과 '성분헌혈'로 나뉜다. 전혈whole blood은 혈액의 성분 전체를 모두 채혈하는 방식으로 우리가 일반적으로 알고 있는 헌혈이다. 헌혈액은 크게 액체성분인 혈장과 세포성분인 적혈구, 백혈구, 혈소판으로 구성되어 있다. 성분헌혈은 이 세포성분 중에서 필요한 성분만 추출하고 나머지는 헌혈자에게 다시 되돌려 주는 방식이다. 그래서 성분헌혈을 위해서는 '성분채혈기'라는 특수장비가 필요하며 피를 분리하고 되돌려 주는 시간이 필요하기 때문에 전혈에 비해서 시간이 오래 걸린다.

전혈에 소요되는 시간이 보통 30분이라면 성분헌혈에 소요되는 시간은 보통 60~90분이다. 하지만 전혈은 2개월 간격으로 한 번씩 할 수 있기 때문에 1년에 많이 해봐야 6번이다. 그것도 다음 헌혈 시기를 잘 계산해서 바로 헌혈을 할 경우에 6번이지 안 그러면 5번도 못하게 된다. 내가 처음 헌혈을 한 곳은 반포동 고속버스터미널에 있었던 '헌혈버스'다. 재수생 시절 가끔씩 머리를 식히기 위해서 고속버스터미널에 있었던 '반포 시네마'에 가곤 했다. 그 극장을 가기 위해서 고속버스터미널에 갈 때마다 마주치던 것이 바로 '헌혈버스'였다.

헌혈버스는 어쩜 그렇게 유동인구가 많은 길목에 자리를 잘 잡았던지 영화관을 가기 위해서는 그 앞을 지나가야 하는데, 나는 거의 매번 헌혈 도우미 직원들의 팔에 이끌려서 헌혈버스에 올랐다. 물론 지금도 그렇지만 헌혈을 하면 음료수와 간식을 제공 받는다. 마지못해 헌혈을 하는 것이 싫었지만 배고팠던 재수생 시절에는 그것도 그나마 감사했다. 한두 번 그렇게 헌혈을 하게 되면서 기왕 할 거면 끌려서 들어가지 말고 내 발로 스스로 들어가자고 마음을 바꿔먹었다. 그랬더니 주삿바늘이 살짝 덜 아픈 느낌이 들었고, 헌혈시간이 짧아진 듯한 착각도 들었다. 그 당시 버스에서는 전혈만 가능했는데 30분 정도 걸리는 채혈시간이 10분 정도로 느껴졌다.

헌혈은 사랑이다. 바늘이 들어가는 1초의 찡그림만 잘 참으면 누워서 편안하게 봉사할 수 있다. 세상에는 많은 종류의 봉사활동이 있지만 최고의 봉사활동 중 하나가 헌혈이라고 생각한다.

그런 생각을 바탕으로 10년 이상 헌혈을 계속하면서 횟수도 100회가 넘었다. 지금 목표는 200회를 달성하는 것이다. 100회 달성에 10년이 걸린 만큼 앞으로도 10년이 걸릴지도 모르겠다. 하지만 목표가 있으니 아직도 바늘이 들어가는 순간만큼은 참을 수 없지만 꾸준히 헌혈의 집을 찾게 된다. 진정한 헌혈자들은 무언가를 받기보다는 나누는 기쁨 때문에 헌혈에 참여하는 경우가 많다.

과학기술의 발달로 인간은 많은 혜택을 누리고 편리하게 생활하고 있다. 의학적인 부분에서는 인공심장, 인공피부 등이 필요한 환자들에게 도움이 된다. 하지만 아직까지 혈액은 뛰어난 과학기술로도 만들어내지 못하고 있으며, 대체할만한 다른 물질이 없는 상태다. 그래서 헌혈만이 유일하게 피를 공급할 수 있는 방법이다. 우리나라는 아직 국민들의 헌혈참여로 필요량만큼의 혈액을 공급할 수가 없어서 일부는 수입을 하고 있다.

2014년 기준으로 대한적십자사 통계연보에 따르면 혈액 부족으로 수입한 혈장은 20.1%이며 식약처에서 안전성 여부를 확인 후 전량 미국에서 들여온다고 한다. 부족한 혈액을 수입하지 않기 위해서는 연간 300만 명의 헌혈자가 헌혈에 참여해야 한다.

헌혈을 하면 좋은 점 5가지가 있다. 첫째, 혈액 검사를 통해서 건강 상태를 체크해 볼 수 있다. 둘째, 심장질환을 예방할 수 있다. 셋째, 혈액이 필요할 경우 우선적으로 수혈을 받을 수 있다. 넷째, 헌혈을 통해서 피를 뽑으면 새롭고 깨끗한 피가 생성된다. 다섯째, 사은품을 받을 수 있다. 요즘은 성분헌혈을 하면 영화표를 받을 수 있다. 그래서 나는 헌혈증은 모아 두었다가 기부를 하고 영화표는 모아 두었다가 아내와 함께 보고 싶은 영화가 생기면 사용한다. 헌혈을 하고 받은 영화표로 영화를 보면 더욱 재미있고 감동적이다.

내가 헌혈을 하면서 소망하는 것은 나의 건강한 피가 꼭 필요한 누군가에게 전달되어 한 생명을 살리는 것이다. 깨끗하고 건강한 피를 제공하기 위해서는 내 몸이 우선 건강하고 깨끗해야 한다. 그것을 잘 알고 있기 때문에 자기관리와 건강관리에 더욱더 신경을 쓰게 된다. 헌혈에 대한 인식이 잘못되었거나 부정적인 시각이 아직 존재하지만 꾸준히 개선되어 정기적인 헌혈자가 늘어나길 바란다. 그래서 다른 것은 몰라도 혈액만큼은 수입하지 않아도 충분했으면 좋겠다. 우리 국민에게 필요한 피는 우리 국민이 제공할 수 있었으면 하는 것이 작은 소망이다.

꾸준히 헌혈을 하며 주삿바늘과 밀접한 관계를 맺으면서도 나는 바늘과 피에 대해서 진지하게 고찰해 본 적은 없다. 하지만 테라노스의 창업자 엘리자베스 홈스는 피와 바늘에 대한 의미 있는 통찰을 통해서 최연소 자수성가형 여성 억만장자가 되었다.

홈스는 1984년 2월 3일 미국 워싱턴 D.C에서 태어났다. 미국에서도 명문으로 꼽히는 스탠퍼드대학교에서 화학공학을 전공하던 그녀는 1학년 때부터 재능을 선보여 대통령 장학생으로 선발되었다. 이를 계기로 싱가포르 유전자연구소에 인턴으로 일할 수 있는 기회를 잡게 된다. 그녀는 인턴으로 일하면서 당시 유행하던 사스 감염 진단법을 연구하면서 환자들이 너무 불쌍하다고 생각했다. 그리고 혈액검사를 위해서 매번 다량의 피를 뽑으며 환자들이 고통스러워 하는 현실을 개선하고 싶어 했다.

여기서 강하게 창업아이템에 대한 영감을 얻은 그녀는 과감하게 스탠퍼드대학교를 중퇴한다. 그녀는 어느 인터뷰에서 남들이 부러워하는 대학교를 그만두기로 결심한 순간에 대해서 이렇게 말했다. "그 순간은 자신이 태어난 이유라고 느껴지는 '사명'을 발견할 때입니다." 그녀는 기술 개발을 통해서 인간의 생명을 연장하는 것이 그녀의 사명이라고 생각한다. 그래서 '왜 내가 여기에 있는 거지?', '이것이야말로 내가 평생 하고 싶은 일이다.'라는 느낌이 강하게 든 순간 대학교를 그만두었다. 그때가 대학교 2학년이었고 열아홉 살이었다.

창업자금이 문제였지만 다행히 그녀의 꿈과 소망 그리고 창업자로서의 사명을 이해해준 부모님의 도움으로 시작할 수 있었다. 치음에 만든 회사명은 바로 진단할 수 있다는 점을 부각시키기 위해서 리얼타임큐어스Real Time Cures로 지었다. 하지만 큐어스는 진단보다는 치료에 대한 의미가 크기 때문에 다른 이름을 찾았다. 그래서 치료therapy와 진단diagnosis이라는 단어가 결합된 '테라노스'가 탄생되었다. 공룡 같은 이름의 이 회사명으로 테라노스는 정말 공룡같이 성장하고 있는 회사가 되어가고 있다.

이 회사는 2003년 설립한 이후 10여 년 이상의 노력으로 미국 특허 18개와 외국 특허 66개를 보유하고 있다. 알약 하나 정도의 진단키트가 이루어낸 기적이다. 테라노스의 현재 기업가치는 90억 달러가 넘는 것으로 평가받는다. 우리 돈으로 10조 원에 달하는 금액인데 홈스는 회사 지분의 50%를 갖고 있다. 따라서 그녀의 재산은 5조 원에 육박한다. 세계 110위 부자인 그녀의 나이는 올해 서른세 살이다. 그녀의 책상 위에는 스티브 잡스의 사진이 놓여 있다. 홈스는 여러 가지 면에서

'여성 스티브 잡스'로 불린다. 혁신적인 제품으로 성공을 한 점. 그리고 하루에 16시간씩 일하는 워커홀릭적인 성향과 패션에서도 주로 검은색 터틀넥을 즐겨 입는 것이 비슷하기 때문이다.

테라노스 키트의 주삿바늘은 혈관 속에 삽입하지 않는다. 대신 피부에 살짝 꽂으면 되는데 바늘이 매우 작아서 통증도 거의 없다. 검사 비용은 기존 혈액 검사에 비해서 90% 절감된 수준이다. 검사시간도 많이 단축되었다. 이러한 이유로 미국의 모든 주에서는 테라노스 키트의 사용이 허가되었다. 10년 이상의 노력이 맺은 결실이다. 미국의 최대 약국 체인을 보유하고 있는 '월그린'은 자사의 8,100여 개 체인점에서 테라노스의 혈액검사 키트를 사용하겠다고 발표했다.

홈스의 소망과 사명은 '누구나 저렴하고 간단한 방법으로 병을 찾아낼 수 있도록 해서 인간의 생명을 최대한 늘리는 것'이다. 그녀의 집에는 TV가 없다. "1,000번을 실패하더라도 1,001번째는 되겠지라는 생각으로 어떠한 시련이 있더라도 해내고야 말겠다."는 그녀는 TV 볼 시간조차 아깝기 때문이다. 테라노스는 '에디슨 정신'으로 모든 테스트를 진행한다. 고객들이 그녀의 검진센터를 나오면서 "많이 힘들고 아팠어요."가 아니라 "정말 재밌어요!"라고 말할 수 있게 하는 것이 그녀의 꿈이다.

세계 110위 부자인 홈스는 금전적인 이득에 별로 관심이 없어 보인다. 어느 인터뷰에서 그녀는 돈을 '도구'라고 생각한다고 말했다. 하고 싶은 것을 할 수 있게 해주는 도구가 바로 돈이라는 것이다. 그래서 자신이 벌어들인 수십억 달러의 돈은 더 좋은 제품과 가치를 창출할 수 있도록 지속적으로 재투자하겠다고 말했다.

내가 아닌 남을 먼저 생각하는 마음에서 탄생한 작은 소망. 그 소망의 목소리를 무시하지 않으면 그것은 원대한 꿈이 된다. 그리고 그 꿈을 바탕으로 비전과 사명을 설립한 회사는 세계적으로 성장하고 성공할 수 있다.

나는 내가 쓴 책을 통해서 독자들이 살아갈 용기와 힘을 얻었으면 좋겠다. 그리고 대한민국 국민 모두가 '1인 1책 쓰기'를 통해서 행복하게 사는 삶을 소망한다. 책을 읽기만 하는 독자에서 1권이라도 스스로 써서 작가가 될 수 있는 경험을 선사하고 싶다. 작가가 된다는 것은 인생을 살면서 느낄 수 있는 커다란 감동 중 하나다.

그래서 나는 충실하게 준비해서 책 쓰기에 대한 교육을 진행할 계획이다. 오늘도 나는 소망한다. 테라노스를 통해서 통증 없이 즐겁게 헌혈할 수 있는 세상을. 그리고 내가 꿈꾸는 책 세상을 통해서 독자와 회원들이 "정말 재밌어요!"라고 말할 수 있는 세상을.

지금 당장
버킷리스트를 써보자

준비 여부에 관계없이, 열망을 실행하기 위한 명확한 계획을 세우고
즉시 착수하여 그 계획을 실행에 옮겨라.
나폴레온 힐

참으로 안타까운 일이지만 인생이 고달프고 하루하루가 너무 힘들어서 자살을 선택하는 일은 어느 시대에나 존재한다. 독일의 대문호 괴테의 《젊은 베르테르의 슬픔》은 1774년 출간되었고 당시 유럽 전역에서 베스트셀러가 된 소설이다. 이 작품에서 남자 주인공인 베르테르는 여자 주인공인 로테를 뜨겁게 사랑하지만, 결국 이룰 수 없는 사랑 때문에 권총으로 자살한다.

이 작품이 유명해지면서 베르테르의 슬픔에 공감한 젊은이들이 자살하는 사태가 벌어지기도 했다. 이를 '베르테르 효과'라고 한다. 인터넷이 발달한 요즘에는 유명인들의 자살 소식이 어느 때보다 쉽고 빠르게 전파되기 때문에 베르테르 효과의 확산이 더욱 걱정되지 않을 수 없다.

중세시대에 유행한 자살방법 중 하나는 목에 밧줄을 감고 양동이에 오른 다음 양동이를 발로 차버리는 것이었다. 이런 행위를 킥 더 버킷 Kick the bucket이라고 하는데, 킥 더 버킷은 '죽다'라는 뜻으로 쓰이는 속어이기도 하다. 왜 하필 양동이에 올랐을까? 아마 양동이는 세숫대야처럼 집에 하나씩 있어서 구하기 쉽고 튼튼하고 높이도 적당할 뿐만 아니라 발로 차버리기도 쉬웠기 때문일 것이다.

자살을 결심한 이들은 평소에 버킷리스트를 작성하면서 살았을까? 만약 자살을 행하는 순간에 단 1분 만이라도 자신의 버킷리스트를 꺼내서 다시 읽어본다면 어떨까? 하는 궁금증이 생긴다. 버킷리스트의 뜻은 '죽기 전에 꼭 해야 할 일이나 하고 싶은 일들의 목록'이다. 앞서 언급한 킥 더 버킷에서 유래가 되었다. 요즘은 많이 사용하는 단어가 되었지만 이렇게 친숙해지게 된 것은 2007년에 개봉한 영화 〈버킷리스트〉의 영향이 크다.

이 영화에서 모건 프리먼은 자동차 정비사 카터를 연기하고 잭 니컬슨은 가진 건 돈밖에 없는 재벌 에드워드를 연기한다. 다른 인생을 살아온 카터와 에드워드는 똑같이 암에 걸리고 우연히 같은 병실에 입원하게 된다. 시한부 인생을 선고받은 이들에게 남은 시간은 6개월이다. 어느 날 카터는 철학 교수의 수업에서 들었던 버킷리스트를 작성하기로 결심을 한다. 그래서 열심히 작성을 했지만 이루어질 수 없다고 생각을 했던지 애써 작성한 버킷리스트를 구겨서 버린다.

버려진 버킷리스트를 읽어본 에드워드는 카터가 작성한 목록을 같이 완성해보자고 제안을 한다. 그리고 모든 비용을 지원해주겠다고 약속하면서 항목들을 몇 개 추가한다. 버킷리스트의 완성을 위한 그들의 세계여행은 흡사 꽃보다 할배를 연상시킨다. 이 영화가 먼저 개봉했으니 어쩌면 꽃보다 할배는 이 영화에서 모티브를 가져왔을지도 모르겠다. 어쨌든 그들이 작성한 버킷리스트의 일부를 소개하면 다음과 같다.

- 세렝게티에서 사냥하기
- 북극 위를 비행하기
- 문신하기
- 카레이싱 & 스카이다이빙
- 눈물이 날 때까지 웃어보기
- 프랑스 레스토랑에서 식사하기
- 가장 아름다운 소녀와 키스하기
- 낯선 사람들을 도와주기
- 정말 장엄한 것을 목격하기

달성한 목록은 지우고 새로운 목록을 일부 추가하면서 그들의 여행은 계속된다. 여행을 통해 버킷리스트를 실행에 옮기고 성취해 나가면서 그들은 삶의 의미와 인생의 기쁨을 찾게 된다.

눈을 감고 '내 생애 꼭 하고 싶은 일들'에 대해서 떠올려보자. 그리고 나만의 버킷리스트를 작성해보자. 무엇이든지 마음껏 적어서 내려가고 그것을 적으면서 비현실적인 자유를 만끽하는 것이 중요하다. 버킷리스트를 적는 동안에는 현실에 눈을 뜰 필요가 없다. 무엇을 상상하든 그 이상을 상상하면서 계속 적어 내려가라.

우리가 버킷리스트에 소원을 적는 행위는 일종의 의식이기도 하다. 무한한 가능성이 있고 무엇이든지 이루어주는 신비한 우주에 주문서를 작성하는 것이다. 주문서를 작성할 때는 구체적으로 해야 한다. '아무거나' 주세요. 이런 주문은 절대 통하지 않는다. 자동차를 원한다고 할 때 그냥 '자동차'라고 쓰면 효과가 없다. 자동차 회사의 이름과 모델명 연식, 색상, 옵션 기타 등등 구체적으로 기록해야 한다.

자동차 매장에 가서 차를 1대 산다고 가정해보고 상상을 해보면 쉽다. 매장에 가서 "그냥 차 한대 주세요."라고 한다면 우리는 진정으로 원하는 차를 구해서 탈 수가 없다. 영업사원과 마주 앉아서 구체적인 것들을 체크해야 만족스럽게 원하는 차를 살 수 있듯이 버킷리스트 작성도 구체적일수록 좋다.

구체적인 목표를 기록한 이후에는 삶의 톱니바퀴가 기적처럼 움직이기 시작한다. 버킷리스트를 작성하고 다 이루어진 기분 좋은 상상을 매일 반복하라. 사실 상상이라는 것은 힘든 작업이다. 생각 없이 사는 것이 가장 쉽다. 생각하면서 사는 것이 1단계라면 사색하면서 사는 것은 2단계이고 상상하면서 사는 것은 3단계다. 그래서 진정한 상상은 쉽지 않지만 충분히 가치 있고 해볼 만한 일이다.

쓴다는 것은 마음을 종이에 담는 일이다. 보이지 않던 마음은 종이 위에 쓰면 비로소 현실로 자리 잡아 나타난다. 이것이 기적의 시작이다.

희망이 없는 상황처럼 보일 때, 정말 지쳤다는 생각이 들 때, 목표는 알고 있지만 목표에 도달할 수 있는 방법을 모를 때 당신에게 줄 수 있는 최상의 조언은 이것이다.

페이지를 가득 채워라. 차근차근 페이지를 채워나가라. 계속 기록하라. 그러면 당신은 그 페이지를 온전히 소유할 수 있다. 그리고 그곳에서 자신의 힘과 스스로 창조한 해결책을 볼 수 있을 것이다.

헨리에트 앤 클라우드, 《종이 위의 기적, 쓰면 이루어진다》

하이럼 스미스는 "가장 빠르고, 가장 똑똑하고, 가장 총명하고, 가장 부유한 사람에게 큰 승리는 오지 않는다. 큰 승리는 넘어질 때마다 일어나는 사람에게 오는 것이다."라고 말했다. 우리는 살면서 자주 넘어지게 된다. 우리를 넘어지게 만드는 것들은 큰 바위가 아니라 사실은 작은 돌멩이다. 큰 바위는 잘 보이기 때문에 오히려 피해갈 수 있지만 작은 돌멩이는 오히려 눈에 띄지 않아서 무심코 걷다 발에 걸려 넘어지게 만들기도 한다. 작은 돌멩이 때문에 자주 넘어지다 보면 일어나기 힘들어질 수도 있다.

이렇게 자주 넘어지는 상황에서 버킷리스트는 더욱 힘을 발휘한다. 그래서 버킷리스트는 항상 곁에 두거나 가지고 다니면서 보면 좋다. 버킷리스트 작성이 많이 알려져 있지만 실제로 기록하고 가슴에 품고 다니면서 매일 그것을 보는 사람들은 많지 않다. 이것을 그냥 하나의 재미있는 이야기로 넘겨버리고 무시해버린다면 원하는 것을 이루는 데 더욱 많은 시간이 걸릴 것이다. 버킷리스트의 작성이 버킷리스트의 완성은 아니다. 작성으로만 끝난다면 그건 아무런 의미가 없다. 꾸준히 보면서 완성된 것들은 지우고 새로운 것들은 업데이트하면서 목록을 재구성해야 한다.

업무를 하다 보면 기한이 정해진 일들은 정말 집중해서 하게 된다. 기한을 넘기면 다른 것들에도 부정적인 영향을 준다는 사실을 잘 알기 때문이다. 그래서 더욱 몰입해서 집중하게 된다. 나에게 주어진 시간이 있고, 그것이 짧다고 여겨질수록 인간은 집중하고 몰입하게 된다. 따라서 버킷리스트를 작성할 때도 가능하면 기한을 같이 명시하는 것이 좋다.

요즘은 버킷리스트가 웰다잉Well-Dying을 위한 하나의 방법으로 인식되는 트렌드도 확산되고 있다. 웰다잉은 '살아온 날들을 아름답게 정리하고 평안하게 마무리하는 것'을 일컫는 말이다. 영화 〈버킷리스트〉에는 인생을 바꿀 수 있는 위대한 질문 2가지가 나온다.

에드워드는 말한다.

"영혼이 하늘에 가면 말이야, 신이 두 가지 질문을 했었데."
"인생의 기쁨을 찾았느냐?"
"자네 인생이 다른 사람들을 기쁘게 했나?"

버킷리스트는 웰빙well-being과 웰다잉well-dying 모두에 아주 강력한 힘을 발휘하는 도구다. 위의 두 가지 질문을 생각하면서 인생의 기쁨도 누리고 다른 사람도 기쁘게 할 수 있는 버킷리스트를 완성한다면 정말 완벽한 버킷리스트가 될 것이다. 버킷리스트를 써보자.

지금 당장!

5년 후를 상상하라

운은 계획에서 비롯된다.
브랜치 리키

    소설을 좋아하는 독자들은 '베르나르 베르베르'라는 이름이 익숙할 것이다. 프랑스에서 태어나 일곱 살 때부터 글을 쓰기 시작한 그는 타고난 작가라고 할 수 있다. 그가 주목을 받기 시작한 것은 집필에만 12년이 걸린 소설 《개미》를 통해서다. 《개미》 이후 그의 소설들은 나오기만 하면 베스트셀러가 되었고 그는 자연스럽게 천재작가로 불리게 되었다.

    그의 작품으로는 죽음과 삶을 넘나드는 영계 탐사단의 이야기 《타나토노트》, 뇌에 관한 최신 연구 자료를 바탕으로 인간을 탐구한 이야기 《뇌》, 지구를 떠나 거대한 우주선을 타고 희망을 찾아 떠나는 이야기 《파피용》, 신들의 게임을 통해 인간 세상을 풍자한 이야기 《신》 등이 있다. 그는 프랑스뿐만 아니라 전 세계적으로 유명한 작가다. 그의 작품들은 35개 언어로 번역이 되었고, 2천만 부 가까이 판매되고 있다.

베르나르의 인기는 프랑스보다 오히려 한국에서 높다. 그래서 그는 톨스토이, 셰익스피어, 헤르만 헤세와 함께 '한국인이 가장 좋아하는 외국 작가'로 선정되기도 했다. 그는 어느 인터뷰에서 그에게 가장 영향을 끼친 네 명의 작가에 대해서 언급했다. 그 네 명은 에드거 앨런 포, 헉슬리, 웰즈 그리고 필립 K 딕이다. 특히 그는 딕을 극찬하며 이렇게 말했다. "딕은 영적靈的인 점을 일깨워준 아버지와 같은 존재입니다. 그는 철학을 SF에 녹여 놓은 작가입니다. 그의 책을 읽다가 다른 작가의 책을 읽으면 싱거우면서도 밋밋해서 결말까지 예측할 수 있게 됩니다. 세기(世紀)를 대표하는 굉장한 작가입니다."

베르나르는 인간에게는 세 가지 능력이 있다고 여긴다. 그 세 가지는 기억력, 적응력 그리고 상상력이다. 그는 스스로 지능이 높지 않다고 판단했고 대신 상상력을 발달시켰다. 아마 필립 K 딕을 존경했기에 그보다 더욱 뛰어난 상상력의 소유자가 되고 싶었을지도 모른다. 상상력을 발달시키기 위한 그의 노력은 언제나 우리의 기대를 뛰어넘는다.

과학신문기자 출신인 그는 책보다는 신문을 즐겨 읽는다. 《레미제라블》의 작가인 빅토르 위고는 "나는 책을 안 읽는다. 왜냐면 소는 우유를 마시지 않으니까."라고 말했는데, 베르베르도 그와 같은 생각을 가지고 있다. 그는 독서를 통해서 얻은 영감으로 글을 쓰기보다는 뉴스에서 발견한 문제들을 가지고 글을 쓰는 것을 좋아한다.

그는 왕성한 상상력의 원천이 '불안'이라고 고백하면서 이렇게 말했다. "저는 예민한 사람입니다. 신문이나 TV를 통해서 어떤 문제를 접할 때마다 늘 대응하고 싶은 욕구를 느낍니다. 하지만 행동으로 나설 수가 없어서 글을 통해 문제의 해결책을 전하는 것입니다. 저는 아마도 평생 차분해지지 못할 것이고, 그것은 계속 글을 써야 한다는 뜻입니다."

학생이든 직장인이든 뉴스를 통해서 접하는 삭막한 현실과 알 수 없는 미래에 대한 불안은 누구나 조금씩 가지고 있을 것이다. 이런 불안은 스트레스의 원인이 되고 누군가에게는 극심한 고통이 되기도 한다. 하지만 이 불안을 글의 소재로 삼아서 상상력을 마음껏 발휘하여 작품으로 승화시킨 베르나르는 베스트셀러 작가의 삶을 살고 있다.

그는 무엇보다 인간에 대한 호기심이 많고 인류에 대해서 이야기하길 좋아한다. 7년 동안 과학신문기자로 활동한 그는 항상 이야기를 더 길게 쓰고 싶어 했다. 신문기사로는 많이 써봐야 4페이지 이상을 넘을 수 없는 제약이 있었다. 그래서 작가의 길을 걸어야겠다고 마음을 먹었다고 한다. 작가의 길을 걷기로 마음을 먹고 창의력과 상상력을 키우기 위해서 그가 실천한 것은 두 가지다. 첫 번째는 규칙적인 생활이고, 두 번째는 꿈 메모하기다.

동기부여가 찰스 존스는 "지금부터 5년 후의 내 모습은 두 가지에 의해서 결정된다. 그것은 바로 지금 읽고 있는 책과 요즘 함께 시간을 보내는 사람들이 누구인가 하는 것이다."라고 말했다. 중요한 것은 나이가 아니다. 나이는 정말 숫자에 불과하다. 우리는 사회적으로 '강요된 인내'를 감당하면서 과감하게 탈피를 못하는 경향이 있다. 하지만 현실을 기반으로 5년 후의 내 모습을 상상해보자. 멀리 10년 이상을 상상할 필요는 없다. 5년 후만 상상해보자.

나를 사랑하고 인생을 소중하게 여긴다면 현실에 안주하지 말아야 한다. 뭔가 불편하고 즐겁지 않다고 느끼면서도 주변의 시선 때문에 진정한 내 삶과 즐거움을 포기한다면 그것은 결국 국가적인 손실이다. 베르나르가 계속 자신의 욕망을 억누르면서 과학신문기자로 남았다면 우리는 그의 소설이 주는 기쁨과 감동을 느끼지 못했을 것이고, 그가 세계에 전하는 메시지를 통해서 세상이 변해가는 일 또한 없었을 것이다.

인생이 불행해지는 가장 큰 이유는 내가 진정으로 원하는 것이 무엇인지 상상하지 않는 것에서부터 시작된다. 우리는 모두 원하는 것을 성취할 수 있는 내면의 힘을 가지고 있다. 하지만 그 힘을 사용하지 못하는 이유는 내가 아닌 남들을 의식하고 남들을 만족시키기 위한 삶을 살고 있기 때문이다. 우리는 보편적으로 자신을 사랑하기보다는 남을 사랑하려는 경향이 짙다. 그래서 나의 행복을 먼저 추구하기보다는 남의 행복을 위해서 헌신하려 한다.

하지만 이제부터라도 나의 행복을 먼저 추구하고 상상하자. 내가 먼저 나를 사랑하지 못하면 타인도 제대로 사랑할 수 없다. 내가 먼저 행복하지 못하면 타인도 행복하게 해줄 수 없다. 베르나르는 소설을 쓰면서 사는 행복한 삶을 상상했고, 자신을 진정으로 사랑했기에 과감하게 잘 다니던 회사를 그만두고 작가의 길로 들어섰다.

무턱대고 잘 나가는 회사를 그만두라는 말이 아니다. 상상력을 발휘하면서 진짜 내가 원하는 5년 후의 삶을 상상하고 찾으라는 것이다.

아인슈타인은 "지식보다 중요한 것은 상상력이다. 지식에는 한계가 있지만 상상력은 세상의 모든 것을 끌어안는다."라고 말했다. 상상력의 빈곤은 남을 위한 삶만 우리에게 선사한다. 반면에 상상력의 풍요는 인생의 터닝 포인트를 선물한다. 상상력이 필요한 이유는 이것 하나만으로도 충분하지 않을까?

베르나르는 그의 소설을 읽는 독자에게 바라는 점에 대해서 이렇게 말했다.

"저는 사람들이 자기 자신과 미래에 대해 끊임없이 반문하면서 세상과 타협하기를 거부했으면 합니다. 어느 나라 어느 환경에서, 어느 부모 아래 어떤 능력을 가진 사람으로 태어난 것은 그다지 중요하지 않아요. 삶에서 원하는 것을 얻느냐 아니냐는 모두 상상력에 달렸죠. 저는 상상력이 세상을 바꾸고, 개인의 상상력이 인류의 역사를 움직인다고 확신합니다. '나는 할 수 없어, 내게 주어진 것이나 내가 볼 수 있는 것이 다야' 하고 생각하는 것이야말로 가장 멀리해야 하는 일이죠."

상상력이란 결코 특별한 사람들의 전유물이 아니다. 대부분의 사람들은 뭔가를 시작하려고 할 때 두려움과 불안 때문에 걱정을 한다. 그리고 나이를 핑계로 이런 질문을 가장 많이 하게 된다. '내가 이 나이에 그걸 할 수 있을까?'

나는 27세에 방송대 경영학과 3학년으로 입학하면서 방송대와 처음 인연을 맺었다. 요즘은 동영상 강의를 접하는 것이 익숙해졌지만 처음 방송대에 입학해서는 학교의 시스템에 적응하는데 시간이 많이 걸렸다.

내가 편입을 하기로 결심한 이유는 4년제 학사 졸업장을 원했기 때문이다. 그래서 나는 젊으니까 제때에 졸업을 할 수 있을 거라 생각하고 방송대 생활을 시작했는데 결과는 참담했다. 결론부터 말하면 우여곡절 끝에 전공을 경제학과로 변경하면서 6년 만에 졸업을 했다. 나와 같이 경영학과에서 공부하던 어르신들은 나보다 먼저 졸업하신 것으로 알고 있다.

방송대의 문을 두드리는 이유는 여러 가지가 있겠지만 공통점을 한마디로 요약하자면 희망차고 밝은 새로운 미래가 아닐까 한다. 새로운 미래를 꿈꾼다는 것은 상상했다는 것이다. 그리고 이루기 위해서는 끊임없이 달성된 모습을 상상하면서 공부를 해야 한다. 꿈꾸는 미래가 아닌 졸업장만 생각하면서 뛰어든 나의 첫 번째 방송대 생활은 교훈을 남겨 주었다.

이제 나는 베르나르의 말처럼 자신의 미래에 대해서 끊임없이 반문하면서 내가 하는 공부와 나의 상상력이 세상을 바꾼다는 마음가짐으로 멋지게 펼쳐질 5년 후의 밝은 미래를 매일 상상한다. 상상하기에 적당한 때는 따로 없다. 나이는 과감하게 잊어버리고 바로 지금 눈을 감고 원하는 미래를 상상하고 도전해보자.

꿈찾사가 되자

과거에서 교훈을 얻을 수는 있어도
과거 속에 살 수는 없다.
린든 B. 존슨

MS워드의 최초 버전 개발자이자 빌 게이츠의 개인적인 기술 조언자였던 리처드 브로디. 그는 1981년 하버드 대학교를 중퇴하고, 마이크로소프트사의 소프트웨어 개발 부서에 입사했다. 그곳에서 그는 창조적 천재로 불리면서 MS워드를 개발했다. 마이크로소프트의 기적적인 성공 이후인 1986년 그는 갑자기 회사를 그만둔다. 남부럽지 않은 재산에 안정적인 직장을 가졌지만 좀 더 가슴이 설레는 일을 하고 싶다는 것이 이유였다.

리처드 브로디는 '그럭저럭 잘 지내는 상태'에 대해 의문을 품었다. 평범하게 그럭저럭 잘 지내는 상태가 행복일 수도 있다. 하지만 가슴이 뛰지 않는 인생이라고 느껴지면서 매일 아침 활력이 없고 기분이 수시로 가라앉는다면 인생에 고민을 해야 할 시점이 다가온 것이다.

평범한 인생이란 과연 괜찮은 인생일까? 운명처럼 다가오는 터닝포인트 앞에서 '남들도 다 이렇게 살아. 그러니까 괜찮아.'하면서 우리는 고민을 접는 경우가 많다.

하지만 리처드 브로디는 이런 고민이 찾아온 순간 '그럭저럭 잘 지내는 상태'를 벗어나기 위해서 과감하게 사표를 던졌다. 그리고 3년 동안은 푹 쉬면서 하고 싶은 일만 하면서 살았다. 물론 그는 마이크로소프트사의 설립 초기 멤버로 상당한 스톡옵션을 받았고 전 세계적으로 잘나가는 프로그래머였기 때문에 경제적으로는 남들보다 자유로웠다. 평범한 직장인이 이런 행보를 따르기에는 치밀한 계산이 필요하다.

치밀하게 계획을 세우고 실천해 나간다면 평범한 우리도 '그럭저럭 잘 지내는 상태' 저편으로 짐을 꾸려 여행을 떠날 수 있다. 리처드 브로디에게 배워야 할 점은 안정만 추구하는 삶에서 가슴 뛰는 삶으로 과감하게 차선을 바꾼 도전정신과 실행력이다. 그는 사표를 낸 이후에 다양한 경험을 통해서 인생에 대한 공부를 했고 그것을 책으로 썼다.

자신의 유전적인 문제점이나 사고력 부족, 재능의 빈약함, 외부의 열악한 조건이라는 장벽들은 얼마든지 뛰어넘을 수 있다. 그럴 수 있다. 이것만 생각하자. 내게 가장 좋은 것, 가장 중요한 것이 세상에 어떤 기여를 할 것이며, 내 삶이 어떤 식으로 흘러가야 하는지의 결정은 나만이 내릴 수 있다는 것. 당신은 반드시 그럴 수 있고 그래야만 한다.

리처드 브로디,《나는 그럭저럭 살지 않기로 했다》

나는 10여 년 전부터 그럭저럭 살지 않기로 마음을 먹었다. 그리고 가장 먼저 한 일은 방송대 입학지원이다. 나는 4개의 방송대 계정을 가지고 있다. 경영학과 2004년, 일본학과 2007년, 경제학과 2009년 그리고 영문학과 2013년이다. 2004년 부푼 꿈을 안고 입학한 경영학과는 여러 번의 좌절과 실패로 결국 포기하였다. 그리고 3년 후 일본어학원을 다니면서 새로운 각오로 2007년 일본학과에 편입하였으나 2년 만에 다시 포기했다.

　그리고 철저하게 원인을 분석했다. 3년 동안 경영학과에 몸을 담고 있으면서 실패한 이유는 첫째 졸업장을 목적으로 입학을 했다는 점. 둘째 상대적으로 젊은 내 나이만 믿고 방송대 공부를 가볍게 여겼다는 점. 셋째 방송대에서 공부하는 시스템에 적응하지 못했다는 점이다. 2년 동안 일본학과에 몸을 담고 있으면서 실패한 이유는 첫째 역시 졸업장을 목적으로 입학을 했다는 점. 둘째 대학교의 어학전공은 어학원을 다니는 것과 분명히 다르다는 점. 셋째 방송대 시스템에 적응은 했지만 시험 기간에만 반짝 공부를 했다는 점이다.

　이렇게 방송대에서 2번의 실패와 아무 성과 없이 보낸 5년의 세월은 나를 한없이 부끄럽게 만들었다. 뭐라고 하는 사람은 아무도 없었지만 스스로 느끼는 감정이었다. 이대로 방송대를 포기할까 하는 생각도 많이 했었다. 하지만 여자친구와 함께 방송대 생활을 다시 시작하기로 결심하고 경제학과에 편입을 했다. 그동안 혼자서 고군분투하던 방송대 공부를 여자친구와 함께하면서 보다 재미있게 할 수 있었다.

　일본어를 좋아하는 여자친구는 일본학과에 편입하였고, 경제신문

보기를 좋아하고 경제에 관심 있는 나는 경제학과에 편입을 했다. 전공은 서로 달랐지만 그동안의 방송대 경험을 살려서 내가 여자친구의 방송대 생활을 도와주었고, 여자친구는 학점을 서로 잘 받기 위해 자극을 주는 선의의 경쟁자 역할을 잘 해주었다. 나보다 젊고 똑똑한 여자친구는 3학년으로 편입해서 2년 만에 졸업을 했고, 나는 그보다 1학기를 더 다녔지만 결국 숙원이던 방송대 졸업을 하게 되었다.

나 같은 사람이 또 있을까? 방송대 학적과에 문의를 해보고 싶을 정도다. 어쨌든 방송대 졸업으로 자신감을 얻은 나는 지금은 아내가 된 여자친구에게 이번에는 같은 전공으로 방송대를 다시 다니자고 제안을 했다. 아내는 내 제안을 흔쾌히 받아들이고 우리는 나란히 2013년에 영문학과 3학년으로 편입을 했고 2016년 2월에 무사히 졸업을 했다.

우리 부부가 재입학을 한 건 졸업장을 위해서가 아니다. 이미 방송대를 졸업했기 때문에 졸업장은 의미가 없었다. 우리는 결혼하기 전에 공통된 꿈을 계획했다. 그것은 어린이 영어지도에 관한 일을 하는 것이다. 영어공부를 오래도록 해도 영어가 어려운 나는 우리말이 세계공용어가 되면 좋겠다. 하지만 그것은 내가 죽기 전까지 경험하지 못할 수도 있는 미래다.

책과 독서를 좋아하는 나의 취미와 외국어 공부를 좋아하는 아내의 취미를 살린 우리의 꿈은 '영어 북카페'를 운영하는 것이다. 미국의 유명한 카운슬러 찰리 헤지스는 "꿈이란 당신이 잠에서 깨어나며 잊어버리는 그 무엇이 아니라, 당신을 잠에서 깨우는 그 무엇이다."라고 말했다. 초등학생 이하의 어린이가 영어독서지도를 받을 수도 있고 부모님과 함께 와서 편하게 놀다 갈 수 있는 카페를 만드는 것이 꿈이다. 그 꿈을 이루기 위해서 우리 부부는 방송대 3학년에 다니면서 ITL영독사 자격증을 취득했다. 영어독서지도는 또 다른 영어의 세계다. 어린이들을 위한 영어책과 영어 동요는 어른이 배워도 정말 재미있다.

우리 부부가 만든 영어 북카페에서 독서지도를 받고 재미있게 놀던 어린이들이 나중에 커서 훌륭한 어른으로 성장한다면 정말 좋겠다. 그들이 국익을 위해서 세계를 누비고 다니는 모습을 상상하는 것만으로도 너무 행복하고 가슴이 벅차다. 이렇게 꿈을 찾고 그것을 이루기 위해서 살기로 마음을 먹은 이후부터는 힘든 순간이 와도 꿈으로 가기 위한 과정이라고 여기게 되었다.

19세기 말 영국의 비평가이며 작가였던 월터 페이터는 "언제나 탁탁 튀는 불꽃처럼 불타는 것, 그 정도의 열정을 유지하는 것, 그것이 인생의 성공이다."라고 말했다. 꿈은 열정을 유지하기 위해서 가장 좋은 원료다. 나에게도 꿈은 그렇게 작용한다. 내가 꾸는 꿈이 이룰 수 없는 꿈이라고 해도 그것은 꿈 자체로 가치가 있다. 꿈을 찾고 이루기 위해서는 '돈키호테 정신'이 필요하다. 풍차를 거인으로 착각해서 돌진하는 돈키호테가 현실주의자들에게는 미치광이로 보일지 몰라도 이상주의자들에게는 영웅의 모습이다.

돈키호테가 전하는 메시지는 남들이 우리에게 끊임없이 이렇게 해라 또는 저렇게 하라고 전하는 말에 귀 기울이지 말라는 것이다. 그리고 인생에서 정말 소중한 것이 무엇인지 찾아야 하고 이 세상에 어떤 기여를 할 것인지 고민하고 실천에 옮기라는 것이다. 우리는 우리의 삶이 어디론가 흘러들어 가는 것에 대한 책임이 있다. 의식적으로 앞으로의 삶이 어떻게 되었으면 좋겠다고 생각하면서 살지 않으면 누군가가 이끄는 대로 살게 된다.

세르반테스는 가난한 어린 시절을 보내고 해적을 만나서 노예생활을 하는 등 힘든 세월을 보냈다. 그럼에도 불구하고 그는 불후의 명작 《돈키호테》를 발표했는데 그때 그의 나이가 58세였다. 당시 유행하던 기사들의 이야기를 풍자하기 위해서 쓴 이 소설은 한때 금서로 지정되기도 했다. 그 이유는 책에 쓰인 '성의 없는 자선사업은 아무 가치가 없다.'는 단 한 문장 때문이었다. 당시 타락해 가던 종교인들과 기득권층에 대한 비판으로 오해를 받아서 취해진 조치다.

《돈키호테》에는 다음과 같은 명언이 나온다.

이룩할 수 없는 꿈을 꾸고 Dream the impossible,
이루어질 수 없는 사랑을 하고 Do the impossible love,
이길 수 없는 적과 싸움을 하고 Fight with unwindable enemy,
견딜 수 없는 고통을 견디며 Resist the unresistable pain,
잡을 수 없는 저 하늘의 별을 잡자 Catch the uncatchable star in the sky.

최근 푸른숲 징검다리 클래식에서 나온 책으로 《돈키호테》를 다시 읽었다. 역시 고전은 읽을 때마다 느낌이 새롭다. 세르반테스는 "운명은 더 훌륭한 성공을 준비하고 있는 법이다. 그러므로 오늘 실패한 사람이 내일에 가서는 성공하는 법이다."라고 말했다. 실패를 두려워하지 말고 꿈을 찾자. 이제부터라도 그럭저럭 사는 삶에서 벗어나 꿈을 찾는 돈키호테가 되는 것을 두려워하지 말자. 이룩할 수 없는 꿈일지라도 꿈꾸는 당신은 누구보다 아름답다.

관점을 바꾸면
미래가 보인다

모든 것을 관찰하세요. 소통을 잘하세요.
그림을 그리고, 그리고, 또 그리세요.
프랭크 토마스

중세 르네상스 시대까지는 지구가 우주의 중심이고 태양을 비롯한 모든 행성들이 지구 중심으로 돌고 있다는 '천동설'이 보편적인 진리였다. 누구나 진리로 여기고 당연하게 받아들였던 천동설에 코페르니쿠스는 의문을 품었다. 정말 태양이 지구를 도는 것인지, 지구가 태양을 도는 것은 아닌지? 전통적 우주관인 천동설을 관점을 바꿔서 보려고 노력한 것이다.

폴란드에서 부유한 상인의 아들로 태어난 그는 열 살 때 아버지를 잃었지만 다행히 외삼촌 바첸로데에 의해서 학업을 계속할 수 있었다. 바르미아 지역의 대주교가 된 바첸로데는 그를 후계자로 삼으려고 했다. 그래서 신학 공부를 위해 이탈리아로 유학을 보냈다. 이미 천문학에 매료되어 있던 코페르니쿠스는 유학 기간에도 천문학 공부를 병행하는 열정을 보였다.

그러던 어느 날 그리스의 고문헌을 통해서 '태양중심설'이라는 것을 알게 되었다. 평범한 사람이라면 문헌을 통해서 그런 사실을 접하게 되었더라도 흥미로운 이론이라고 여기면서 그냥 넘어갔을 것이다. 하지만 그는 달랐다. 유학생활을 접고 귀국한 이후 더욱 열정적으로 진리를 탐구하는 모습을 보였다.

천문학자로 살고 싶었던 그는 1512년 외삼촌이 죽으면서 그 뒤를 이어 프라우엔부르크 성당의 신부로 취임을 하였다. 신부가 된 이후에도 밤마다 성당 옥상에 올라 직접 만든 천체관측기로 밤하늘을 관측했다. 관측이라는 것은 단순하게 보는 것이 아니라 관찰하고 측정하는 것이다. 측정에는 수학적인 지식이 요구되는데 천문학과 수학에 대해서 강연까지 할 정도로 그의 실력은 이미 검증을 받았다.

수십 년 동안 밤하늘을 관측한 코페르니쿠스는 천동설이 절대적으로 인정받고 종교적 세계관이 너무나 강력했던 시기에 지동설을 착안하고 그동안 축적된 관측결과를 통해서 그것을 확신하게 되었다. 하지만 학자가 아닌 신부의 입장에서 종교적으로 이단자가 되는 이론을 발표한다는 것은 당시의 상황을 고려했을 때 더욱 치명적이었을 것이다. 그래서 적극적으로 발표하지는 못하고 일부 천문학자들에게 자비로 출판한 논문을 배포하였다.

코페르니쿠스에게 지동설을 책으로 출간하기로 결심하게 만든 것은 독일의 수학자 레티쿠스다. 레티쿠스는 1539년 코페르니쿠스를 만나 1년 정도 천문학과 지동설에 관한 교육을 받았다. 그의 가르침에 감명을 받고 큰 깨달음을 얻은 레티쿠스는 스승의 생각을 적극 지지하면서 출판할 것을 권유하였다. 그동안 작성된 원고는 레티쿠스의 손에 의해서 인쇄소에 전해졌고 1543년 《천체의 회전에 관하여》라는 제목으로 세상에 탄생했다. 하지만 불행하게도 코페르니쿠스는 책을 전달받고 나서 불과 몇 시간 뒤에 병으로 세상을 떠났다.

많은 역사학자들은 《천체의 회전에 관하여》가 출간된 1543년을 과학 혁명이 시작된 시기로 지목한다. 그것은 전통적인 우주관을 과감하게 뛰어넘어 과학의 힘으로 위대한 업적을 이룬 코페르니쿠스를 높게 평가하기 때문이다. 누구에게나 지금까지 배워온 세계관을 버리는 것은 쉽지 않은 일이다. 그는 스스로 그것을 먼저 버렸고 끝까지 진리를 탐구한 위대한 과학자다.

누구나 당연하다고 생각하는 것이 조금이라도 의문스럽거나 불편하다면 관점을 달리해서 볼 필요가 있다. 지금까지 계속 그랬으니까 앞으로도 계속 그래야지 하면서 넘어간다면 달라지는 것은 아무것도 없다. 관점을 다르게 하기 위해서는 세상에 대한 관심과 호기심이 있어야 한다. 관심과 호기심이 있어야 관찰을 하게 되고 관찰을 해야 다른 관점으로도 볼 수 있기 때문이다. 관점을 달리한 태양 중심의 우주 이론을 소개한 코페르니쿠스의 지동설은 갈릴레오와 뉴턴에게 이어져 근대 과학의 기초를 다져주는 역할을 했다.

지동설에 관해서 대부분의 사람들은 코페르니쿠스와 갈릴레이만 알고 있지만 한 명 더 기억해야 할 인물이 있다. 바로 르네상스 시대의 대표적 사상가이며 철학자인 조르다노 브루노다. 그는 지동설이 발표

된 1543년과 갈릴레이가 지동설로 인해 재판을 받았던 1633년 사이에 활동했다.

로마 가톨릭 도미니크 회의 수도자이기도 했던 그는 당시로써는 매우 진보적이며 초시대적인 사상 때문에 교단과 결별하고 전 유럽을 떠돌아다니게 된다. 고대 그리스와 로마 사상에 심취했던 브루노는 가톨릭 교리와 교회에 대해 비판적인 시각을 가지고 있었다. 오히려 윤회 사상과 우주의 섭리를 중시하는 불교를 경외시 하면서 반기독교적 사상을 성장시켰다.

그는 1584년《우주와 세계들의 무한성에 관하여》라는 책을 펴냈다. 지동설에 관련된 내용이지만 브루노의 관점은 지동설에서 한 걸음 더 나아갔다. 그래서 우주는 끝없이 무한하며 태양도 무수히 많은 별들 중 하나뿐이라고 주장했다. 또한 다른 행성에도 생명체가 존재할 수 있고 또 다른 우주가 존재할 수 있다는 내용까지 담았다. 이런 내용은 미국의 천문학자 칼 세이건의《코스모스》를 통해서 1980년대에 서서히 알려지고 인정받기 시작했지만 브루노는 이미 400여 년을 앞서간 것이다.

시대를 너무 앞서간 그의 세계관과 무한 우주론은 이단으로 여겨졌고 유럽을 떠돌던 그는 1591년 체포되어 로마 교황청 소속 감옥에서 8년간 고통을 겪었다. 인간은 종교적인 신앙생활에 의해서만 구원받을 수 있는 것이 아니며 인간의 모든 활동은 존엄하다고 주장한 그는 자신의 의견을 무조건 철회하라는 재판부의 압력에도 굴하지 않았다.

결국 교황 클레멘스 8세의 심기를 불편하게 만들고 고집 센 이단자가 되어버린 브루노는 1600년 2월 8일 화형을 선고받고 2월 17일 로마의 시민들이 지켜보는 가운데 로마 광장에서 화형에 처해졌다. 그가 불에 타들어 가는 모습을 지켜보던 일부 종교인들은 그에게 십자가를 전해 주려고 했지만 그는 이것 또한 거부하면서 자신의 신념을 끝까지 지키면서 세상을 떠났다.

2015년 7월 24일 미 항공우주국 NASA는 "케플러 망원경이 태양과 같은 항성의 '거주 가능 구역' 안에서 지구와 유사한 행성을 처음 발견했다."라고 공식 발표했다. 지구로부터 약 1,400광년약 1경 3,254조km 떨어진 백조자리에서 지구와 매우 유사한 조건을 갖춘 외계행성이 발견된 것이다. 과학자들은 '또 하나의 지구', '쌍둥이 지구'라며 흥분을 감추지 못했다.

지구와 유사한 조건을 갖추었다는 점은 생명체의 존재도 가능하지 않을까 생각하게 만든다. 이미 1584년에 브루노가 주장한 무한 우주론을 이제야 인류가 조금씩 증명하고 있다. 만약 그가 아직 살아있다면 그 누구보다 기쁘고 감격해서 눈물을 흘렸을 것이다.

'지금은 당연하지 않지만 미래에 당연해질 것들'을 찾아내는 것이 더 중요하다는 뜻이다. 현재의 당연함 속에 머무를 것이 아니라, 미래를 바라보고 미래에 당연해질 것에 집중해야 한다. 지금 우리가 당연하다고 생각하는 것들을 부정하는 특별한 생각이 미래를 바꾼다.

박용후, 《관점을 디자인하라》

미래는 당연한 것에 의문을 품고 다른 관점에서 세상과 사물을 바라보는 것에서부터 시작된다. 관점이 너무 다르고 뛰어나서 동시대의 사람들이 수용할 수 없는 경지라면 지적소수자로 분류되고 심하면 브루노처럼 목숨을 잃을 수도 있다. 하지만 다양성이 존중되고 무한 우주론이 자연스럽게 여겨지는 21세기에 그런 비극은 일어나지 않을 것이다.

당연함을 부정하고 관점을 달리하면서 연구한 사람들에 의해서 세상은 달라지고 있고 우리는 그들이 상상한 미래에 살고 있다. 에디슨의 전구, 라이트 형제의 비행기, 포드의 자동차, 빌 게이츠의 컴퓨터 프로그램 그리고 스티브 잡스의 스마트폰이 대표적이다. 모두가 고정관념을 탈피하고 남다른 관점으로 세상을 보았기 때문에 탄생한 제품들이다.

"세상에서 변하지 않는 진리는 '세상에 변하지 않는 것은 없다'라는 것이다." 이 말은 누구나 한 번쯤 들어보았을 것이다. 이 말대로 세상은 끊임없이 변해왔고 변해가고 있다. 그것은 누군가 관점을 달리해서 지금까지 당연하다고 생각했던 것들을 변화시켰기 때문이다. 세상이 이렇게 변해가는 것에 감탄만 하는 사람들은 미래를 선점할 수 없다.

미래를 보기 위해서 우리는 의도적으로라도 관점을 비트는 연습을 해야 한다. 이제부터라도 '관점'을 잘 활용해서 성공적인 인생을 살아보자. 위대한 관점은 세상을 바꾸는 힘이 되기도 한다. 남다른 관점은 미래를 끌어당기는 마중물이 된다. 남다른 관점과 통찰력을 겸비하자. 미래를 미리 본 사람이 미래를 만들 수 있다.

미래는 이미
내 안에 있다

미래는 여기 있다.
아직 널리 퍼지지 않았을 뿐이다.
윌리엄 깁슨

1964년 중국 항저우에서 태어난 한 소년은 어린 시절 무협소설을
열심히 읽는 것이 취미였고 영어 외에 다른 과목은 별로 관심이 없었
다. 무협소설의 영향 때문인지 그는 불공정한 것들을 싫어해서 외면한
채 지나치지 않았다. 그래서 마르고 작은 체구에도 불구하고 싸움을
두려워하지 않았고 학교에서 처벌도 많이 받았다. 대부분 그의 싸움이
억울한 친구들을 돕기 위해서였음에도 불구하고 지인들은 그가 성인
이 되면 분명 건달이 될 거라 생각했다.

그는 중학교에서 지리 선생님의 영향으로 영어에 관심을 갖게 되었
다. 선생님은 수업시간에 길을 찾아 헤매던 외국인 관광객에게 영어로
길을 알려주고 주변 관광지에 대해서 설명을 해줬더니 매우 고마워했
다는 경험담을 전해주었다. 그러면서 외국인이 질문을 했을 때 대답을

못 하게 되면 중국 전체가 부끄러워질 수도 있으니 영어공부를 열심히 하라고 했다.

어린 소년은 이 일화를 가슴 깊이 새기며 영어공부를 누구보다 열심히 하기로 마음먹었다. 그래서 실력이 부족해도 외국인 관광객들을 만나면 대화하기를 주저하지 않았다. 용기를 갖고 외국인에게 직접 다가가고 끈기를 갖고 꾸준히 영어공부를 했더니 실력은 자연스럽게 향상되었다.

하지만 영어만 지나치게 잘하게 된 소년은 대학입시에서 항상 수학 점수가 문제였다. 그래서 결국은 가족들마저 대학 진학을 포기하라고 권할 정도였다. 마지막이라고 생각하고 수학공식을 무조건 달달 외우면서 도전한 세 번째 대입시험에 합격한 소년은 전문대학 격인 항저우 사범학원 외국어 학과에 입학했다.

영어는 여러 가지 면에서 그의 인생을 변화시켰다. 그중에서도 가장 중요한 변화는 소년의 가치관과 세계관이 변했다는 점이다. 소년은 훗날 이렇게 회상했다. "외국인과 같이 지내면서 그들의 생각이 내가 받은 교육과는 매우 다르다는 것과 전혀 다른 세계가 존재한다는 것을 알게 되었다."

이 이야기의 주인공은 중국 최대 전자상거래 회사인 알리바바 그룹의 회장 마윈이다. 그는 세계 24위 부자이며 중국에서는 1위로 최대 갑부다. 그는 독특한 외모와 작은 키로 '못난이 윈'이라고 불리기도 했다. 컴퓨터로는 이메일 정도 보내는 것이 그가 컴퓨터와 인터넷에 대해 가지고 있는 지식의 전부다. 그럼에도 불구하고 그가 엄청난 성공을 거둔 이유는 미래를 예측하고 한발 앞서 과감하게 움직인 결과다.

영어를 전공한 그는 영어 선생님으로 장래가 촉망되었지만 어느 날 퇴근길에 우연히 취직한 학교의 학과장이 자전거를 타고 채소를 한 봉지 사서 핸들에 매달고 가는 모습을 보게 된다. 그리고 문득 깨닫는다. 저 모습이 아마 미래의 내 모습이 될 수도 있다는 사실을 말이다. 젊고 열정적이었던 마윈은 학과장을 싫어하지는 않았지만 그런 모습으로 늙고 싶지는 않았다. 그래서 고민 끝에 과감하게 사표를 던지고 그만 둔다.

그는 사업을 하기로 마음을 먹고 1992년 항저우 최초의 번역회사인 '하이보'를 창업하였다. 이것이 그가 시작한 첫 번째 사업이다. 그는 하이보를 최고의 번역회사로 성장시켰다. 사업의 성공으로 잘 나가던 그는 1995년 비즈니스 프로젝트를 위해서 미국을 방문했다가 사기를 당하고 좌절에 빠졌다. 하지만 그가 남들과 달랐던 점은 좌절의 순간에도 기회를 발견하고 잡았다는 것이다.

그는 미국에서 퍼지고 있는 인터넷을 접하게 되었고 인터넷을 이용하면 눈부신 미래가 열릴 것이라는 것을 직감하게 된다. 그래서 본격적으로 인터넷을 이용한 사업을 구상하게 되었고 '중국의 전자상거래와 중소기업을 부자로 만들기'위한 사명을 품고 두 번째 사업을 시작하게 된다. 이것이 알리바바의 탄생이다.

처음 사이트를 개설하고 전자상거래를 시작했을 때는 손님이 전혀 없어서 직원들끼리 물건을 사고팔기도 했다. 왜냐하면 중국에는 당시만 해도 인터넷이 널리 퍼지지 않았고 전자상거래에 대한 개념조차 대

중적이지 않았기 때문이다. 고객이 올린 물건이 팔리지 않아서 회사직원들이 사기도 했다. 이런 과정을 거쳐서 알리바바는 현재 최고의 전자상거래회사로 당당하게 성장했다. 이베이와 아마존이 양분하던 중국시장에서 이베이를 철수시키고 중국 온라인시장의 80% 이상을 장악하게 되었다.

많은 사람들이 사업을 시작하기 전에 따지는 것은 성공에 대한 확률이다. 창업을 하기 위해서도 수많은 데이터를 가지고 얼마나 성공할 수 있을지 계산을 한다. 프렌차이즈를 오픈하려고 알아보는 과정 중에는 폐업률은 얼마인지 확인하게 된다. 하지만 마윈은 불확실한 미래가 기회라고 늘 생각해왔다. 그는 아무도 자신을 믿어주지 않았을 때에도 성공할 것이라는 확신으로 그가 상상한 미래 속에서 살아가고 있었다.

마윈은 어느 대학교 강연에서 이렇게 말했다. "가난보다 무서운 것은 꿈이 없는 삶입니다. 꿈은 미래의 희망이기 때문입니다. 꿈에게 기회를 주세요. 꿈에게 기회를 주지 않는다면 꿈도 당신에게 기회를 주지 않을 것입니다." 세상은 우리가 보고 꿈꾸는 대로 존재한다. 물구나무를 서서 본다면 세상을 거꾸로 보인다. 그는 직원들에게 물구나무서기를 권한다. 물구나무서기가 건강에 도움이 되는 이유도 있지만 남과 다른 생각과 남과 다른 행동을 깨우치기를 바라는 마음에서 권하는 것이다.

신경정신과학 박사인 이시형 교수의 글 중에 다음과 같은 좋은 글이 있다. 모든 것은 우리가 관심을 가지고 보는 대로 존재한다는 내용을 담고 있다. 현재가 그렇고 미래 또한 마찬가지다. 미래도 우리가 확신을 가지고 믿고 보는 만큼 우리에게 다가온다.

세상은 보는 대로 존재한다. - 이시형

신발 사러 가는 길에 보이는 건 모두 신발뿐이다.
길가는 모든 사람들의 신발만 눈에 들어온다.
사람 전체는 안중에도 없다.
미장원을 다녀오면 모든 사람의 머리에만 시선이 집중된다.
그 외엔 아무것도 안 보인다.

그런가 하면 그 반대 경우도 있다.
근처 도장방이 어디냐고 물어오면 나는 갑자기 멍해진다.
어디선 본 듯도 한데 도무지 생각이 나질 않는다.
바로 회사 앞에 있는 그 도장방을 아침저녁 지나다니면서도
도대체 기억 속에는 남아있질 않는 것이다.

마치 그 집은 이 세상에 존재하지 않는 거나 다름없다.
사실이 그렇다. 세상은 내 마음 끌리는 대로 있기 때문이다.
조화도 그게 가짜인 줄 알 때까진 진짜 꽃이다.

중략

세상은 보는 대로 있다. 어떻게 보느냐는 자신의 책임이다.

누군가 상상을 통해서 보고 느낀 미래가 현실이 되는 것이다. 저절로 만들어지고 저절로 찾아오는 미래는 없다. 중국의 대다수 국민들은 마윈이 상상한 미래에서 전자상거래를 하고 있다. 최근 개봉한 영화 〈미션임파서블5 로그네이션〉을 보게 되면 시작하는 화면에서 '알리바바 픽처스'라는 로고를 볼 수 있다. 알리바바 그룹에서 할리우드 영화에 대한 투자를 시작했다는 의미다. '알리바바 픽처스' 로고를 보면서 마윈은 지금 어떤 미래를 상상하며 품고 있는지 궁금해졌다. 우리는 미래를 품고 있는 사람들에 의해서 미래를 맞이하게 된다. 마찬가지로 우리 각자가 품고 있는 미래에 대한 생각들이 우리의 인생을 결정한다.

나를 위한
보물지도 만들기

낮에 꿈꾸는 사람은
밤에만 꿈꾸는 사람에게는 찾아오지 않는 많은 것을 알고 있다.
에드거 앨런 포

'보물지도'라는 단어를 들으면 아직도 가슴이 뛴다. 보물지도와 함께 꿈과 희망을 품고 힘차게 출항하는 보물선의 이미지. 그리고 수많은 보석과 황금 등 보물을 한가득 싣고 돌아오는 보물선의 이미지는 지친 가슴을 흥분시키기에 충분하다. 가끔 신문이나 TV를 통해서 난파된 보물선의 위치정보를 입수하고 최신장비를 동원해 보물을 건져내려는 이들에 관한 소식을 접하게 된다. 보물지도에 어울리는 단어는 용기와 모험 그리고 탐험가 정신이다.

보물이 숨겨진 위치까지 도달하는 모험의 여정이 생략된 채 발굴이 가능한 장소에 바로 도착해서 작업을 하는 모습에는 영혼이 없어 보인다. 어렸을 적에 본 영화 중에 〈구니스〉가 있다. 스티븐 스필버그의 아이디어를 바탕으로 〈리쎌 웨폰〉 시리즈의 리처드 도너 감독이 연출한 영화다. 〈인디아나 존스〉의 어린이용 버전과도 같은 〈구니스〉가 특별한 기억으로 남는 이유는 눈높이에 맞는 로망과 판타지를 제대로 심어주었다는 점이다.

'구니스Goonies'는 폭력 단원, 불량배라는 뜻이다. 이 영화에서의 구니스는 바로 주인공인 어린이들이다. 그들은 불량배라기보다는 호기심이 많고 장난을 잘 치는 '악동'에 가깝다. 나이가 들수록 호기심은 점점 사라지고 모험심 또한 없어지면서 안전한 삶을 추구하게 된다. 대신 영화나 소설과 같은 작품들을 통해서 위안을 얻고 열광을 하려는 경향이 커진다.

신문이나 TV를 통해서 접하는 뉴스에는 온통 경제불황, 사건사고, 물가인상, 구조조정에 관한 이야기들이 단골메뉴처럼 등장한다. 뉴스 속에서 살아가다 보면 꿈을 꾸고 성공하는 것은 다른 별나라 사람들의 이야기인 것처럼 너무 멀게만 느껴진다. 꿈을 이루며 행복하게 사는 사람들은 외계인이 아닐까 하는 생각이 들 정도다.

하지만 그렇게 크게 낙담하거나 풀이 죽어서 지낼 필요는 없다. 우리가 어렸을 적 보았던 어드벤쳐 영화를 다시 떠올리고 당시 흥분했던 내 모습을 잘 기억할 수 있다면 잠들어 있던 모험심이 살아날 것이다. 심리학과 대뇌생리학 분야에서는 소망을 실현하는 데 있어서 마음가짐과 뇌의 상관관계에 대한 비밀들을 밝혀 나가고 있다. 간단하게 요약하면 '머리에서 떠올린 생생한 이미지와 비전을 그릴 수 있는 사람들이 원하는 인생을 살 수 있는 확률이 높다.'는 점이다. 다시 말하면 우리가 가지고 사는 이미지가 우리들 인생을 만든다는 것이다.

일상생활에서 이에 대한 실험을 적극적으로 하고 성공한 사람이 모치즈키 도시타카다. 그는 이미지 트레이닝, 성공철학, 명상법 등에 관심이 많아 꾸준히 연구하고 실천하는 사람이다. 그는 일본에서 '보물지도 세미나'를 운영하며 좋은 차, 좋은 집, 경제적인 안정, 화목한 가정, 사랑하는 사람들을 찾는 일반인들에게 진정한 부와 행복을 얻는 방법에 대해서 강연을 한다.

많은 사람들이 어느 순간부터 잊고 지내는 단어 '보물지도'. 그는 '나만의 보물지도'를 만들 것을 강력하게 권하고 그 방법들을 자세하게 설명한다. 일본에서는 이 방법을 통해서 꿈을 이루고 성공한 사람들이 많다. 그의 저서 《당신의 소중한 꿈을 이루는 보물지도》는 일본 아마존 종합 베스트셀러 1위에 오르기도 했다.

그는 우리가 품고 살아가는 꿈과 비전을 '시각화'하는 작업이 굉장히 중요하다고 말한다. 그것을 도와주는 도구가 보물지도다. 만드는 방법은 간단하다. 다음의 8단계의 방법을 잘 따라 하면 된다.

1단계: A1(90cm×60cm) 정도 크기의 흰 종이나 코르크 보드 등을 준비한다. 그리고 자신의 이름을 넣어 'OOO의 보물지도'라고 쓴다.

2단계: 종이의 한가운데에 가장 행복하게 웃고 있는 본인의 사진을 배치한다. 가족이나 친구들과 함께 웃고 있는 사진도 좋다.

3단계: 간절하게 갖고 싶은 것과 원하는 목표 등을 나타내는 사진이나 이미지들을 붙인다.

4단계: 사진이나 이미지에 각각 목표 설정에 대한 '기한'이나 '조건' 등을 적어

둔다.

5단계: 이 목표가 본인이나 주변인들에게 어떤 도움이 될지를 적는 것이다.

6단계: 목표달성이 인생의 목적과 가치관에 잘 부합하는지를 생각한다.

7단계: 구체적인 첫 번째 실천단계로서 실천사항을 써놓는다.

8단계: 완성되면 자주 눈에 띄는 곳에 붙여 두고 바라본다.

보물지도의 핵심은 원하는 것들을 시각화해서 꾸준하게 바라보면서 어떻게 하면 현실화시킬지를 고민하고 실행하는 것이다. 방 안에 크게 보드판을 붙여서 보는 것도 좋은 방법이고 작게는 지갑에 들어갈 만한 사이즈를 따로 만들어서 가지고 다니면서 수시로 보는 방법도 있다. 그리고 요즘에는 스마트폰을 이용해서 사진을 찍고 저장하는 방법이 쉽기 때문에 스마트폰에 별도로 폴더를 만들어서 봐도 좋다.

지금 내 서재의 한쪽 벽에는 코르크 보드를 이용한 보물지도가 걸려 있다. 내가 갖고 싶은 자동차의 사진을 잡지에서 오려 붙이는 것에서부터 나만의 보물지도는 시작되었다. 그리고 살고 싶은 행복한 이미지의 집 사진을 구해서 나란히 옆에 배치했다. 또한 아내와 함께 방문하고 싶은 해외여행지 사진도 정리되어 있다. 이런 것들이 가득한 보물지도는 다 이루었을 때를 상상하면서 바라보면 저절로 행복하게 만들어주는 효과가 있다.

살다 보면 부자들은 계속 부자가 되고 가난한 사람들은 계속 가난하게 살 수밖에 없다는 말을 자주 듣게 된다. 마찬가지로 성공하는 사람들은 늘 계속 성공을 반복하고 실패하는 사람들은 늘 실패만 반복하게 된다는 말도 자주 듣게 된다. 부자가 아니고 성공자가 아닌 상황에서 이런 말들을 듣게 되면 절망과 한숨만 나온다. 인생이 이렇게 점점 재미없게 느껴지고 삶이 팍팍하게만 느껴지는 이유는 우리가 살면서 접하게 되는 이야기의 대부분이 부정적이기 때문이다. 그렇지만 나만의 보물지도를 가지고 있다면 걱정할 필요가 없다.

주기적으로 보물지도를 보는 행위는 의식을 긍정적인 방향으로 이끌어주는 효과가 있다. 긍정적으로 전환된 의식은 행복과 기쁨에 주파수를 맞추면서 꿈과 목표를 향해서 나아가도록 자동으로 프로그래밍된다. 우리의 뇌는 불필요한 정보는 빨리 잊을 수 있도록 설계되어 있다. 반면 매일 반복해서 중요하다고 생각하는 정보는 뇌의 장기기억 저장소인 잠재의식에 저장되어 필요한 활동을 돕는다.

실제로 보물지도를 작성해서 생활하다 보면 시간이 지날수록 조금씩 꿈을 이루기 위해서 필요한 정보를 얻게 되고 아이디어가 떠오르는 것을 경험할 수 있게 된다. 이를 통해서 성과를 올리고 작은 목표들이 달성되는 경험을 하면 더욱 큰 목표들도 달성 가능하다는 믿음이 생긴다. 보물지도는 행복과 기쁨이 넘치는 삶으로 안내하는 안내자 역할도 수행한다.

어니스트 헤밍웨이는 "직접 해 보기 전에는 아무도 자기 안에 어떤 능력이 도사리고 있는지 미리 알 수가 없습니다."라고 말했다. 보물지도에 과연 인생을 바꾸는 힘이 있을까 의문만 품고 사는 것보다는 직접 보물지도를 만들어 보고 효과가 있는지 없는지 직접 판단하는 것이 현명하다. 모든 모험은 보물지도 한 장에서 시작된다. 보물지도가 있

다면 인생은 즐거운 모험이 된다. 나만의 보물지도 만들기, 지금 시작
해도 늦지 않다.

원하는 미래를 끌어당기는
자기암시

우리 시대의 문제는 미래가
예전의 미래와 다르다는 것이다.
폴 발레리

액션영화를 좋아하는 관객들이라면 미션임파서블을 한 번쯤은 보았을 것이다. 매력적인 스토리를 가진 이 스파이 영화는 각 시리즈마다 감독은 달랐지만 주연은 톰 크루즈가 모두 맡았다. 007시리즈와 비교되는 점은 최첨단 장비로 무장한 첩보원이 미녀와 함께 악당을 물리치는 단순한 구조를 뛰어넘어 치밀한 스토리와 액션 장면 그리고 배경음악까지 3박자가 거의 완벽하다는 것이다.

이러한 이유로 최근 개봉한 미션임파서블 시리즈의 5편 로그네이션을 직접 극장에 가서 감상했다. 올해로 만 54세인 톰 크루즈는 주연 배우이자 미션임파서블 시리즈의 제작자이다. 그는 1996년 시리즈의 1편에서부터 대역 없이 고난도의 액션을 소화한 것으로 유명하다. 이번에도 와이어에 의지해 항공기 바깥에 매달리며 하늘을 나는 위험한 스턴트를 직접 해냈다.

이번 영화에서 CIA 국장으로 나온 알렉 볼드윈은 점점 살이 쪄서 젊었을 때의 모습을 찾아보기 힘들었지만 톰 크루즈는 1편과 비교해서 크게 달라지지 않은 모습을 유지했다. 점점 나이를 먹으면서 체력적으로 부담이 될 수도 있지만 그가 대역 없이 직접 스턴트를 하는 이유는 영화의 리얼리티를 위해서다. 그리고 미션임파서블 시리즈를 시작한 초심을 유지하기 위해서다.

그는 이 시리즈의 주인공이기도 하지만 1편을 시작으로 영화 제작자 일을 시작했기 때문에 그가 출연한 어느 영화보나 애정이 깊은 작품이 바로 미션임파서블이다. 톰 크루즈는 이렇게 말했다. "4살 때부터 전 세계를 돌아다니며 영화 찍는 걸 꿈꿨다. 35년 동안 영화를 만들었지만 여전히 즐겁다. 다른 이들을 즐겁게 해줄 수 있다는 건 대단한 특권이다."

시리즈 5편 로그네이션은 올 해외로케로 촬영했다. 오스트리아, 영국, 모로코, 쿠바 등을 무대로 화면이 펼쳐진다. 그는 어느 날 반짝 우리에게 나타나 세계적인 스타가 된 것이 아니었다. 50년 이상 한결같은 마음으로 네 살 때부터 꿈꾸던 삶을 누리면서 즐겁고 행복하게 살고 있는 것이다. 그는 영화촬영을 위해서 전 세계를 돌아다니며 영화 홍보를 위해서는 전용기로 전 세계를 돌아다닌다. 우리는 그가 4살 때부터 꿈꾸던 영화 세상을 통해서 함께 기뻐하면서 살고 있다.

톰 크루즈가 4살 때부터 '자기암시'라는 개념을 알았는지는 잘 모르겠다. 사람들은 저마다 이루고 싶은 것이 있고 되고 싶은 것이 있다.

우리는 이런 것들을 모두 '꿈'이라는 단어에 포함시킨다. 꿈이 이루어지느냐 이루어지지 않느냐를 결정하는 가장 중요한 요소가 바로 자기암시다. 자기암시란 이루고 싶고 되고 싶은 것이 이미 다 이루어졌다고 믿고 상상하는 의식행위다.

일반인들에게는 '자기암시'라는 단어가 생소할 수도 있다. 하지만 스포츠 선수들은 금메달을 획득하기 위해서 이미지 트레이닝을 많이 한다. 이미지 트레이닝은 자기암시의 일종으로 무작정 훈련만 하는 것이 아니라 상상력을 동원해서 다양한 상황을 극복하기 위한 훈련방법이다. 스포츠에서는 논리적인 사고와 행위보다는 이미지 트레이닝을 활용할 줄 아는 스킬이 필요하다. 이 스킬이 바로 일반인들에게는 자기암시가 된다.

스포츠 선수들이 막연하게 '메달을 따고 싶다'는 마음만으로 자기암시를 활용한다면 그것은 효과를 보지 못한다. 자기암시는 막연히 되고 싶고 갖고 싶다고 하는 것들을 현실로 나타내주지 않는다. 구체적이고 확고한 소망을 가진 이미지를 상상해야 자기암시의 효과는 작동하기 시작한다. 메뉴판이 있음에도 불구하고 식당에 가서 '아무거나 주세요~'라고 하면 제대로 된 주문이라고 할 수 없다. 그런 식의 주문으로는 정말 아무거나 먹게 된다.

자동차를 바꾸는 것으로 예를 들면, 막연하게 '좋은 차로 바꿔 주세요.'라고 한다면 좋은 차의 기준이 너무 광범위하고 막연하기 때문에 자신이 원하는 좋은 차를 제대로 받을 수 없다. 자동차 회사 브랜드를 정한 후 원하는 모델명과 색상 기타 옵션 등 구체적이면 구체적일수록 좋다.

세계적인 영화배우이자 제작자가 된 톰 크루즈, 할리우드의 흥행감독 스티븐 스필버그, 보디빌더 출신 영화배우이자 정치가가 된 아널드 슈워제네거, 프리미어리그 축구선수로 활동한 박지성, 피겨여왕 김연아, 발레리나 강수진 등 이들은 모두 자기암시로 행복하고 성공적인 삶을 살고 있는 유명인들이다. 우리도 이런 삶을 살 수 있다. 그들이 했으니 우리도 할 수 있다는 믿음만 있으면 가능하다.

그동안 읽은 자기암시에 관한 책들 중 일부를 소개하면 다음과 같다.

인생의 진리는 단순하다. 당신은 스스로 상상한 것만 얻는다. 그러므로 창조적이고 건설적인 상상을 하라. 걱정과 고민은 치워버려라. 희망과 믿음을 가져라. 영업실적 때문에 숨넘어가도록 기뻐할 시간이 곧 다가오리라. 당신의 온 마음속을 성공의 그림으로 가득 채울 때 비로소 현실 역시 같은 그림으로 채워지기 시작한다.

이지성, 《꿈꾸는 다락방》

꿈을 현실화시키는 데 가장 유용한 방법은 바로 그것을 이미지로 자기암시(visualization) 하는 것이다. 자신과 자신이 원하는 모습에 대한 성공적이고 이상적인 목표를 세워 매일 그것을 생각하고 바라보면, 우리는 그것을 현실로 만들 수 있다.

차동엽, 《무지개 원리》

머릿속으로 실패하기보다는 성취하는 자신을 그려보는 사람, 그리고 집중적인 공부와 지속적인 노력이라는 값을 치를 준비가 되어 있는 사람은 목표를 향해 나아간다. 머릿속에 그리는 그림의 힘은 결정적이다. 미래의 모습은 평소 습관적으로 생각하는 기본적인 자신의 이미지와 매우 닮아 있기 때문이다.

노먼 빈센트 빌,《믿는 만큼 이루어진다》

끌어당김의 법칙은 당신이 어떤 것을 좋게 생각하든 나쁘게 생각하든, 원하든 원하지 않든, 그건 것에는 상관하지 않는다. 그저 당신의 생각에 응답할 뿐이다.

론다 번,《시크릿》

성공학과 자기암시에 관한 책들의 주장을 한 문장으로 요약하면 "사람은 생각하는 대로 된다."는 것이다. 과거에 내가 했던 생각들이 지금의 나를 만들었다. 마찬가지고 미래의 내 모습을 알고 싶다면 현재 내가 하고 있는 생각들을 잘 살펴보면 된다. 따라서 미래는 현재 내가 하고 있는 생각들을 통해서 끌어당길 수 있다.

우리가 몽상가로 전락한 삶을 사느냐 원하는 미래를 끌어당겨서 성공한 삶을 사느냐는 자신감과 실행력에 달려 있다. 두려움은 성공적인 미래에 있어서 가장 큰 적이다. 자신감 없이는 원하는 성과와 목표를 달성할 수 없다. 불행을 경험하게 되면 대부분의 사람들은 습관적으로 또 다른 불행을 생각하면서 불안에 떤다. 그렇게 되면 정말 설상가상으로 연속적인 불행을 경험하게 될 확률이 높아진다.

좋은 일이 연달아 찾아오거나 불행한 일이 연달아 찾아오는 것은 과학과도 같다. 모두 자기암시의 힘에 이끌려서 찾아오는 것이다. 지금까지 살아오면서 학교 교육을 통해 자신감과 자기암시에 대해서 배울 수 있었다면 우리는 미래에 대한 막연한 걱정보다는 보다 풍족하고 행복한 생활을 하면서 미래를 희망찬 눈으로 바라보면서 지내고 있을 것이다.

일생동안 크게 성공한 성공자 507명의 노하우를 파헤친 성공철학의 거장 나폴레온 힐은 타자기 앞에 다음과 같은 문구를 붙여놓고 매일 보면서 자기암시를 했다. "나는 매일 매일 모든 일에서 더 크게 성공하고 있다."

나도 매일 마법과도 같은 이 주문을 외우면서 하루를 시작한다. 이 주문의 효과는 하루를 성공적으로 살 수 있게 해줄 뿐만 아니라 나이를 먹을수록 점점 꿈을 꾸게 만든다는 점이다. 이제부터라도 자기암시를 생활화해보자. 원하는 미래를 끌어당길 수 있는 자기암시의 효과를 믿는다면 미래는 두려움의 대상이 아니다. 오히려 하루빨리 경험하고 싶은 선망의 대상이 된다.

감사일기로
하루를 마무리하기

감사는 위대한 교양의 결실이다.
야비한 사람에게는 그것을 결코 발견할 수 없으리라.
S. 존슨

일기를 마지막으로 쓴 기억은 언제였을까? 초등학교 때 그림일기를
방학숙제로 제출했던 기억 이외에 쓴 기억이 없다. 중학교, 고등학교
그리고 대학교를 거치면서 학교에서는 일기 쓰기를 강요하지 않았고
스스로 써야 할 필요성도 느끼지 못했기 때문이다. 일기 쓰기가 좋다
는 사실은 누구나 알고 있다. 나만의 역사를 기록할 수 있다는 점이나
글쓰기 능력을 향상시킬 수 있다는 점 등 장점이 많이 있다.

하지만 운동이 건강에 좋다는 사실을 알면서 꾸준히 하지 못하는 이
유와 일기 쓰기를 꾸준히 하지 못하는 이유는 비슷하다. 시간이 없거
나 의지가 없어서다. 물론 둘 다 핑계다. 없는 시간은 만들면 되고 없
는 의지도 불태우면 된다. 우리가 무언가를 정말 하지 못하는 이유는
딱 하나다. 관심이 없고 간절히 원하지 않기 때문이다.

간절히 원하지 않았던 일기 쓰기에 다시 관심을 갖기 시작한 건 아내의 감사일기를 얼핏 보게 되면서부터다. 감수성이 풍부한 아내는 뭔가를 글로 정리하고 흔적을 남기는 것을 좋아한다. 그래서 싸이월드가 유행할 때는 싸이월드에 일기를 쓰기도 했다. 직장에 다니고 결혼을 한 지금은 싸이월드 대신 직접 마련한 노트에 손으로 일기를 쓴다.

결혼생활 초기에는 연애할 때와는 확실히 다른 그 무엇들 때문에 많이 다투게 되었다. 연애할 때는 전반적인 생활을 공유할 일이 없고 데이트에 집중해서 만나고 헤어지고 다시 만나기를 반복하게 된다. 그래서 아무리 연애 기간이 길어도 그 이외의 모습들은 알기가 힘들다. 반면 결혼은 '살림'을 합치고 '생활'을 함께 해야 하기 때문에 충돌이 있을 수밖에 없다. 그런 충돌은 둘 다 어느 정도 예상은 했었지만 결국 이해하고 양보하지 못하고 다투는 날들이 많아졌다.

하지만 어느 순간 아내가 달라지면서 부부싸움을 하는 횟수가 줄어들기 시작했다. 처음에는 그 이유를 잘 몰랐지만 나중에는 그것이 모두 감사일기의 효과 덕분이라는 것을 알게 되었다. 결혼 후 아내는 밤마다 자기 전에 책상에 앉아서 뭔가를 쓰기 시작했다. 나는 그것을 공부를 하는 것이라고 생각했지만 나중에 알고 보니 일기를 쓰는 것이었다. 그리고 그 일기는 평범한 일기가 아니라 '감사일기'였다.

아내가 처음 쓰기 시작한 감사일기는 하루를 마감하면서 아무리 사소한 것이라도 감사하게 생각했던 것들을 한 줄씩 요약하는 수준이었다. 예를 들면, 출근길에 버스가 제시간에 와줘서 감사합니다. 부모님과 함께 맛있는 외식을 할 수 있어서 감사합니다. 사고 싶었던 구두를 살 수 있어서 감사합니다. 보고 싶었던 연극을 볼 수 있어서 감사합니다. 이렇게 간단한 내용들이다.

감사일기를 쓰게 된 계기가 궁금하여 물었더니 아내는 오프라 윈프리의 이야기를 들려주었다. 아내가 롤모델로 삼고 있는 인물은 힐러리 클린턴과 오프라 윈프리다. 이 중에서 미국의 방송인으로 포브스 선정 세계에서 가장 영향력 있는 유명인사 100인에 선정되기도 한 오프라 윈프리는 실제로 감사일기를 10년 이상 써오면서 그 효과에 대해서 널리 알렸다.

오프라 윈프리는 가난한 미혼모에게서 태어났다. 할머니의 품에서 자란 그녀는 삼촌에게 성폭행을 당해 임신을 하게 되었고 14세에 자신 또한 미혼모가 되었다. 자신의 아기가 태어난 지 2주 만에 죽자 충격으로 인해 가출을 하고 마약과 알코올로 얼룩진 청소년기를 보내기도 했다. 한때 그녀의 체중은 100kg이 넘었다. 이랬던 그녀가 인생역전을 하면서 전 세계여성들의 롤모델이 되기도 한 가장 큰 힘이 바로 감사일기다.

절망적인 시기를 보냈던 그녀는 친아버지의 권유와 가르침으로 감사일기를 쓰기 시작했다. 그녀는 감사일기를 쓰기 시작하면서 아주 사소한 것들에도 감사하기 시작했고 꾸준한 목표를 설정하면서 인생을 설계할 수 있는 힘을 얻었다. 생을 포기할까도 하는 시점에서 감사일기는 그녀를 일으켜 세워준 에너지가 되었다. 그녀는 "과거에 머물러서 그 과거가 지금의 당신을 지배하도록 놔둔다면 당신은 결코 성장할 수 없습니다.", "우리가 무슨 생각을 하느냐가 우리가 어떤 사람이 되는지를 결정합니다."라고 말했다.

오프라 윈프리는 감사일기를 통해서 2가지를 배웠다고 한다. 첫째는 인생에서 소중한 것이 무엇인지 알게 되었다는 점. 둘째는 삶의 초점을 어디에 맞춰야 하는지 알게 되었다는 점이다. 토크쇼의 여왕으로 불리며 전 세계 시청자들을 웃고 울리게 만든 오프라 윈프리. 부와 명예와 인기를 동시에 누리고 있는 그녀에게 누구보다 가슴 아픈 어린 시절이 있었다는 것을 상상하기는 오히려 힘들어졌다.

그녀는 성공하기 전부터 그리고 성공한 이후에도 꾸준하게 감사일기를 쓰고 있다. 그녀는 하루 5가지의 감사한 일을 다이어리에 적었다. 그것은 누가 봐도 멋진 것들이라기보다는 평범하고 사소하지만 우리가 놓치고 있는 일상에 관한 내용들이다. 일부를 소개하면 다음과 같다.

오늘도 거뜬하게 잠자리에서 일어날 수 있게 해주셔서 감사합니다.

눈부시고 파란 하늘을 주셔서 감사합니다.

점심식사로 맛있는 스파게티를 먹게 해주셔서 감사합니다.

얄미운 동료에게 화내지 않는 참을성을 주셔서 감사합니다.

좋은 책을 읽었습니다. 그 책을 써준 작가에게 감사합니다.

이런 한 줄의 감사일기도 진심을 다해서 꾸준히 쓴다면 절망적인 인생이라도 희망 가득한 인생으로 바뀔 수 있다. 그 살아있는 증거가 바로 오프라 윈프리다.

그녀는 친절하게도 더 많은 사람들이 감사일기를 쓰는 습관을 갖길 바라면서 감사일기를 쓰는 10가지 방법에 대해서 알려 주었다.

1. 내 맘에 꼭 맞는 작은 노트를 장만한다.
2. 감사할 일이 생기면 언제 어디서든 기록한다.
3. 하루를 돌아보며 감사의 제목을 찾아 기록하는 시간을 갖는다.
4. 거창한 감사의 제목을 찾기보다 일상의 소박한 제목을 놓치지 않는다.
5. 사람들을 만날 때 그 사람으로부터 받은 느낌, 만남이 가져다준 기쁨 등을 기록한다.
6. 교회나 학교에서 일기 쓰기 모임을 만들어 함께 쓴다.
7. 버스에 있거나 혼자 공공장소에 있을 때 그동안의 감사 제목들을 읽어본다.
8. 정기적으로 감사의 기록들을 나누고 격려한다.
9. 나의 감사의 제목들이 어떻게 변화하고 있는지 지켜본다.
10. 카페나 정원 등 나만의 조용하고 편안한 장소를 선택하여 자주 그곳에 앉아 감사일기를 쓴다.

하루를 마무리하는 방식은 사람마다 다르다. 무언가 보는 것을 좋아하는 사람들은 TV를 통해서 드라마나 영화를 보고, 읽는 것을 좋아하는 사람들은 신문이나 책을 보고, 움직이는 것을 좋아하는 사람들은 가벼운 운동이나 스트레칭을 한다. 아침 시간은 누구나 정신없이 바쁘게 지나가지만 저녁 시간은 내가 원하는 것들을 할 수 있는 여유가 생긴다. 그래서 나는 저녁 시간의 장점을 잘 활용해서 감사일기를 쓰기로 했다.

세상에서 가장 바쁜 사람 중에 한 명인 그녀는 오늘도 감사일기를 쓰고 있을 것이다. 감사는 더 많은 감사할 일들을 우리에게 가져다준다. 따지고 보면 우리 주변에는 어떤 상황에서도 감사할 일이 많이 널려 있다. 단지 그것에 관심을 가지고 찾고 있지 않았기에 보지 못했을 뿐이다. 고은 시인의 시에서도 올라갈 때 보지 못했던 꽃을 내려올 때 봤다고 하지 않았던가. 분명 그 자리에 있었던 꽃인데 말이다.

감사일기를 쓰기 시작하면 1년 365일은 눈을 뜨는 순간부터가 감사의 시작이다. 살아 있어서 맞이하게 되는 새로운 아침부터가 감동이다. 감사일기는 근본적인 삶의 관점과 태도를 바꿔주는 데 아주 효과가 있다. 그래서 감사의 눈으로 바라보는 세상은 그동안 보지 못했던 희망과 행운을 볼 수 있게 해준다. 감사일기는 누구나 마음만 먹으면 가질 수 있는 강력한 마법의 도구다. 이 마법의 도구와 함께 꿈꾸는 미래를 향한 한 걸음을 시작해보면 좋겠다.

지식은 늙지만
지혜는 자란다

한 인간의 가치는 그가 무엇을 받을 수 있느냐가 아니라
무엇을 주느냐로 판단된다.
알베르트 아인슈타인

인터넷과 IT기기가 발달한 정보화 시대에서 학식으로 무장한 사람들에 대한 메리트가 사라지고 있다. 과거 학식이 풍부하다고 여겨졌던 사람들이 가지고 있던 '지식'은 이제 우리의 손가락을 사용해서 손바닥 안에서 언제든지 쉽게 확인이 가능한 시대다. 정보의 바다에 광범위하게 펼쳐진 지식은 우리가 마음만 먹으면 관련 데이터와 동영상까지 검색해서 활용할 수 있다. 이제 지식은 학습능력이 아닌 검색능력에 따라 결과물이 달라진다.

사전적 정의에 따르면 지식knowledge은 '어떠한 대상에 대하여 배우거나 실천을 통하여 알게 된 명확한 인식이나 이해'를 뜻한다. 지혜wisdom는 '사물의 이치를 빨리 깨닫고 사물을 정확하게 처리하는 정신적 능력'이다. 하지만 이런 사전적인 정의는 현대인들에게 이제 더 이

상 의미가 없는 것처럼 느껴진다. 지식이든 지혜든 쉽고 단순하며 결과가 빠르게 나오는 '앎'을 더욱 선호하는 경향이 있다.

그 '앎'을 위해서 우리는 공부를 하는데 공부는 졸업장을 받는다고 끝나는 것이 아니다. 학교에서 주입식에 가까운 교육을 통해서 얻은 것들은 지식이지 지혜가 아니다. 그래서 평생 지니고 갈 수가 없다. 왜냐하면 지식은 세계에 나설 수 있게 만들어 주는 기본적인 도구에 지나지 않기 때문이다. 도구를 잘 활용하여 세상을 헤쳐나가기 위해서 필요한 것이 바로 지혜다.

법륜 스님은 이런 말씀을 하셨다. "세상에는 지식을 쌓는 공부가 있고 지혜를 얻는 공부가 있습니다. 사람들은 지식이 없는 사람을 가리켜 '무식하다'라고 합니다. 지식이 없으면, 무식하면 살면서 손해 볼 일이 많이 생깁니다. 반면 사람들은 지혜가 없는 사람을 가리켜 '어리석다'라고 합니다. 지혜가 없으면, 어리석으면 괴롭습니다. 그렇기 때문에 지식만 있고 지혜가 없으면 손해 보지 않으려 바득바득 애쓰며 살지만, 삶은 괴로운 것이 됩니다."

법륜 스님의 말씀처럼 지식이 없어 무식하다는 소리를 들으면 배우면 된다. 반면 지혜가 없어 어리석다는 소리를 들으면 삶 자체가 괴로워진다. 지혜는 지식과 달리 많은 시간이 요구된다. 지식은 검색하면 바로 찾을 수 있지만 학문적인 지혜든 생활 속의 지혜든 지혜라는 것은 많은 시간을 통해서 체험하고 익히는 과정을 통해서 깨닫게 된다.

뇌과학적으로 지식은 좌뇌의 영역에 속하고 지혜는 우뇌의 영역에 속한다. 좌뇌는 머리로 이해하거나 논리적으로 계산하는 데 관여하게 된다. 그래서 좌뇌는 차곡차곡 쌓는 힘이 강하고 우뇌는 이 쌓인 것을 가지고 운용하는 힘이 강하다. 지식과 지혜, 좌뇌와 우뇌 중 어느 하나가 중요하다고 말하기는 힘들다.

좌뇌는 책을 읽거나 신문을 보면서 정보와 지식을 얻을 때 활성화된다. 지식을 쌓는 것은 마음만 먹으면 누구나 할 수 있다. 또한 지식은 어느 정도 경쟁심을 갖춘 상태에서 쌓게 되면 효과가 있기도 하다. 반면 우뇌는 이렇게 쌓인 지식을 분별력과 통찰력으로 운용하는 역할을 한다. 우뇌의 활용에 있어서 무엇보다 중요한 것은 이타심이다.

이타심이란 자기의 이익보다는 다른 이의 이익을 꾀하는 것이다. 불교에서는 이타심을 '자기가 얻은 공덕과 이익을 다른 이에게 베풀어 중생을 구제하는 일'이라고 정의하고 있다. 《화엄경》에는 자리이타自利利他라는 개념이 등장하는데 이것은 자기를 이롭게 하는 '자리'와 남을 이롭게 하는 '이타'가 둘이 아닌 하나라는 뜻이다. 결국 남을 이롭게 하는 것이 나한테도 좋다는 의미로 쓰이고 있다.

달라이 라마는 자리이타에 대해서 이렇게 말했다. "자리이타는 자기를 희생하면서 다른 사람을 돕는다는 뜻이 아니다. 보살이나 지혜로운 사람들은 궁극적 깨달음을 성취하는 목표에 전적으로 집중한다. 그 목표를 이타적인 마음인 자비심을 키워 이룩한다. 자신의 목표를 성취하는 최상의 길이 이타적인 사람이고, 그 행동이 자기에게 가장 큰 축복으로 돌아온다."

개인이나 회사나 지속적인 성장을 하면서 변화와 혁신을 이루기 위해서는 자리이타를 바탕으로 한 꾸준한 공부가 필수다. 경제학자 애덤

스미스는 빵집 주인의 예를 들면서 빵집 주인의 '이기심'에 의해서 우리가 빵을 먹게 되고 그럼으로써 자본주의 시장이 돌아간다고 설명했다. 하지만 이기심만으로 충만한 제품과 서비스는 이제 점점 설 자리를 잃어가고 있다.

이기심으로 인한 가치창출과 이타심으로 인한 가치분배가 잘 융화되어야 우수한 상품이 만들어진다. 이렇게 이기심과 이타심을 하나로 합친 개념이 '자리이타'이며 나도 잘 되고 남도 잘 되는 선순환 구조를 보이기 때문에 요즘은 경영학에서도 관심을 갖는 가르침이다. 선순환 구조를 갖는다는 것은 지속성장을 가능하게 해준다는 것이고 지속성장은 경영학의 존재 이유이기 때문이다.

성장은 결코 끝나지 않는 게임이다. 지속해서 성장하지 않으면 세상이 저 멀리 앞질러간다. 인간은 본능적으로 어머니의 자궁과 같은 평온한 곳을 찾으려고 하지만 우리가 태어난 이유는 그곳에 계속 머무르기 위해서가 아니다. 성장이란 우리가 매일 같이 전념해야 하는 일이다. '자리이타'를 실천하면서 어제보다 조금이라도 더 나은 내가 되기 위해서 노력하다 보면 인생이 변하고 세상이 변한다.

"하느님은 우리의 성공보다는 성장에 관심이 있다."는 말이 있다. 나는 이 말을 처음 들었을 때 큰 울림이 있었다. 결국 중요한 것은 성공보다는 성장이다. 그것도 꾸준히 지속 가능한 성장이다.

지혜는 질문을 통해서 자란다. 우리는 지금 당장 내면에 있는 나에게 물어보아야 한다. 지혜를 깨우는 질문은 다음과 같다. 첫째, 나는 누구일까? 둘째, 내가 정말로 원하는 것은 무엇일까? 셋째, 나는 언제 가장 행복한가? 이상 3가지다. 그리고 매일 하루를 마감하기 전에 이 질문과 함께 잠자리에 들어보자. "나는 오늘 하루 무엇을 배웠는가?" 당장 떠오르는 것이 없어도 이 질문과 함께 잠에 들면 우리가 자는 동안 잠재의식은 답을 찾기 시작한다.

질문을 통해서 내면의 나를 깨우고 스스로 성장하기 위해서는 나만을 위한 절대 시간의 확보가 중요하다. 그리고 나만을 위한 장소가 있다면 더욱 좋다. 나는 주로 출근 전 2시간 동안의 새벽 시간과 서재를 이용한다. 새벽 시간은 내 안의 나와 대화를 나눌 수 있는 최고의 시간이며 서재는 최적의 장소다. 나는 출근 전 2시간의 새벽 시간을 통해서 지혜를 숙성시키고 취침 전 2시간을 통해서 지식을 쌓는다.

이 습관이 지금의 나를 만들었다. 그리고 미래의 나를 만들고 있다고 믿는다. 세계적인 성공학의 대가이며 컨설턴트로 유명한 브라이언 트레이시는 이렇게 말했다. "평생 배움에 헌신하라. 당신의 정신과 당신이 거기에 집어넣는 것, 그것이 당신이 가질 수 있는 최상의 자신이다." 나는 평생 배움에 헌신할 것이다. 그리고 세상에 공헌할 것이다. 선한 영향력을 행사하는 삶을 사는 것이 내 인생의 꿈이다.

내 안에 있는 나를 찾아서 정말 내가 좋아하는 일이 무엇이고 언제 내가 가장 행복한지를 알게 된다면 세상을 살아가는 것은 여행이 되고 소풍이 된다. 그렇게 되었을 때 우리는 스스로를 좋아할 수 있게 된다. 브라이언 트레이시는 "I like myself!"라고 자신 있게 말할 수 있어야 성공한 삶이고 행복한 삶이라고 말한다. 자기를 좋아하는 마음을 스스로 불어넣는 사람들, 자신을 사랑할 줄 아는 사람들은 모든 일에 열정과 힘을 발휘한다. 존재의 이유를 깨달은 지혜 있는 사람들이 하는 일은 그들을 정신적으로나 경제적으로 풍요롭게 해줄 뿐만 아니라 널리 세상을 이롭게 한다.

《나는 왜 이 일을 하는가?》의 저자 사이먼 사이넥은 포천 500대 기업을 고객사로 확보한 잘 나가는 사업가였다. 하지만 그는 어느 순간 삶이 만족스럽지 못했다. 무엇이 잘못된 것인지 알지 못하는 상태가 오래될수록 그의 마음은 점점 바닥으로 떨어져만 갔다. 사업을 통해서 얻은 것은 많았지만 그는 자신이 진정으로 성공했다거나 행복하다고 자신 있게 말할 수 없었다. 그래서 꿈꾸고 사랑하면서 사는 열정적인 삶을 고민을 하기 시작했다.

그는 라이트 형제, 애플 그리고 마틴 루서 킹을 연구했고 '골든써클 Golden Circle'이라는 이론을 제시했다. 이 이론은 그가 직접 만든 것이 아니라 단지 '발견'한 것뿐이라고 사이넥은 말했다. 3개의 원으로 구성된 골든써클은 내부의 가장 작은 원이 Why, 이를 둘러싸고 있는 조금 더 큰 원이 How 그리고 How를 둘러싼 가장 큰 원이 What이다.

대부분 뭔가를 시작할 때 가장 바깥에 있는 What에서부터 시작해서 How를 거쳐 Why로 들어간다. 하지만 탁월한 리더와 조직에서는 안쪽인 Why에서부터 시작하고 행동한다. 개인이든 기업이든 존재의 이유와 목적 그리고 신념이 뚜렷해야 한다. 그래야 자신을 사랑할 수 있고 비로소 행복할 수 있다. '왜'를 찾은 사람들은 자리이타를 실천할 수 있는 사람들이다.

우리는 인생의 '왜'를 찾는 지혜로운 공부를 시작해야 한다. 평생 공부를 하다 보면 지혜의 3가지 질문에 답을 할 수 있게 되고, "나는 나를 좋아합니다!"라고 자신 있게 말할 수 있게 된다. 누군가 "당신의 취미가 무엇입니까?"라고 물었을 때. "나의 취미는 평생 공부입니다."라고 말할 수 있었으면 좋겠다. 지혜는 평생 공부를 통해서 건강하게 자란다.

기회는 늘
새로운 공부를 통해 찾아온다

너무 멀리 갈 위험을 감수하는 자만이
얼마나 멀리 갈 수 있는지 알 수 있다.
T.S. 엘리엇

2016년 개교 30년을 맞은 포스텍POSTECH 포항공대은 올해 학위수여식
에서 홍석현 중앙일보·JTBC 회장에서 학위를 수여했다. 김도연 포스
텍 총장은 학위수여식에서 홍 회장이 전자공학과 출신으로는 이례적
으로 창업자·학자·언론인·기업인 등 여러 분야에서 사회 발전에
공헌하며 진취적으로 도전한 모습이 학생들에게 큰 귀감이 되었다고
말했다.

그동안 포스텍에서 명예박사 학위를 받은 인물은 3명이다. 노벨 화
학상 수상자인 로더릭 매키넌 록펠러대 교수, 김종훈 전 벨연구소 사
장 그리고 피터 김 미국 머크연구소 사장 등이다. 홍 회장은 네 번째
인물로 대한민국 국적자로는 처음이다. 홍 회장의 학위 수여는 전자전
기공학과 교수 전원이 만장일치로 추천하고 대학원위원회의 심의를

거쳐서 진행되었다.

홍 회장은 명에 공학박사 학위수락 연설에서 '자기 삶의 주인이 되라'는 제목으로 연설을 했다. 이 연설에는 박사 268명, 석사 183명, 학사 322명의 졸업생과 학부모와 교직원을 포함해서 3천여 명의 인원이 참석했다. 연설에 앞서 홍 회장은 이렇게 말했다. "저도 졸업식 때 누가 연설했는지, 내용이 무엇이었는지 부끄럽지만 기억이 나지 않습니다."

진솔한 이 '고백'으로 시작한 연설은 참석자들의 마음을 열게 하고 연설에 집중시키는 힘을 발휘했다. 그가 후배 공학도들에게 던진 첫 번째 메시지는 "천명天命을 찾아라!"는 당부의 말이었다. 홍 회장은 천명이란 '자기 내면에 숨겨져 있는 자기만의 삶의 뜻 또는 뭔가 뚜렷하게 그려지진 않지만 이루고 싶은 꿈'으로 정의했다.

이어서 강조한 조언은 "주체적인 삶을 살라! 자기 삶은 스스로 경영하라!"다. 그의 좌우명은 '수처작주 입처개진隨處作主 立處皆眞'이다. 이 말은 언제 어디서나 어떠한 경우에도 주인의식을 갖고 대처해 나간다면 어떤 어려움도 극복해서 즐거움으로 바꿀 수 있다는 뜻이다.

어떤 일을 하더라도 어려움은 찾아온다. 하지만 그와 더불어 기회도 세 번은 찾아온다. 그 세 번의 기회 중 한 번이라도 낚아챌 수 있는 능력은 주인의식을 갖고 평소에 내공을 쌓는 것이라고 홍 회장은 말했다.

마지막으로 그가 당부한 말은 "나누는 삶을 살아가라!"다. 나누는 삶이란 머릿속의 이기적인 계산보다는 이웃과 고락을 함께하는 큰마음이다. 그러면서 김수환 추기경의 말을 인용해서 "머리에서 가슴까지 오는 데 한평생이 걸렸다."을 말을 들려주었다.

홍 회장의 연설을 요약하면 '천명을 찾아서 하고 싶은 일을 하면서 주체적인 삶을 살고 그럼으로써 성공하게 된다면 세상과 함께 나눌 줄도 알아야 한다.' 정도가 될 것이다. 요약된 이 한 문장에는 성공으로 가는 길과 성공자의 자세가 함축되어 있다.

직장생활이 길어지고 직위가 올라갈수록 배우기를 멈추는 현상이 자연스럽게 나타난다. 그것은 천명을 찾아서도 아니고 주체적인 삶을 살고 있기 때문도 아니다. 단지 익숙해지고 편안해져서다. 이 익숙함과 편안함을 만끽하면서 배우기를 멈춘다면 자기 생각만 믿게 되는 오류를 범할 수 있다. 직장 내에서 이런 오류에 빠진 리더들은 결국 리더십을 잃게 되면서 심각한 상처를 받는다. 이런 리더는 움직이지 않는 상어와 같다.

바다의 왕자 상어는 물고기 중 유일하게 부레가 없다. 부레가 없는 물고기는 행동에 제약을 받고 잠시만 멈춰 있어도 바닥으로 가라앉아서 죽고 만다. 그래서 상어는 태어나서 죽을 때까지 끊임없이 움직여야만 하는 숙명을 안고 태어났다. 그런 힘겨운 노력으로 인해서 상어는 바다의 왕자로 살아갈 수 있게 되었다.

육체적으로 열등한 인간이 자연계에서 동물 이상의 존재가 되고 생존할 수 있게 된 것은 끊임없는 도전과 학습의 결과다. 이것은 인간에게 형벌로 여겨질 수도 있지만 관점을 바꾸면 상어와 같이 '왕'이 될 자격을 유지하기 위해 신이 마련한 장치라는 것을 깨닫게 된다. 공자는 나이 50에 천명을 깨달았다. 추사 김정희는 9년 동안의 제주도 유배생활에서 추사체를 탄생시켰다. 끊임없이 뭔가를 찾아서 움직이고 배우지 않았다면 이룰 수 없었던 결과다.

배움을 끝낸 사람은 과거의 세계에서 배운 것으로 현재와 미래를 살아가려고 도전하는 위험한 탐험가다. 이런 탐험가들에게 기회는 없다. 이들에게 위기는 말 그대로 위기가 된다. 세상이 변하면 위기도 변화에 맞게 형태를 진화하면서 찾아오는데 위험한 탐험가들은 이런 위기를 극복할 아이템과 지혜가 없다. 아이템과 지혜는 가만히 앉아 있을 때 주어지는 것이 아니기 때문이다.

교육의 주요 역할은 학습 의욕과 학습 능력을 심어주는 것이다. 교육은 배운 사람이 아니라 배우는 사람을 양성해야 한다. 진정으로 인간적인 사회는 배우는 사회이며, 그곳에서는 조부모도 부모도 자식도 모두 학생이다. 급변의 시대에 미래를 이어갈 사람은 계속 배우는 학습자이다. 배움을 끝낸 사람에게는 과거의 세계에서 살아갈 기술밖에 남아 있지 않다.

에릭호퍼, 《인간의 조건》

조금 지난 이야기지만 미국의 NYU 티시스쿨_{뉴욕대학 예술대} 졸업식에서는 로버트 드니로의 재치 넘치는 축사가 화제가 되었다. 그는 70이넘은 나이에도 왕성하게 활동하는 영화배우이자 영화사업가로 대중의 사랑과 존경을 받고 있다. 그런 할리우드 유명인사가 졸업식 축사에서 욕설을 했다고 해서 이 연설은 일명 '욕설 축사'로 언론을 장식했다. 하지만 다시 봐도 유머가 넘치고 감동적인 연설임에 분명하다.

유튜브를 통해서 그의 졸업축사 동영상을 보거나 축사전문을 소개한 블로그를 확인해보면 그의 진심을 알 수 있다. 그는 주어진 15분의 시간 동안 후배들에게 진심으로 애정과 격려를 아끼지 않았다. 그는 연설을 시작하면서 이렇게 말했다. "오늘 여러분들을 축하하기 위해 이 자리에 불러주신 것에 대해 감사드립니다. 티시 졸업생 여러분~ 여러분은 해냈습니다. 그리고 완전히 망했습니다.You made it, and You're fucked."

예술대를 졸업한 학생들은 회계, 법학, 의학을 전공한 학생들과 비교해서 상대적으로 안정적인 직장을 잡기가 힘들다. 예술인의 삶은 회계사, 변호사, 의사와 같은 '안정적인 인생'과는 거리가 멀기 때문에 졸업으로 마냥 꿈에 부푼 학생들에게 그런 말을 꺼낸 것이다. 그는 화려한 졸업식이 끝나면 '거절당하는 인생'의 문이 열리고 흔히들 그것을 '현실 세계'라고 부른다고 했다. 졸업생들은 앞으로 아주 작은 배역을 따내기 위해서 그리고 작은 일자리를 잡기 위한 면접에서 수많은 거절을 당할 거라고 말했다.

그러면서 자신 또한 지금도 거절을 당하고 있다고 밝혔다. 그는 한 오디션에선 배역을 위해 대본을 7번이나 읽었지만 결국 다른 배우에게 배역이 돌아갔고 한 연극에선 욕심내던 배역을 무명의 배우에게 빼앗긴 경험을 공유했다. 자타가 공인하는 최고의 할리우드 스타인 그조차도 여전히 거절을 당하고 있다는 말에 참석자들은 놀라운 표정을 보이기도 했다.

그는 후배들에게 실패를 두려워하지 말라면서 마지막으로 이렇게 희망의 메시지를 전했다. "만일 당신이 원하는 배역을 얻지 못했다고요? 다음! 그다음! 그래도 안 되면 그다음! 그러면 여러분은 해낼 수 있습니다. Next! You didn't get that part? Next! You'll get the next one or the next one after that. I know you're going to make it. Break a leg. Next!", "여러분은 모두 잘하실 수 있을 겁니다. 나가서 자신의 꿈을 펼치세요. 그리고 항상 기억하세요. '다음(Next)'이라는 말을."

시사주간지 타임 등 미 언론들은 이 축사를 '올해 최고의 졸업식 축사'라며 찬사를 아낌없이 보냈다. 실패와 거절을 두려워하면서 앞으로 나아가지 않으면 우리는 아무것도 할 수 없다. 거절을 두려워하지 않고 항상 다음을 외치게 만드는 용기는 어디에서 오는 걸까?

우리는 지금까지 수많은 선택을 했고 수많은 거절을 당하면서 살아왔다. 사랑하는 사람에게 했던 고백이 거절당하고, 원하는 대학에서 거절당하고, 원하는 회사에서 거절당했다. 회사에 입사해서는 아이디어가 거절당하고, 밤새워 만든 보고서가 거절당하고, 타부서로의 이동을 거절당한 경험도 있을 것이다.

거절을 당한 이유는 우리가 못나서가 절대 아니다. 단지 운이 조금 부족했고 아직 때가 되지 않아서다. 공부는 운을 들어오는 통로를 넓히고 기회를 포착하는 능력을 키워주는 힘이 있다. 공부를 멈추면 거절당하는 삶에 익숙해진다. 또한 인생에 넘치는 수많은 기회를 포착할 수 있는 능력이 상대적으로 떨어진다. 이것이 평생 공부를 해야 하는 가장 큰 이유다. 그래서 공부가 끝나는 곳에서 다시 꼬리에 꼬리를 무는 공부가 시작되어야 한다.

　지금 이 시대의 청년들은 도전정신이 부족하다. 이것은 비단 20대에게만 해당되는 것은 아니다. 두 번째 스무 살인 마흔 청년들에게도 해당된다. 40대 이후에도 도전정신은 필요하다. 《갈매기의 꿈》의 저자인 리처드 바크는 이렇게 말했다. "평생 동안 공부하라. 그러면 같은 보석에서 다양한 빛깔을 보게 될 것이다." 인생은 누구에게나 소중한 한 개의 보석이다. 천명을 찾아서 계속 거절당하더라도 "다음!"을 외치면서 계속 공부하고 도전해보자. 인생이라는 보석은 포기하지 않는 자에게만 아름답게 빛나는 다양한 빛깔을 선물한다.

뜨겁게 공부하고
눈부시게 성공하자

늘 명심하라.
성공하겠다는 너 자신의 결심이 다른 어떤 것보다 중요하다는 것을.
에이브러햄 링컨

매주 토요일이면 직원에게 직접 강의를 하면서 과외 시키는 CEO가
있다. 바로 IBK투자증권 신성호 사장이다. 그는 "공부만이 회사와 고
객 수익률을 지킨다."는 신념을 가지고 있다. 그래서 매주 토요일이면
'고객자산관리 토요스쿨'을 열어서 직접 강의를 한다. 신 사장은 2014
년 8월에 취임하면서 공부하는 조직문화를 통해서 업계 10위의 증권
사로 도약하겠다는 포부를 밝혔다. 그리고 실천 전략의 일환으로 '토
요스쿨'을 시작했다.

토요스쿨의 첫 학기는 영업지점 프라이빗 뱅커가 대상이었지만
2015년 상반기부터는 전 직원으로 범위가 확대되어 계속 이어지고 있
다. 교재는 그가 직접 쓴《웨어 투 인베스트Where to invest?》다. 이 교재
에는 그가 35년 동안 증권업계에서 쌓은 경험이 잘 녹아 있다. 구성은

총 6장으로 자산, 금리, 주식, 환율, 부동산, 거시경제로 나뉜다.

이 강의는 전 직원을 대상으로 하기 때문에 인사부와 기획부 등 경영지원 부서의 직원들도 예외 없이 참석한다. 그리고 모든 직원들은 쪽지시험을 본다. 괄호 안 빈칸을 채우는 방식의 이 시험에서 미달하게 되면 합격할 때까지 다시 시험을 봐야 한다. 공부하는 조직문화가 정착된 영향으로 성장은 조금씩 가시화되고 있다.

IBK투자증권은 2014년 말 순이익 118억으로 업계에서 29위를 기록했지만 2015년 말에는 303억 원으로 크게 올라서 업계 25위를 기록했다. 순위는 4단계 상승했지만 순이익의 규모는 예상을 훨씬 뛰어넘었다. 이런 추세라면 향후 몇 년 안에 목표로 세운 10위 증권사 도약도 가능해 보인다.

신 사장은 왜 이렇게 '공부하는 조직문화'를 강조하고 스스로 강의에 나서면서까지 열정을 보이는 것일까? 그 이유는 그의 개인적인 성공스토리와 실패스토리에서 찾을 수 있다. 고려대 통계학과를 졸업한 그는 1981년 삼보증권에 입사해서 증권맨이 되었다. 입사 후 3년 뒤인 1984년 삼보증권은 옛 동양증권과 합병되어 대우증권이 되었고 그는 대우경제연구소에서 근무했다. 신 사장은 이때 인생의 스승들을 만났다.

서울대 출신으로 '아시아의 천재'로 불리던 최명걸 전 대우그룹 부회장과 증권업계의 '절대 카리스마'로 불리는 심근섭 전 대우경제연구소 전무 등이 그들이다. 대우경제연구소는 당시로는 상상조차 힘든 토론문화가 회사 내에 자연스럽게 자리 잡고 있었다. 그래서 당시 대리였던 신 사장은 이런 토론문화 속에서 인생의 스승들과 함께 격의 없는 대화를 나누고 토론하면서 혹독한 훈련을 받았다.

신 사장은 한때 연구소투자전략팀장으로 이름을 날리기도 했지만 1997년 외환위기에 투자를 독려하다가 잘못되어 대우증권 올림픽지점장으로 좌천된 경험이 있다. 그가 지점장으로 부임할 당시 올림픽지점은 전국 98개 점포 중에서 95위였다. 대부분 이런 하위권의 지점들이 취하는 전략은 우수인재의 영입이다.

하지만 전국 최하위권의 점포에는 어차피 인재가 오지 않을 것이라고 판단한 신 사장은 직원들의 학습역량을 강화하는 것이 낫다고 판단했다. 학습역량이 강화된 직원들의 안목과 식견이 높아지면 승산이 있을 거라 여긴 신 사장은 이때부터 직원들을 데리고 함께 공부를 시작했다. 처음에는 10명 정도의 영업직원이 함께했고 공부가 있던 날의 퇴근 시간은 밤 11시였다.

이렇게 1년 넘게 공부를 함께한 직원들은 스스로 투자설명회를 열 수 있는 정도의 수준으로 향상되었고 지점의 고객 수익률은 지역본부 내 다른 점포와 비교하여 20% 이상 높아졌다. 함께 공부를 시작한 지 2년째 되던 해인 1999년 올림픽지점의 실적은 전국 11위, 서울 1위로 부쩍 상승했다.

대우증권 올림픽지점의 성공 이후 신 사장은 우리투자증권과 동부증권 리서치센터장, 우리투자증권 리서치본부장을 지냈다. 이때 생긴 그의 별명은 '공부하는 리서치센터장'이다. 그는 계속해서 공부를 게을리하지 않는 인물로 유명하다.

IBK투자증권의 사장인 된 지금도 각 분야의 전문가에게 잘 모르는 부분은 수시로 물어보며 공부한다. 매주 진행되는 임원회의 자료는 사장인 그가 직접 만든다. 공부하지 않는 사장은 할 수 없는 준비다. 회의는 토론하는 방식으로 진행하기 때문에 임원들이 스스로 공부하지 않고 참석한다면 회의 참여가 힘들다.

임원들과 직원들은 괴로울 수도 있다. 하지만 증권업의 본질이 고객의 수익을 높이는 것인 만큼 스스로 끊임없이 공부해서 안목과 식견을 키운 직원이 고객을 상대해야 한다는 것이 그의 철학이다.

신 사장은 "사원에서 대리 진급은 자동이지만 그 이후는 자기 실력이다. 언제까지 노조의 보호로 자리를 유지할 수는 없다."는 뜻을 강하게 밝혔다. 대신 교육 관련 지원에는 돈을 아끼지 않겠다는 뜻도 분명히 했다. 이런 그의 철학에 노조도 공감을 표했다. 그래서 IBK투자증권은 올해부터 금융권 최초로 저성과자 일반해고 취업규칙을 도입하게 되었다.

직원교육의 가장 큰 효과는 무엇일까? 공부하는 직장인의 가장 큰 장점은 무엇일까? 그는 "직원들의 눈빛과 태도를 달라지게 한 것이야말로 IBK투자증권에서 가장 잘한 일이다."라고 말했다. 그의 말처럼 공부를 하면 자연스럽게 눈빛과 태도가 달라진다. 세상을 보는 눈이 계속해서 변하고 그럼으로써 취해야 할 행동이 함께 변하기 때문에 자연스러운 현상이다.

신 사장은 20대 중반에 만난 인생의 스승들에게 커다란 감사의 마음을 가지고 있다. 그래서 그 또한 그런 사람이 되려고 쉬지 않고 노력한다. 그는 "그동안 여러 선배들의 가르침 덕분에 지금의 신성호가 있습니다. 나도 내가 받은 것을 후배들에게 돌려줘야 할 의무가 있습니다."라고 말했다. 그가 직원들에게 권하는 공부는 따뜻한 선배의 마음에서 시작되었다.

공부에 임하는 자세와 쓰임새는 신 사장의 마음처럼 선해야 한다. 공부는 채움과 비움을 반복하는 행위다. 무엇을 채우고 무엇을 비울 것인가? 실력을 쌓고 지위를 올리기 위한 공부는 공부의 본질에서 멀다. 공부를 하면 할수록 편견과 고집과 교만이 비워진다. 반면에 채워지는 것은 따스함과 인간다움이다.

목표도 중요하지만 '목적'이 먼저 선행되어야 한다. 목적이 없는 목표는 무모하다. 어렸을 적 꿈을 생각해보면 대통령도 되고 싶었고, 의사도 되고 싶었고, 변호사도 되고 싶었다. 대부분 그런 비슷한 꿈을 한 번은 가져봤을 것이다. 그런데 누군가 "왜 그런 직업을, 왜 그런 일을 하고 싶으신가요?"라고 묻는다면 이제는 대답을 할 수 있어야 한다.

승진을 바라거나 성공만 원하면서 하는 개인 중심적인 공부는 오래 가지 못한다. 진짜 공부를 하는 사람들은 성공에 초연하다. 그들은 타인과의 관계 맺음을 통해서 세상과 소통하는 공부가 무엇보다 행복한 공부라는 사실을 잘 알고 있다. 아리스토텔레스는 "모든 인간은 천성적으로 지식을 추구한다."고 말했다. 인간은 사회적 동물이며 관계 지향적이기 때문에 좀 더 나은 관계를 위한 욕망의 추구가 지적인 행위인 공부로 대변되는 것이다.

40대 이후 중년이 되었다는 것은 기껏해야 20대보다 20년 이상을 더 살았다는 것을 뜻한다. 한 회사에 20년 이상 근무를 했다고 하더라도 회사의 모든 부분을 다 알 수가 없듯이 청년층보다 20년 이상 나이가 많다고 세상을 다 안다는 듯한 언행을 하는 것은 보기 흉하다. 세상에는 우리가 모르는 세계가 충분히 많이 있고 또한 계속 만들어지고 있다. 그래서 우리가 아는 것들은 시간이 흐를수록 작은 일부분에 지나지 않는다.

뜨겁게 공부하기 위해서 무엇보다 필요한 것은 호기심이다. 그리고 겸허함과 겸손함이 뒷받침되어야 한다. 겸허謙虛란 스스로 자신을 낮추고 비우는 태도, 겸손謙遜이란 남을 존중하고 자기를 내세우지 않는 태도를 말한다. 아이의 경이적인 성장 속도는 호기심과 흥미가 생긴 것들에 대해서는 백지상태에서 흡수하기 때문이다.

호기심은 가득하지만 겸허한 마음이 없다면 받아들일 수 있는 것은 적어진다. 그래서 겸허한 마음은 공부를 하는 동안에 가장 중요하게 지켜야 할 태도다. 겸손함은 공부가 끝난 다음에 유지해야 할 태도다. 아무 때나 나서지 말고 필요한 경우에만 남을 존중하는 마음을 바탕으로 세상과 소통한다는 의미로 나서는 것이 좋다.

나이키의 창업자 필립나이트는 그의 나이 69세가 되던 2007년에 새로운 공부에 도전을 했다. 소설가의 꿈을 이루기 위해서 스탠퍼드대에 신분을 감추고 소설 창작수업을 청강한 것이다. "일상에 변화가 없다면 생활을 한 번 뒤집어보라. 현재 하고 있는 일에 새로움과 활력을 주지 않는다면 당신은 계속 퇴보하게 될 수도 있다." 이 말은 그의 좌우명이다.

돈이라면 남부럽지 않은 필립나이트가 소설가 되기 위해 공부를 시도했던 것과 같이 행복과 즐거움은 반드시 성공한 다음에 주어지는 그 무엇이 아니다. 어른이 된 이후 꿈을 꾸고 다시 공부를 하기 시작하면 메마른 인생에 꽃이 피기 시작한다. 성실한 농부의 마음으로 호기심과 겸허함 그리고 겸손함의 순서로 공부에 씨앗을 뿌려야 한다. 꿈 너무 꿈을 꾸면서 뜨겁게 성공하고 눈부시게 성공하자. 나를 위해서 그리고 세상을 위해서.

지속 가능한
성장을 위하여

삶의 목적은 자기계발이다.
자신의 본성을 완벽하게 실현하는 것, 바로
그 목적을 위해 우리 모두가 지금 여기 존재한다.
오스카 와일드

서울시 마포구 대흥동에 위치한 '양원초등학교'[4년제]에서는 올해 특별한 졸업식이 있었다. 88세 신복순 할머니가 졸업장을 받게 된 것이다. 50세 이상의 만학도가 다니는 이 학교에서도 할머니의 졸업은 화제다. 할머니는 올해 최고령 졸업생이며 성적 우수상, 개근상, 봉사상까지 3개의 상을 받았기 때문이다. 또한 양원초·양원주부학교 합동 졸업식에서 '마포구청장상'까지 받았다.

일제강점기에 태어난 신 할머니는 가난한 가정 형편으로 인해 초등학교에 입학도 하지 못했다. 부모님은 첫째 언니와 남동생만 학교에 보내주셨지만 부모님을 원망하지는 않았다. 시집을 간 다음에는 아들 셋과 딸 하나를 공부시키고 결혼시키느라 시간이 어떻게 흐르는지 모르고 살았다. 할머니는 평생을 함께한 남편이 먼저 세상을 떠나고 자식들도 각자 성인이 되어 부모 품을 떠난 뒤에야 "나도 학교에 다니고 싶다."는 고백을 했다.

주변에서는 90세가 다 되어 가는데 공부는 무슨 공부냐며 부질없다고 말했다. 하지만 신 할머니의 마음을 알아준 이가 있었으니 바로 큰며느리다. 큰며느리는 할머니의 속마음을 전해 듣고 인터넷으로 다니실만한 학교를 검색해서 양원초등학교를 찾아내 직접 입학 신청서를 작성해줬다. 그렇게 해서 신 할머니는 2012년에 초등학생 1학년이 되었다.

신 할머니는 4년간 교육일수 1,101일을 하루도 빼먹지 않는 열정을 보였다. 비가 오나 눈이 오나 바람이 부나 결석은 하지 말자고 스스로 다짐했고 아파도 학교에 가서 아프고 누워도 학교가 가서 눕자는 생각으로 배움에 임했다. 그리고 정규수업뿐만 아니라 매주 토요일에 열리는 특강에도 한 번도 빠지는 일 없이 모두 참석했다.

가장 좋아하는 과목은 수학이었다. 선생님이 알려준 대로 숫자를 써나가다 보면 답이 나오는 것이 신기하고 재미있었기 때문이다. 신 할머니는 졸업까지 걸리는 총 12학기 가운데 9학기 동안 장학금을 받을 정도로 성적도 우수했다. 또한 공부뿐만 아니라 학교의 봉사단체인 '양원지역봉사회'에도 가입해 적극적으로 활동했다. 이런 자세와 열정이 졸업자 중에서 가장 고령임에도 불구하고 3관왕을 만든 비결이다.

보통 졸업식 축가의 가사는 "빛나는 졸업장을 타신 언니께~"로 시작되며 후배들이 졸업생들에게 불러준다. 하지만 양원초등학교의 졸업식 축가는 다르다. 후배가 아닌 졸업생들 스스로 부르면서 서로를 격려하는데 가사는 이렇다. "해 뜬 아침 달 뜬 저녁 배움길에 힘을 모아 형설의 공이 이뤄지니 그 이름 찬란하도다~"

학교 측은 지금까지 1천 100명의 만학도가 공부와 독서 그리고 봉사활동을 통해서 그동안 모르고 살았던 자신들의 능력을 확인하며 새로운 길을 찾아 걷고 있다고 소개했다. 신 할머니는 인터뷰에서 이렇게 졸업 소감을 밝혔다. "하늘이 부를 때까지 숨 쉬듯이 배우자는 교장 선생님의 말씀을 좌우명으로 삼아서 졸업 후에도 학업을 계속 이어갈 계획입니다. 정말 하늘이 부르는 날까지 계속 공부하고 싶어요."

90세를 앞둔 할머니의 졸업 소감이 하늘이 부르는 날까지 공부하고 싶다라니 이건 정말 굉장한 열정이고 도전이다. 직장인들의 종착역은 결국 치킨집이라는 말을 많이 듣게 되는 현실에서 할머니의 일화는 우리를 부끄럽게 만들고 자극을 주기에 충분하다.

공부에는 분명 힘이 있다. 그래서 공부의 끈을 놓지 않으면 인간은 원하는 방향으로 자신을 변화시킬 수 있게 된다. 자연은 있는 그대로의 모습으로도 아름답고 스스로 힘을 발휘할 수 있다. 하지만 나약한 존재인 인간은 부단히 자신을 향상시키기 위해서 공부해야 하는 숙명을 지니고 태어났다. 끊임없는 공부의 시간을 거치면 어느 순간 자신조차 뛰어넘는 위대한 존재가 될 수 있는 것이 인간이다.

학교나 학원 같은 장소에서 프로그래밍이 된 교육을 받는 것을 '학습'이라고 하고 스스로 어떤 것에 제한을 두지 않고 자율적이고 능동적으로 지식을 쌓는 행위를 '배움'이라고 한다. 학습이 되지 않은 상태에서 처음부터 배움의 단계로 넘어가기는 힘들다. 그것은 걷기도 하지 못하는데 뛰기를 하는 것과 비슷하기 때문이다.

1단계인 학습과 2단계인 배움을 거치면 3단계인 '공부'가 가능해진다. 공부는 학습과 배움을 포괄하면서 자기중심적인 관점을 확장하여 세상에 눈을 돌리고 따뜻한 소통을 시작하는 행위다. 그래서 진짜 공부를 하는 사람은 이기적이지 않다. 아니 더 정확히 말하면 이기적일 수 없다. 진짜 공부를 하는 사람들에게는 자연스럽게 따스함과 인간다움이 느껴진다.

대학을 가기 위한 공부, 승진을 하기 위한 공부는 공부라고 말할 수 없다. 나 혼자 잘 먹고 잘살기 위해서 하는 공부는 하수의 공부다. 출세와 명예를 위해서 공부에 매진하는 것은 영혼을 병들게 한다. 공부를 통해 선순환을 세상에 전해야 한다. 세상에 뭔가를 나누고 베풀 수 있는 진짜 공부야말로 무엇과도 바꿀 수 없는 큰 기쁨이다.

세상에 뭔가 영향력을 전하기 위해서는 나 자신을 뛰어넘는 존재가 되어야 한다. 나를 넘어선다는 것은 무의미한 존재에서 유의미한 존재가 되는 것이다. 유의미한 존재가 되었을 때 자아는 비로소 눈을 뜨고 이 세상에서 내가 소명을 받아 해야 할 일이 무엇이었는지 알게 된다. 그 일을 찾아서 죽는 날까지 하게 되는 것은 축복이다. 꾸준히 공부해야 이 모든 것을 깨닫게 된다. 그래서 평생 공부가 중요하다.

인간의 뇌는 40대 이후부터 노화가 시작된다고 하지만 더욱 중요한 사실은 그럼에도 불구하고 뇌세포는 얼마든지 평생동안 재생산된다는 점이다. 사람들이 공부에는 때가 있다고 여기는 이유는 뇌도 신체의 일부이기 때문에 몸처럼 같이 늙어간다고 생각하기 때문이다.

맞는 말이다. 신체적인 성장은 20대 이후에 멈추고 그와 동시에 노화가 시작된다. 다른 기관들과 마찬가지다. 다만 뇌는 우리 몸 중에서 노화가 가장 늦게 진행되는 곳이다. 그리고 모든 신체기관이 그렇듯이 쓰면 쓸수록 발달하는데 뇌 또한 공부를 통해서 평생 사용하면 쉽게 노화하지 않고 뇌세포 증가에도 효과가 있다.

공부에 있어서 나이는 정말 숫자에 불과한 것이다. 평생 공부를 통해서 스스로 지속 성장하는 모델이 된다면 인생은 점점 내가 원하는 목적지로 방향을 틀게 된다. 그것은 마치 나침반의 바늘이 방향을 잡기 전까지 흔들렸다가 북쪽을 향해 멈춰 서는 것과 같다. 지구 전체는 하나의 거대한 자석이라서 북쪽은 S극, 남쪽은 N극의 성질을 가지고 있다. 그래서 북쪽인 S극이 나침반 바늘의 N을 끌어당기면서 나침반 바늘의 N 자침은 북쪽을 가리키게 된다.

자석이 아닌 어떤 물체가 자석의 성질을 갖게 되는 것을 '자화(磁化)'라고 하는데 공부는 평범한 인간을 자화시키는 힘이 있다. 그래서 자력을 갖춘 인간은 자신만의 N극을 찾게 되고 그렇게 한 번 방향을 잡으면 묵묵히 그 길을 걸어가게 된다. 공부를 하게 되면 없던 나침반이 생겨서 중심을 잡을 수 있다. 내가 세상의 중심이 되는 공부는 위험한 공부다. 내가 세상의 중심이 된다는 말이 아니라 세상 속에서 중심을 잡을 수 있게 되어야 한다.

이렇게 중심을 잡고 난 이후에 해야 하는 노력들이 있다. 지속 가능한 성장을 위해서는 다음에서 말하는 3가지를 꾸준히 해야 한다.

첫째, 취미독서가 아닌 생존 독서를 하라.

둘째, 졸업을 위한 공부가 아닌 평생 공부를 하라.

셋째, 생계형 직업이 아닌 꿈의 직업에 몸담아라.

습관적으로 생존 독서를 하고 졸업 후에도 꾸준히 뭔가를 공부하다 보면 정말 내가 하고 싶은 꿈의 직업을 찾게 된다. 그 직업은 남들이 보기에 작아 보일 수도 있지만 내가 기쁨을 느끼고 지역사회에 이바지하는 가치가 있다면 그것으로 충분하다. 아인슈타인은 이렇게 말했다. "관습적인 성공을 인생의 중요한 목표라고 젊은이들에게 설교하지 말아야 한다. 학교와 인생에서 가장 큰 동기는 일의 기쁨, 그 결과에서 얻는 기쁨, 그리고 그 지역에 이바지한 가치를 아는 것이다."

이제부터라도 배움의 길목에서 머뭇거리지 말고 지속성장을 위한 평생 공부를 시작하자. 나는 언젠가 유명인사가 되어 인터뷰를 하게 되면 이렇게 말하고 싶다. "하늘이 부르는 날까지 공부하고 싶습니다. 그래서 그 공부를 통해서 널리 세상을 이롭게 하고 싶습니다. 평생 공부를 하면서 지속적으로 성장하다 보니 세상은 언제나 눈부시게 아름답다는 것을 깨닫게 되었습니다. 태어나기도 전에 손에 쥐어진 금수저보다 스스로 만들어 가는 금수저가 더 눈부시고 아름답습니다.

"여러분~ 공부합시다! 평생 공부를 합시다."

전문가로 다시 태어나기

여러 가능성을 먼저 타진해보라. 그런 후 모험을 시작하라.
헬무트 폰 몰트케

요즘 가장 유명한 셰프 중 한 명이며 '중식계의 신사'라고도 불리는 이연복은 새로운 중화요리 바람을 일으켰다. 그는 13세 때 학교를 중퇴하고 중국집에서 일하기 시작했다. 어깨너머로 배운 요리였으나 타고난 감ᵃ이 좋았다. 그래서 스물두 살에는 최연소로 주한 대만대사관 주방장에 뽑히기도 했다. 하지만 30년 전 축농증 수술을 받고 후각을 잃은 그에게는 모든 게 끝났다는 절망감이 엄습했다.

낭떠러지에서 떨어진 심정이었지만 그는 다시 일어서기로 다짐했다. "내겐 아직 혀가 남아있다. 나의 모든 미각을 혀에 집중하자.", "후각을 제대로 갖고 있었으면 지금의 나는 없었을 것이다. 잃어버린 후각이 나를 더욱 절실하게 연구하고 고민하게 했다."고 말했다.

지금은 옆집에 사는 인상 좋은 아저씨 같아 보이는 그도 한때 주먹

깨나 쓰는 싸움꾼이었다. 어떤 이는 그의 눈에 살기가 돈다고도 했다. 그래서 대만 대사는 그에게 거울을 보고 웃는 연습을 하라고 권할 정도였다. 이연복은 후각을 잃고, 좁은 주방에서 음식을 만들다 보니 스트레스가 누적돼 있어 화가 욱하고 치밀어 오르면 앞뒤 안 가리고 덤벼 동료를 병원에 실려 가게 하는 사고도 몇 번 저질렀다. 그럼에도 어릴 적부터 닦아온 요리 실력과 끊임없는 연구를 하며 지금의 자리에 설 수 있게 되었다.

한 분야에서 최고의 전문가가 된 사람들은 어떤 시련이나 실패에도 굴하지 않고 끈질기게 물고 늘어진다. 그리고 백 번의 결심보다 한 번의 실천을 지속한 결과 최고의 자리까지 오르는 영광을 누린다. 무언가를 하기에 앞서 신중히 생각해야 하는 것은 맞지만, 계속 생각만 해서는 끝내 아무것도 이루지 못한다.

그는 "사소한 것부터 미치도록 열심히 하는 게 중요한 것 같다. 기초를 익히는 것은 무림武林에서 실력을 쌓는 것과 같다. 어떤 날은 수없이 칼질만 하고, 또 어떤 날은 수없이 반죽만 하면서 내공을 쌓아야 한다."고 말했다.

머릿속에서만 아무리 해야지 라고 천만번을 다짐해도 실제로 몸은 방바닥에 붙은 껌처럼 생활한다면 아무것도 이룰 수가 없다. 그런 삶에는 아무런 일도 일어나지 않는다. 무언가 하기로 마음먹었으면 마음만으로 끝내지 말고 딱 1년만 투자해보자 라는 생각으로 시작해보자. 달마대사는 "방법은 모두가 알고 있다. 하지만 실천하는 사람은 거의 없다." 라고 말했다. 사실 우리는 전문가가 되고 성공하는 부자가 되는 방법을 이미 모두 알고 있다. 문제는 실행력이다. 성취를 위해서는 두려움 없고 끊임없는 실행력이 무엇보다 필요하다.

전문가가 되고 싶다면 막연한 목표 따위는 과감히 버리는 것이 좋다. 확고한 목표가 아니라면 흐지부지하게 되고 시간 낭비로 이어진다. 무언가를 배우면 어딘가에 활용할 일이 생기고, 다른 일과 접목하여 시너지 효과를 내기도 한다. 그러나 남들이 다 하니까 해야 하는 일은 처음부터 시작을 하지 않는 것이 좋다. 자신이 진정으로 즐길 수 있고, 좋아하는 일이어야만 온 힘을 다해 집중할 수 있다. 그래야만 지속적으로 반복하여 나만의 것으로 만들 수 있다.

지금 이 글을 읽으면서 나는 한 분야의 전문가도 아니고, 특별히 잘하는 것도 없는 평범한 직장인이라고 자책하는 사람도 있을 것이다. 그러나 자신의 상황이나 나이를 탓할 필요는 전혀 없다. 가장 먼저 당신의 현업에서 그리고 몸담고 있는 현장에서부터 전문가 소리를 들을 수 있도록 노력하면 된다.

1인 기업을 꿈꾸는 사람에게 최적의 교육장은 지금 몸담고 있는 직장이다. 지금 하는 일에서 전문가가 될 수 없다면 1인 기업가를 꿈꿀 수 없다. 그래서 나는 갈수록 더 잘나가는 1인 기업가가 되기 위해선 먼저 직장 내에서 최고의 전문가가 되어야 한다고 말한다.

직장을 고객으로 생각하면서 성과를 파는 1인 기업가로 자신의 마인드를 변화시켜보라. 1인 기업가의 시작은 지금 하는 일에서 최고의 전문가가 되는 것임을 기억해야 한다.

회사에서 담당하게 되는 수많은 업무들을 처리하면서 먹고 살기 위해 한다는 자세로 임한다면 100년을 일해도 달라지는 건 없다. 그런 자세로 하는 일은 말 그대로 생업으로만 의미가 있을 뿐이다. 사실 직장에서의 업무는 밥벌이에 불과한 것이 아니라 다양한 경험과 기회를 제공하는 성장의 토양이다. 하지만 이것은 관점을 달리하지 않으면 절대 보이지 않는다.

이 책의 독자 중 대다수는 38세 정년을 뜻하는 삼팔선이거나, 45세 정년을 뜻하는 사오정이거나, 56세까지 회사에 남으면 도둑 소리를 듣는 오륙도일 것이다. 이들 3가지 유형의 직장인들 중 미래에 대한 꿈과 희망이 없다고 스스로 결정을 내린 직장인들은 대부분 복권이나 주식에 집착하는 경우가 많다. 물론 복권이나 주식이 나쁘다는 뜻은 아니다. 그것에 시간을 너무 뺏긴 나머지 업무와 생활에 지장을 초래할 정도는 피해야 한다는 말이다.

주변을 살펴보면 스마트폰을 통해 주식시세를 확인하는 직원들은 오히려 애교스럽다. 정말 궁금할 때만 잠깐씩 확인하기 때문이다. 조금 심한 경우는 업무를 하는 중에도 스마트폰을 무음으로 해놓고 게임을 계속 플레이시키면서 거의 하루종일 반은 업무, 반은 게임에 매달리는 경우다. 가장 심각한 경우는 정부에서 공인한 프로토라는 스포츠 도박으로 시작했다가 불법 사행성 도박에 빠져서 가정생활도 힘들어지고 심리치료까지 받게 된 경우다.

이제부터라도 나이가 들수록 우리의 가치를 높일 수 있는 일을 생각해보고 찾아야 한다. 그 일은 내가 하루라는 시간 동안 현재에 온전히 몰입해서 할 수 있고 그럼으로써 행복을 느낄 수 있는 일이어야 한다. 많은 직장인들이 꿈꾸는 것은 높은 연봉과 풍부한 직원복지다. 높은 연봉을 받기 위해서 가족들과의 시간은 뒤로 한 채 일에만 파묻혀 산다면 현명하지 못하다. 무엇보다 직장생활에는 끝이 있다는 사실을 늘 명심해야 한다.

젊은 만화가 주호민은 이제 알만한 사람은 다 아는 만화가다. 그는 강풀의 뒤를 잇는 차세대 웹툰 작가로 평가받는다. 원고료도 받지 못하고 연재하던 군대 이야기 〈짬〉과 88만 원 세대의 정서를 따뜻하게 어루만져주면서 공감대를 형성하게 만든 〈무한동력〉으로 인기를 얻었다. 또한 네이버를 통해 선보인 죽음과 삶의 세계를 그린 〈신과 함께〉를 통해서 시대를 대표하는 젊은 작가로 떠올랐다.

〈무한동력〉은 하숙집을 운영하면서 '무한동력연구기관'이라는 간판을 내걸고 무한동력을 연구하는 괴짜 하숙집 주인이 주인공이다. 이 집의 하숙생으로는 경영학과 4학년으로 취직을 준비 중인 27살의 대학생 장선재, 남들 따라 공무원 시험을 준비 중인 하숙생 진기한, 아버지의 사업이 망해서 네일아티스트로 일하고 있는 하숙생 김솔과 세상을 떠난 어머니의 빈자리를 채우며 살림을 도맡아 하는 하숙집 딸 한수자 등이 출연한다.

주인아저씨는 이론상으로도 불가능한 무한동력연구에 심취하면서 생계는 신경도 안 쓰고 연구에만 몰두한다. 그는 가족들이 경제적으로 어려움을 겪기도 하고 주변에서 쑥덕거리기도 하지만 오직 연구에만 신경 쓴다. 하지만 장선재는 어느 날 주인아저씨와의 대화에서 그를 이해하게 된다.

주인아저씨- 자네는 꿈이 뭔가?

장선재- 금융권 대기업 직원인데요.

주인아저씨- 아니, 그런 것 말고 꿈 말이야. 어떤 직업을 갖는 것이 꿈일 순 없지 않나.

장선재- 전 그게 꿈인데요? 회사 들어가면 새로운 꿈이 생기겠죠.

주인아저씨- 참 편안하게 생각하는군.

장선재- 하지만 꿈이 밥을 먹여주진 않잖아요?

주인아저씨- 죽기 직전에 못 먹은 밥이 생각나겠는가? 아니면 못 이룬 꿈이 생각나겠는가?

우리는 어느 순간 장선재처럼 꿈보다는 밥에 목을 매면서 살아간다. 그리고 이제는 누구보다 잘 안다. 회사에 들어간다고 새로운 꿈이 저절로 생기지는 않는다는 사실을 말이다. 꿈이란 세상의 기준에 맞춰서 연봉과 복지를 바라는 사람들에게는 쉽게 찾아오지 않는다.

앞서 소개한 이연복 셰프처럼 자신에게 치명적인 무언가를 잃었어도 매달릴 수 있는 일이 무엇일까 고민해봐야 한다. 그리고 하숙집 주인아저씨처럼 남들은 이해 못 하고 불가능하다고 여길지라도 미움받을 용기를 가지고 끝까지 해내는 집념도 필요하다. 그래야 우리는 한 분야의 전문가로 다시 태어날 수 있고 그렇게 되었을 때 온전한 내 삶을 살 수 있다.

연봉과 직원복지 같은 현실적인 부분에만 초점을 맞추고 살아간다면 인생은 달라지지 않는다. 인생에서 정작 중요한 것은 꿈과 비전이다. 그리고 그것을 위해서 현재를 뜨겁게 사는 삶의 자세가 꿈을 이루게 한다. 이렇게만 산다면 내가 하고 싶은 분야의 전문가가 되어 인생 2막을 보다 풍요롭고 여유 있게 살아갈 수 있다. 마흔은 두 번째 스무 살이다. 40대 젊은이들이여, 모진 현실 속에서도 꿈을 꾸자! 죽을 때 못다 이룬 꿈이 생각나지 않도록 뜨겁게 살자.

평생 현역으로 사는
뿌리 깊은 삶

할 일이 아무것도 없는 것은 즐겁지 않다.
할 일이 많지만 안 하고 있는 것이 즐거운 것이다.
메리 윌슨 리틀

남자에게는 마흔이라는 나이가 인생을 다시 한 번 진지하게 생각해 보게 만드는 나이가 아닐까 한다. 나는 학창시절에 열심히 공부를 하지 않았다. 그래서 공부를 잘하지 못했을 경우에 받게 되는 주위의 평가와 시신이 어떤 것인지 너무 잘 알고 있다. 내가 공부를 못했던 원인은 나를 행복하게 만드는 '행복한 일'이 무엇인지 관심이 없어서 모르고 살았기 때문이다. 나는 이제부터라도 나를 행복하게 만드는 행복한 일을 찾으려고 한다. 그래서 다시 태어나고 싶다.

런던정경대 폴 돌런 교수는 영국 정부와 기업에서 행복 증진에 관한 정책을 시행할 때 가장 먼저 찾게 되는 행복 전문가다. 그는 지금까지 행복에 대한 조사는 '삶에 있어서 전반적으로 만족을 하는지'라는 추상적인 질문이 대부분이었다고 지적했다. 그는 행복에 있어서 하루하루 경험 자체가 의미가 크다고 주장한다. 그가 정의하는 행복은 즐거움과 목적의식이 결합된 '설계된 경험'이다.

행복은 하루하루 설계하면서 경험할 수 있다. 그것은 인간이기에 가능한 일이다. 지금까지 우리는 남들이 시켜서 하는 공부를 위해서 열심히 달려왔다. 하지만 인생을 배우고 나서 부르는 노래가 더 잘 되고, 인생을 배우고 나서 하는 공부가 더 잘 된다. 평생 공부는 그런 공부다.

여기 45세에 다시 태어난 남자가 있다. 바로 소리꾼 장사익이다. 사익思翼이란 이름은 그의 부친이 작명소에서 지어준 이름이다. '생각하는 날개'라는 뜻을 가진 그의 이름처럼 그는 45년 동안 15개의 직업을 전전하면서 생각만 했다. 그가 경험한 직업은 딸기장사, 가구 외판원, 카센터 직원 등이다. 그리고 46세에 16번째로 택한 가수라는 직업으로 날개를 달았다. 그는 스스로 인생의 맨 밑바닥을 경험했다고 말한다. 그리고 그 밑바닥에서 정말 내가 하고 싶은 것이 무엇인지 진지하게 다시 생각했다.

당시 서태지 매니저는 그가 근무하던 카센터에 자주 와서 안면이 있었다. 그러던 어느 날 매니저는 '하여가'에 태평소 부는 사람이 필요하다고 했다. 그는 "내가 태평소를 좀 분다."고 했더니 얼마 뒤 연락이 와서 두 번 태평소를 불어줬다. 그는 그 이후 태평소를 불 때 '행복해진다'는 사실을 깨달았다.

그래서 태평소를 열심히 불면 밥은 굶지 않고 마음만은 편하겠지 하고 생각했다. 그래서 카센터를 그만둔 그는 이광수 사물놀이패에 들어가 태평소를 불기 시작했다. 그의 인생 46세에 터널 끝에서 희망의 빛을 조금 발견한 것이다. 그렇게 태평소를 불던 그가 가수의 길을 걷게 된 것은 정말 우연이었다.

1994년 이광수 사물놀이패의 뒤풀이에서 피아니스트 임동창의 연주에 맞춰 장사익은 '대전 블루스'를 불렀다. 그를 위해 연주를 했던 후배 임동창은 노래들 듣고 감동했다. 그래서 장사익을 조르고 졸라서 공연을 딱 한 번만 하기로 했다. 그렇게 시작된 장사익의 데뷔공연은 100석짜리 극장에 이틀간 800명을 끌어들이는 작은 기적을 만들어냈다.

이 공연 이후 장사익은 본격적으로 '행복'을 위해서 살기로 한다. 이전까지는 먹고 사는 문제로 걱정만 했었다. 정말 내가 어떤 일을 했을 때 행복해지는지에 대해서는 전혀 생각해본 적이 없었던 것이다. 그의 인생 스토리는 많은 생각을 하게 만든다. 희망의 씨앗이 말랐다고 생각할 수도 있는 나이에 그는 포기하지 않고 '행복한 일'을 찾았다.

연극인 손숙은 "이미자와 조용필만 가수인 줄 알았는데 장사익도 있더라."고 말했다. 늦은 나이에 가수로 데뷔하고 '소리꾼'으로 행복한 인생을 살고 있는 그의 성공비결에 대해서 장사익은 이렇게 말한다. "인생을 배우고 나서 가수가 되었기에 내 노래가 먹히는 것이다." 인생을 배우고 나서 가수가 되었기에 할 이야기가 많고 자신의 사연을 노래로 쏟아내면 이상하게도 자연스럽게 전달이 된다고 한다.

유튜브를 통해서 그의 동영상 '찔레꽃'을 감상했을 때 왜 사람들이 그의 노래를 좋아하는지 단번에 알 수 있었다. 그의 노래에는 인생이

고스란히 담겨있고 진심이 느껴진다. 선배 가수 이미자는 참으로 정성
스럽게 노래를 부르는 사람이라고 그를 평했다. 동영상을 보면서 한
번 더 놀란 것은 조회 수가 200만 건을 넘었다는 점이다. 잘 나가는 아
이돌 그룹의 조회 수를 훌쩍 뛰어넘는 인기다. 그래서 한편으로 그가
더욱 멋있게 느껴졌다.

인생에서 중요한 것은 간판을 위해서 명문대를 졸업하는 것이 아니
라 '삶의 아름다움'을 발견하고 나를 행복하게 만드는 '행복한 일'을 하
는 것이다. 명문대를 나왔더라도 이런 깨달음을 얻은 사람들은 자연스
럽게 방송대의 문을 열고 다시 들어가기도 한다. 나는 그런 사람들을
정말 좋아한다.

최근 신문에 서울대 출신의 학생이 저녁이 있는 삶을 위해서 9급 공
무원에 도전한 내용에 대한 기사가 나왔다. 학력이 아깝다는 의견도
있었지만 나는 다르게 생각한다. 나도 저녁이 없는 고액연봉보다는 연
봉은 조금 낮더라도 저녁이 있는 삶이 좋다.

왜 우리는 남의 기준에 맞추어 사는 것일까? 내 생각대로 내 의지대
로 하는 것이 행복이다. 내가 진정 무엇을 좋아하고 잘하는지 모르겠
다면 현직에 있을 때 호기심을 갖고 무엇이라도 알아보고 배워보자.
시행착오를 겪더라도 현직에 있을 때 겪어야 심리적으로 안정감이 있
다. 그러니 현직에 몸담고 있을 때 새로운 도전을 많이 해봐야 한다.

박세준의 저서《직장 생존 병법 41가지》에서는 직장을 다니면서 제
2의 인생을 성공적으로 준비한 사람들이 나온다. 여행작가 손미나, 대
한민국 최초의 관점 디자이너 박용후, 위닝경영연구소 대표 전옥표,

커리어코치 정철상 등이 대표적 인물이다. 그들은 적어도 아래 내용 중 한 가지를 실천했다.

첫 번째, 직장 다니는 동안 한 분야에 대해 끊임없이 공부한다.
두 번째, 직장 다니는 동안 자기가 좋아하는 아이템 하나를 정하고 장기간 수집한다.
세 번째, 직장 다니는 동안 손재주를 계발하여 멋진 작품을 만든다.
네 번째, 직장 다니는 동안 자신만의 스토리를 만들고 그 스토리를 끊임없이 메모한다.

위와 같은 실천방법 이전에 중요한 것이 하나 있다. 그것은 '평생 현역으로 사는 뿌리 깊은 삶'에 대한 생각 자체를 하느냐 하지 않느냐다. 미래를 위한 공부를 하면서 명심해야 할 점은 지금 하는 공부가 '평생직장'을 위한 것인지 '평생직업'을 위한 것인지에 대한 판단이다. 직장인은 은퇴 후의 삶을 설계해야 하지만 평생직업을 갖게 되면 지금부터 현역으로 평생 살아갈 수 있다. 무엇을 하며 살아갈 것인지 생각만 하지 말자. 은행의 복리 이자처럼 평생 공부의 시작은 빠를수록 좋다.

은퇴 후를 미리 설계해보고 미래를 위해 투자해야 한다. 그래야 자신이 무엇을 좋아하는지 나는 어떠한 사람인지 진정한 자신과 마주하게 될 수 있을 것이다. 은퇴 후 삶을 위하여 출근 전이나 주말을 이용하고, 관심 분야의 공부를 하는 등 미래를 위해 투자를 아끼지 말아야 은퇴 후 온전히 나를 위한 제2의 인생을 살 수 있다.

회사형 인간으로 평생 일하는 것도 좋지만, 이 책을 읽는 독자들은 한 번뿐인 인생을 진정 내가 하고 싶은 것을 하면서 행복하게 사는 전문가가 되었으면 한다. 진정 자신이 무엇을 원하는지 알기 위해서는 자기 자신과 마주하여 대화할 시간이 필요하다. 혼자만의 시간이 필요한 것이다. 어디서부터 시작할지 갈팡질팡 하지 말고 차분히 사색을 해봄으로써 진정 내 자신이 원하는 게 무엇인지 찾아보자. 원하는 것을 찾았더라도 내 맘대로 잘되지 않아서 속상해할 일이 분명 생긴다. 하지만 쉽게 포기하지는 말자. 아니 절대 포기하지는 말자.

기록사진가이며 포토 저널리즘의 선구자로 불리는 제이콥 리이스는 이렇게 말했다. "나는 일이 제대로 풀리지 않으면 석공을 찾아간다. 그는 바위를 내리칠 때 특별히 강한 힘을 주어 내리지 않고 백 번에 걸쳐 망치질을 한다. 마침내 백 한 번째가 되면 일격에 바위가 갈라진다. 그러나 바위를 가른 것은 마지막 일격이 아니라 그전까지 바위를 두드린 백 번의 망치질이다."

자신의 인생이 불만족스럽거나 미래가 두렵다면 세상에서 가장 안전한 투자인 평생 공부가 답이다. 뿌린 대로 거둔다는 말이 있듯이 인생의 마디마디에 공부를 뿌려보자. 평생 현역으로 살기 위해서 우리는 결정적인 백 한 번째 망치질이 필요하고 지금은 결과가 보이지 않더라도 백번째 망치질을 향해서 공부해야 할 시간이다. 평생 공부를 통해서 끊임없이 발전하며 수많은 기회를 잡을 수 있길 진심으로 바란다.

책 쓰기에 도전하라

세상에서 가장 어려운 것에 도전하라.
스스로 행동하라. 진실을 대면하라.
캐서린 맨스필드

대부분의 사람들이 책을 쓰는 것을 남의 일이라고만 여긴다. 심지어는 남들보다 평균적으로 독서를 많이 하는 독서가들 또한 그렇게 생각한다. 책 쓰기는 어느 분야에서 뛰어나게 성공한 사람들만이 쓸 수 있다는 생각이 통념으로 자리 잡고 있는 것이다.

하지만 실제로 서점에 가보면 학생이나 주부, 직장인과 같은 평범한 사람들이 쓴 책들이 무수히 많다. 그들은 학창시절에 글짓기 대회 수상경력이 있거나 작문 실력이 매우 뛰어난 사람들이었을까? 평범한 사람들이 책을 써서 출판사와 계약을 하고 책을 펴낼 수 있었던 이유는 책 쓰기에 대한 간절함을 실천에 옮겼기 때문이다.

책 쓰기에는 1g의 용기와 실행력만 있으면 된다. 두려움과 용기는 종이 한 장 차이다. 꿈꾸는 모든 것들은 '내가 과연 할 수 있을까?'라는 의문을 갖지 말고 직접 도전해 보는 것이 좋다. 한 분야의 책을 쓰려면 관련 분야의 책을 적어도 수십 권에서 백 권 정도 연구하면서 읽어야 한다. 책을 쓰려면 그만큼의 인풋Input이 있어야 한다는 말이다.

그러나 그런 독서 후에도 막상 책을 쓰는 것은 쉽지 않게 느껴진다. 그 이유는 지금까지 책 쓰기는 남의 일이라고 여기면서 관심을 갖지 않았기 때문이다. 세상 모든 것은 내가 관심을 갖는 순간 나에게로 와서 탄생의 기쁨을 선물한다. 김춘수 시인의 '꽃'은 그래서 명작이다. '내가 그의 이름을 불러주었을 때 그는 나에게로 와서 꽃이 되었다.' 책 쓰기도 마찬가지다. 나와는 상관없다고, 나는 할 수 없다고 미리 단정 지어 버리면 책이라는 꽃은 탄생하지 않는다.

대형서점에 가보면 정말 수많은 책들이 진열되어 있다. 아마 평생 책만 읽는다고 해도 다 읽지 못할 만큼 그 수가 엄청나다. 그리고 매월 수많은 책들이 새로 출간된다. 책을 좀 읽는다는 사람들은 어느 정도 책을 선별하는 능력이 있어서 쉽고 가벼운 책들은 무시하는 경향이 있지만 본인이 직접 책 쓰기에 뛰어든다면 그런 책을 쓰는 것조차 쉽지 않다는 것을 금방 깨닫게 된다.

책 쓰기는 진정한 자기계발이고 자기혁명이다. 나는 책 쓰기를 통해서 누적 독서량이 몇백 권이든, 몇천 권이든 독서량이 중요한 게 아니라 한 권의 책이라도 직접 써보는 것이 훨씬 강력하다는 깨달음을 얻었다. 책 쓰기에는 힘이 있다. 그 힘은 나를 더욱 크고 강력하게 만들어준다.

책 쓰기는 '독자'를 '저자'로 만들어준다. 독자에서 저자로 다시 태어나면 또 다른 세상이 펼쳐진다. 그리고 그 세상에서 이전과는 달리 자존감과 자신감이 넘치는 나를 발견하며 살게 된다. 이것이 가장 큰 선물이다. 수많은 자격증이나 힘들게 얻은 학위보다 정성껏 쓴 저서 한 권은 더욱 빛을 발휘한다.

책은 어느 정도 나이가 들거나 성공을 해야지만 쓰는 거라는 발상 자체를 변화시켜야 한다. 성공해서 써야지 하면 평생 책을 쓰게 될 확률은 희박하다. 성공해서 책을 쓰는 것이 아니라, 책을 씀으로써 성공의 발판을 마련할 수 있다는 의식의 전환이 필요하다. 조금이라도 젊을수록 미래에 대비하여 책을 쓰면 좋다. 세상에는 열정적인 사람들도 많은 반면에 현실에 안주하며 그저 그런 삶을 살아가는 사람들 또한 너무 많다. 이런 이들에게 김병완 작가는 이렇게 말한다.

"언제까지 읽기에서 머물 것인가, 생각하지 말고 무조건 써라! 글 자체가 되어라! 인생을 바꾸는 것은 읽기뿐만 아니라 쓰기도 마찬가지다. 오히려 책 쓰기는 읽기보다 열 배 더 강하다. 그러므로 책 읽기가 나를 성장시켰다면, 책 쓰기는 내 인생을 송두리째 바꾸었다고 자신 있게 말할 수 있다."

김병완, 《김병완의 책 쓰기 혁명》

김병완 작가는 그의 경험을 토대로 책 쓰기가 읽기보다 열 배는 강하다고 했고, 그의 인생을 송두리째 바꿨다고 고백했다. 실제로 그는 삼성전자에서 10년 이상 연구원으로 근무하던 직장인이었다. '대기업 삼성전자에서 연구원으로 근무했을 정도니까 책까지 쓸 수 있었던 건 아닐까?'라고 태클을 걸지는 말았으면 좋겠다. 만약 그런 논리라면 대기업 연구원 출신들이 유명작가가 되어 대형서점에서 팬 사인회도 거창하게 하면서 활개를 치고 있을 것이다.

그는 처음부터 책을 쓰려고 큰 맘 먹고 작정한 건 아니었다. 10년 이상 회사생활을 이어가던 어느 날 문득 직장인의 삶이 지는 낙엽 같다는 깨달음에 안정된 직장을 포기하고 부산으로 내려갔다. 부산에서 3년 동안 그가 한 일은 매일 도서관에 찾아가서 책을 읽는 것이었다. 책 속에서 뭔가 길을 찾고 싶었던 것이다. 그는 엉덩이에 물집이 잡힐 정도로 무식하게 독서에 몰입했다. 그렇게 해서 그가 읽는 책은 3년 동안 무려 1만 권에 달했다.

1만 권의 독서 이후 그는 책 쓰기를 배우지 않았음에도 불구하고 자연스럽게 《나는 도서관에서 기적을 만났다》라는 책을 써서 출간한다. 그리고 지금은 2년 동안 50권이 넘는 책들을 펴내면서 '신들린 작가'라는 호칭까지 얻으면서 활동하고 있다. 또한 책과 함께 보낸 시간들을 경험 삼아 독서스킬 향상 프로그램인 '독서혁명 프로젝트'와 작가가 되고 싶은 사람들을 위한 '저자 되기 프로젝트'를 운영하고 있다.

우리 모두에게 아무런 경제적인 걱정 없이 3년 동안 책만 읽을 수 있는 시간이 주어진다면 얼마나 좋을까. 김병완 작가는 어느 인터뷰에서 1만 권의 독서 이후 저절로 뭔가 흘러넘쳐서 책 쓰기를 정식으로 배우지는 않았지만 자연스럽게 책을 쓰게 되었다고 말했다. 1만 권의 독서 이후에 이어지는 책 쓰기는 도전해볼 만하지만 쉽지 않은 경험이다.

정말 책 쓰기에 관심이 있다면 1만 권의 책을 읽지 않아도 방법은 있다. 서점에 가보면 이미 책 쓰기에 관한 책들이 많이 나와 있고, 출판 경험이 있는 전문 작가들이 직접 책 쓰기를 강의하는 과정들도 인터넷 검색을 통해서 찾을 수 있다. 또한 신문사에서 주최하는 저널리즘 글쓰기나 여행작가에 특화된 과정들도 정기적으로 수강생을 모집한다.

책 쓰기에 관한 책들을 우선 읽어보고 나에게 맞는 교육과정에 들어간다면 책 쓰기는 시작할 수 있다. 개인적으로 추천하고 싶은 교육과정은 아래 3곳이다. 관심이 있다면 이메일을 통해서 문의를 해봐도 좋다.

- 한국책쓰기코칭협회: vision_bada@naver.com
- 김병완 칼리지 저자 되기 프로젝트: brian913@daum.net
- 기초 책 쓰기 전문 대한민국 작가스쿨: iamgroup_ceo@naver.com

책 쓰기에는 인생을 바꾸는 마법 같은 힘이 있다. 책을 한 권이라도 출간하게 되면 '작가'라는 호칭이 생긴다. 어떤 이들은 '선생님'이라고 불리기까지 한다. 이런 호칭의 변화는 자연스러운 것이며 부수적인 것이다. 가장 좋은 점은 은퇴를 걱정하지 않고 평생 현역으로 세상과 소통하면서 살 수 있는 점이다.

남들은 퇴직을 두려워하고 노후를 걱정할 때 글을 쓰면서 사는 인생은 나이가 들수록 더욱 전성기를 맞이하게 될 것이다. 하지만 처음부터 좋은 책을 펴내고 인세만으로도 걱정 없이 살기는 힘들다. 그러니 적어도 5년 후를 준비하면서 가능한 한 빨리 시작하는 것이 좋다.

이렇게 우리가 '읽기'를 넘어서 '쓰기'에 관심을 가져야 하는 이유에는 개인적인 성공에도 영향이 있지만 평균적인 글쓰기의 힘을 가진 민족과 그렇지 않은 민족은 국가경쟁력에도 영향을 미치기 때문이다. 미국, 영국, 러시아 그리고 중국에는 세계적으로 유명하고 위대한 작가들이 존재했다. 강대국들은 헤밍웨이, 셰익스피어, 톨스토이 그리고 공자 등과 같은 인물들의 고전을 자랑스럽게 여긴다. 그래서 기본적으로 독서를 강조한다.

하지만 초강대국의 교육시스템에는 우리가 익히 알고 있는 독서와 토론뿐만 아니라 글쓰기도 포함되어 있다. 그것이 독서와 토론만을 강조하는 나라들과의 가장 큰 차이점이며 전략이다. 한마디로 글쓰기는 국력을 키우는 비밀병기 중 하나인 것이다. 그래서 나는 전 국민이 1인 1책을 쓰는 대한민국을 꿈꾼다. 그리고 내가 이 위대한 프로젝트에 일조를 하고 싶은 마음이 간절하다.

책을 출간했다고 해서 무조건 베스트셀러가 되거나 유명해지지는 않는다. 처음부터 유명작가들이 받는 인세를 기대하면서 책을 쓰는 자세는 바람직하지 않다. 저서를 갖는다는 것을 나 자신을 세상에 알릴 수 있는 좋은 기회로 여긴다면 그것으로 충분하다. 첫 책이 베스트셀러가 되면 좋지만 꼭 그렇지 않다고 해서 실망할 필요는 없다. 한 번 책을 쓰게 되면 탄력을 받아서 계속 쓰고 싶어질 테니까 말이다.

처음부터 책을 쓰기는 힘들겠지만 정말 당부하고 싶은 것은 매일 조금씩이라도 글을 써보라는 것이다. 그러다 언젠가 마음속에서 책을 써야겠다는 내면의 소리가 들리면 망설이지 말고 책 쓰기에 도전하자. 책 쓰기는 영혼의 가장자리를 만지는 행위다. 그 감동을 이제부터라도 느껴보자. 책을 쓰자! 책을 쓴 후 당신의 인생은 분명 달라져 있을 것이다.

퍼스널 브랜드 만들기

회사에는 두 종류가 있다. 나의 회사와 남의 회사다. 대부분의 직장인들은 남의 회사라는 온실에서 어떻게 하면 가늘고 길게 버틸 수 있을지를 연구한다. 오히려 능력이 뛰어나거나 행동력이 강한 사람들은 한곳에 오래 버티지 못하고 존버정신으로 끝까지 남은 무능력한 사람들이 한 계단씩 올라 결국 높은 자리를 차지하는 거라는 우스갯소리도 있다. 어쨌든 남이 주는 월급의 즐거움과 안정감은 우리를 아주 조금씩 회사형 인간으로 만들어간다.

직장인들을 돕는 컨설턴트인 제리 코너와 리 시어즈는 공저 《회사형 인간》에서 "회사가 원하는 틀에 자신을 구겨 넣다 자기 고유의 생명력을 상실한 인간형, 직장에서 살아남기 위해 끊임없이 자신과 타협하며 살아가는 인간형"이 '회사형 인간'이라고 정의했다. 그들은 15년간의 연구를 바탕으로 직장생활이 5년 이상 된 직장인들은 다음과 같은 6가지 증후군을 보이는 회사형 인간이 된다고 밝혔다.

1. 카멜레온 증후군: 조직에 적응하기 위해 자아를 잃고 내가 아닌 다른 사람이 된다.
2. Top Dog 증후군: 권력 앞에서 무기력해지고 기꺼이 탑독을 받드는 언더독이 된다.
3. 슈퍼맨 증후군: 모든 걸 잘하려고 한다.
4. 시시포스 증후군: 목표 그 자체가 목적이다. 성취를 즐기지 못한다.
5. 워커홀릭 증후군: 일, 일, 일. 그것뿐이다.
6. 전문용어 증후군: 하고자 하는 말을 직설적으로 못하고 전문용어로 심리를 위장한다.

직장인들은 하루 24시간 중 대부분을 회사에 할애한다. 회사에서 근무하는 8시간 외에도 출근준비와 출퇴근에 소요되는 모든 시간을 더해보자. 퇴근 후 집에서 보내는 약간의 저녁 시간과 취침시간 외에는 온종일 회사에 관련된 시간들 속에서 지내게 되는 것이다. 이런 구조에서 남들과 나를 차별화 시킬 수 있는 무기가 없다면 6가지 증후군을 간직한 채 회사형 인간으로밖에 살 수 없다.

《회사형 인간》에서 언급한 증후군 중에서 가장 가슴 아프게 다가온 증후군은 '카멜레온 증후군'이다. 조직에 적응하기 위해서 내가 아닌 다른 사람이 될 수밖에 없는 현실은 정말 가슴을 아프게 만든다. 인생의 위대한 갈림길이라고 할 수 있는 마흔이라는 길목을 지나서도 카멜레온 증후군을 간직하면서 살아야 한다면 과연 진정으로 행복할 수 있을까?

회사에 맞추려고 자아를 상실하거나, 상사 앞에서만 서면 작아지거나, 모든 것을 다 알려고 하거나, 진정한 목표 없이 위로만 올라가려고 하거나, 일밖에 모르거나, 전문용어를 써야만 유능하다고 생각하는 이 모든 것들은 우리를 결코 행복하게 만들지 못한다. 그래서 누가 뭐라고 해도 나를 잃지 않고 나를 보여주면서 나를 행복하게 만들 수 있는 그 무엇을 찾아야 한다.

가장 좋은 방법은 '퍼스널 브랜드'를 만드는 것이다. 퍼스널 브랜드는 개인이 가지고 있는 모든 속성과 능력들을 통합해서 고객의 인식속에 잡은 특정 이미지를 의미한다. 다시 말해서 다른 경쟁자들과 차별화된 개인의 외적인 이미지, 기능적 이미지 그리고 감성적 이미지의 총합이다.

브랜드Brand라는 단어의 어원은 고대 노르웨이에서 유래했다. 노르웨이 단어인 'brandr'는 '불에 굽다'라는 뜻이다. 산업혁명 이전에 가축의 소유주들은 자신의 가축에 각 소유주를 상징하는 문양을 표시하기 위해서 불로 낙인을 찍었다. 그래서 초기 브랜드의 의미는 단순하게 식별하기 위함을 의미했다. 그 후 근대산업사회로 넘어오면서 브랜드는 제품의 품질을 보증해주면서 고객의 신뢰까지 얻게 된 제품으로 의미가 확장되었다. 오랜 시간을 거쳐서 브랜드화된 회사의 제품들은 조금 더 가격이 비싸더라도 믿고 사게 된다. 그것이 브랜드의 힘이다.

고용상담 및 마케팅 컨설턴트로 활동하고 있는 데이빗 안드루시아는 그의 저서 《당신 자신을 브랜드화하라》에서 이렇게 말했다. "자신의 분야에서 최고가 되려면 무조건 열심히 하는 것 이상의 그 무엇이 필요한데, 그것은 바로 자신을 브랜드화하는 전략이다."

우리는 현역에 있을 때 은퇴 후에도 즐기면서 할 수 있는 일을 찾아서 퍼스널 브랜드를 만들기 위한 시스템을 구축해야 한다. 요즘은 1인 방송으로 수익을 벌어들이는 사람들도 많다. 음식을 매우 맛있게 먹거나, 게임 설명을 해거나, 메이크업 노하우를 전해주는 동영상만으로도 조회 수가 증가하면 수익이 창출된다. 유튜버들이 올린 동영상에는 중간중간 광고가 삽입되어 있다. 해당 동영상의 조회 수가 증가한 만큼 광고효과 또한 크기 때문에 광고주들은 돈을 지급한다. 이 돈은 원화가 아니라 달러다.

닉네임 대도서관으로 유명한 나동현 씨는 평범한 회사원이었지만 게임 공략을 하는 동영상을 특유의 캐릭터를 살려 코믹하게 올리면서 인기를 얻었다. 그는 특별한 일이 없는 한 매일 저녁 9시에 꾸준하게 동영상을 올리는 노력을 했다. 아니 노력을 했다기보다는 즐겼다. 결국 1천 개가 넘는 콘텐츠가 쌓이고 수많은 팬들이 생기면서 그는 회사를 그만두고, 자신이 가장 즐기면서 잘하는 게임방송에만 전념하고 있다. 그의 월평균 수입은 3천만 원이 넘는다. 그는 외화벌이에도 앞장을 서고 있다는 생각에 한편으로 더욱 자랑스럽다고 말하기도 했다.

1인 방송뿐만 아니라 블로그나 SNS 등을 통해 자신을 알리는 경우도 많다. 가령 책을 좋아한다면 책 소개를 할 수도 있고, 여행을 좋아한다면 여행에 관련된 팁이나 정보를 제공할 수도 있다. 이런 활동은 전략과 계획을 먼저 수립하고 자신이 정말 자신 있고, 좋아하는 분야를 선정해서 해야 한다. 1인 기업가의 마인드로 접근하면 좋다. 블로그나 SNS의 콘텐츠는 그 자체의 가치도 있지만 잠재력을 가지고 있다. 그래서 언젠가는 자신의 작품가치를 누군가가 인정해줘서 '기회'로 연결되기도 한다.

홀로 수년간 세계여행을 하며 겪은 일들과 생각들을 여러 책으로 펴낸 한비야는 한 인터뷰에서 다음과 같이 말했다. "용기가 없었으면 못 했지요. 용기라는 것이 어디서 나오겠어요? 어떤 일에 용기가 난다는 건 그 일을 하고 싶어 하는 마음에 비례하는 것 같아요. 직장? 그거 다 버릴 수 있는 거죠. 이 일을 하다 죽어도 좋다 싶은데 직장이 뭐 대수겠어요. 회사는 좋은 곳이었지만 그냥 여러 직장 중에 하나일 뿐이잖아요." 그녀의 직업은 매우 많지만 책 쓰기를 통해 베스트셀러 작가가 되어 퍼스널 브랜드에 성공한 사례라고 할 수 있다.

퍼스널 브랜드를 시작하기 위해서는 그녀의 말처럼 이 일을 하다 죽어도 좋겠다 싶은 그런 일을 먼저 찾아야 한다. 우리 모두는 직장생활의 끝을 너무나 잘 알고 있다. 이렇게 알면서도 준비를 하지 않는 것은 본인의 책임이다. 세상을 원망하거나 미워할 필요가 없다. 찾고 구하고 두드리면 문은 열린다. 적은 월급이라도 받으면서 직장생활을 하고 있는 지금이야말로 퍼스널 브랜드를 구축하기 위한 최적의 시간이다.

우리는 부모님 세대보다 더한 엄청난 경쟁사회 속에서 살고 있다. 그것도 모자라 이제는 모든 산업계에서 전산화와 자동화가 진행 중이다. 이제 인간들은 옆의 동료뿐만 아니라 인간을 대체하는 로봇과도 경쟁해야 하는 시대 속에서 살아가야 한다. 최근 신문에는 재테크 상품에 대한 투자상담도 로봇어드바이저가 대체할 거라는 기사가 나왔다. 이렇게 변해가는 무한경쟁 시대에서 살아남기 위한 가장 좋은 방법은 사랑받는 '브랜드'가 되는 것이다.

각자의 현재 위치와 자리에서 천천히 주위를 살펴보면 반드시 자신만의 꿈이 무엇인지 찾을 수 있다. 그렇게 꿈을 발견한 뒤에는 자연스럽게 무엇을 해야 하고 선택해야 할지 알게 된다. 한 분야의 전문가가 되고 퍼스널 브랜드로 인식 되기 위해서 짧게는 3년, 길게는 10년의 시간이 필요하다. 하지만 그것이 성공한 뒤의 인생은 남은 노후를 정년이 없는 드림 워커로 살 수 있게 된다는 사실이다.

꿈꾸고 하고 싶은 일만 하면서 살 수 있는 드림 워커의 삶을 위해서 3년이나 10년을 투자하는 것은 세상 무엇보다 현명한 투자다. 지금부터 10년을 투자해서 정년 이후 30년 이상을 걱정 없이 살 수 있다면 그것보다 좋은 노후대책은 없다. 지금 대한민국은 1인 기업의 전성시대라고 해도 될 만큼 많은 이들이 1인 기업으로 활동하고 있다. 콘텐츠만 탁월하다면 어떤 방식이든 좋다.

철학자 사르트르는 "인생은 B^{Birth,출생}와 D^{Death,죽음} 사이의 C^{Choice,}^{선택}이다."라고 말했다. 나는 "C 다음에는 반드시 A가 있어야 한다."고 덧붙여 말하고 싶다. A는 행동^{Action}이다. 다시 말해서 실행력이다. 책쓰기, 1인 방송, SNS 등 자신이 잘하고 좋아하는 방식을 선택해서 퍼스널 브랜드 구축을 시작해보자. 퍼스널 브랜드를 구축해야 누군가에게

끌려가는 삶이 아니라 내 삶을 내가 주도적으로 끌고 가면서 살 수 있
게 된다.

우리는 모두
세상의 주인공이다

절대로 고개를 떨구지 말라.
고개를 치켜들고 세상을 똑바로 바라보라.
헬렌 켈러

미국에서 100년이 넘게 생존하고 있는 기업에는 GE제너럴일렉트릭, 엑손모빌 등이 있다. 우리나라에는 중공업으로 유명한 두산과 까스 활명수로 유명한 동화약품이 100년 이상의 장수기업에 속한다. 우리나라 기업의 평균수명은 10.4년으로 100년 이상 된 기업이 5만 개가 넘는 일본에 비해서 매우 짧은 편이다. 장수기업이 되기 위해서는 올바른 기업문화와 끊임없는 혁신 없이는 불가능하다.

이런 사실을 누구보다 잘 알면서 100년 기업에 도전장을 내던진 청년이 있다. 부산의 대표 어묵 기업인 삼진어묵 관리실장 박용준이 그 주인공이다. 박용준 실장은 1953년 부산 영도구 봉래시장에서 창업한 부산어묵의 모태인 삼진식품의 3대손이다. '삼진어묵'은 '부산어묵'에서 브랜드명을 변경한 것으로 현존하는 어묵 회사로는 한국에서 가장 오래됐다.

2015년 12월 삼진어묵의 신입사원 8명을 뽑는 공채에는 1,283명이 몰렸다. 같은 해에 열린 부산시 7급 공채 경쟁률이 69.9대 1, 부산은행 5급 행원 공채 경쟁률이 50대 1이었다는 점을 감안하면 대기업도 아닌 중소기업의 신입사원 모집에서 160대 1이라는 경쟁률은 상상을 초월하는 현상으로 뉴스와 신문기사를 장식하기도 했다. 특이한 점은 업체의 초임 연봉이 군필자를 기준으로 2,400만 원 정도로 높지 않은 수준임에도 불구하고 유학파 등 고급인력들이 대거 지원했다는 사실이다.

이것저것 따지면서 스마트하게 지원하는 요즘 구직자들의 이런 움직임은 정말 예상 밖의 기현상이다. 무엇이 이런 현상을 일어나게 만든 것일까? 첫 번째 이유는 위에서 언급한 100년 장수기업의 조건 중 하나인 기업문화에서 찾을 수 있다.

삼진어묵에는 회사 내부에서 직급에 상관없이 활발한 의사소통이 이루어지는 수평적 조직문화가 자리잡혀 있다. 또한 입사 후 재교육의 기회가 충분히 제공되고 있으며 직원 역량 강화의 일환으로 어묵이 발단한 일본으로의 시장조사와 해외 탐방도 수시로 진행된다.

미국에서 회계학을 전공하고 돌아온 박 실장은 2012년부터 삼진어묵에서 가업을 이었다. 당시 직원 수는 40명이었지만 지금은 460명이 넘는다. 그가 입사한 이후 3년 동안 신제품 80개가 개발되었다. 히트상품은 어묵 크로켓이다. 고급생선살과 바삭한 식감의 크로켓 느낌이 섞여 있는 제품이다. 치즈, 새우, 감자, 고구마, 카레 등 제품군도 다양하다.

삼진어묵의 매장은 베이커리 매장과 비슷하게 꾸며져 있다. 실제로 삼진어묵은 대기업 베이커리들을 경쟁자로 여기고 있기 때문에 갓 구운 빵처럼 갓 빚은 맛있는 어묵을 판매한다. 실제 매장을 방문하면 어묵 크로켓, 단호박 어묵, 치즈 말이 어묵, 베이컨 말이 어묵, 김말이 어묵, 메추리알 어묵 등 정말 다양한 제품들이 베이커리 매장처럼 진열되어 있다.

이런 혁신적인 변화와 제품들의 영향으로 2012년 40억 원이던 매출은 2015년 500억 원으로 크게 증가했다. 1,250%의 성장이다. 회사의 성장세가 이렇게 두드러지기 때문에 고스펙의 청년들이 몰리고 있는 것이다. 현재 삼진어묵에는 미국과 호주이 유학파 직원 6명이 근무하고 있으면 본사 직원의 평균 연령은 29세로 상당히 젊다.

삼진어묵의 철학은 창업자이신 할아버지 때부터 '좋은 생선 쓰면 된다.', '음식 가지고 장난치지 말라.'다. 그래서 제품 질에 있어서만큼은 처음부터 지금까지 신뢰할 만하다는 게 업계의 평가다. 2대인 아버지 때는 원재룟값이 3배 가까이 올랐을 때도 생선살 비율을 똑같이 유지해서 이윤이 전혀 남지 않았을 때도 있었다. 어쨌든 이런 노력과 철학을 바탕으로 품질이 워낙 좋아서 3대 64년을 이어오고 있는 것이다.

박 실장은 여기에 살짝 손을 하나 얹는 기분으로 베이커리나 패스트푸드점 같은 시스템으로 어묵을 만들고 판매해보자고 제안했다. 기존의 방식으로 60년 이상을 해온 회사 내부에서는 노파심이 컸지만 그를 믿고 잘 따라줘서 감사한 마음이 크다. 이렇게 탄생한 제품이 '어묵 크로켓'이고 이 제품이 삼진어묵을 세상에 알리는 신호탄이자 효도상품이 되었기 때문이다.

박 실장은 신문사와의 인터뷰에서 유학파 직원을 영입한 것이 세계 시장 진출을 염두한 것이냐는 질문에 이렇게 답했다. "회사를 더욱더 키우고 싶다는 욕망이 강합니다. 다음에는 뭐하지? 그다음에는 뭘 할까? 이런 생각을 하다 보면 세계시장을 보지 않을 수가 없어요."

"젊은 직원들에게는 항상 입버릇처럼 말하는 게 '우리가 30대 초반 인데 앞으로 30~40년은 더 할 수 있지 않겠냐. 확실하게 다지면서 천천히 가자는 겁니다. 100년 가는 기업을 만들고 싶습니다." 이런 그의 말은 우리도 귀담아들어야 할 부분이다. 기업의 오너들이 100년 기업을 생각하면서 큰 그림을 그리듯이 내 인생의 오너인 우리들 또한 앞으로 몇십 년을 더 할 수 있다는 자세로 준비해야 한다. 이제라도 늦지 않다. 천천히 다지면서 가면 튼튼하게 오래갈 수 있다.

삼진어묵은 어묵이 서구인들의 입맛을 공략하기 힘들고 시장이 큰 중국인들의 입맛에도 어색하다는 사실을 잘 알고 있다. 또한 대기업에서 뒤늦게라도 삼진어묵을 벤치마킹하여 '어묵 베이커리'를 시작할 수 있다는 우려도 있다. 하지만 이 모든 것은 예견된 상황이고 돌파해야만 하는 관문이다.

어떻게 이 예견된 험난한 관문을 통과할 수 있을까? 그것은 '공부'에 관한 박 실장의 생각에서 답을 찾을 수 있었다. 그는 이렇게 말했다. "몸과 머리로 부딪쳐 경험하는 공부가 제일이라고 생각합니다. 젊은 직원들에게 '3~5년 후 삼진어묵은 지금보다 훨씬 성장할 수 있으니 관리자 역할을 할 당신들이 공부를 더 해야 한다고 강조합니다. 저도 끊임없이 배우려고 노력합니다."

　삼진어묵은 북한 주민들도 삼진어묵을 맛봤으면 하는 소망을 품고 있다. 한반도 동해 위쪽에는 러시아산 명태가 많이 잡히는 데 명태는 좋은 어묵 원료로 손꼽힌다. 이 명태를 원료로 한 어묵을 만들 수 있도록 함경북도 어묵 공장을 만들어 세계로 향하는 전초기지를 만드는 것이 삼진어묵의 또 다른 꿈이다.

　　그들에게 중요한 것은

　　그들이 가장 하고 싶어 하는 일을 추구하고

　　완벽한 수준에 이르는 것이었고

　　그것은 바로 나는 일이었다.

　　(중략)

　　이 삶에서 무엇을 배우느냐에 따라

　　다음 삶이 선택된다.

　　아무것도 배우지 못하면

　　그다음 삶에서도 똑같은 한계와

　　극복해야 할 무게들에 짓눌리고 만다.

　　　　　　　　　　　　　　　　　　　리처드 바크,《갈매기의 꿈》

　주인공 조나단은 하루 먹고 하루 사는 갈매기들과는 달리 높고 널리 나는 것이 삶의 목표이자 꿈이었다. 조나단은 갈매기 무리로부터 따돌림을 당하게 되고 무리로부터 추방당하게 되었다. 하지만 이에 굴복하지 않고 자신을 단련하여 하늘을 향해 멋진 비행을 하며 꿈을 이룬다. 역경에도 굴하지 않고 자신만의 싸움에 이겨 원대한 꿈을 이뤄낸 조나단의 이야기는 다시 읽어도 감명 깊다. '그들에게 중요한 것은 그들이 가장 하고 싶어 하는 일을 추구하고 완벽한 수준에 이르는 것'. 그것은 갈매기에게는 자유롭게 나는 것이고, 삼진어묵은 세계인의 입맛을 사로잡으며 세계로 뻗어 나가는 것이다.

우리 각자에게 중요한 것과 가장 하고 싶은 일은 무엇인지 생각해 보자. 마크 트웨인은 "성공의 비결은 당신의 vocation직업을 vacation휴가으로 만드는 것이다."라고 말했다. 일이 휴가가 되고 놀이가 된다면 천국이 따로 없을 것이다.

다시 공부를 해야 할지 말아야 할지 하는 고민은 빠를수록 좋다. 다행히 이 책을 선택한 여러분은 이제 그 고민을 시작할 것이다. 고민을 시작하기 전에 하나만 먼저 명심하자. 우리는 모두 세상의 주인공이다. 하지만 그 지위와 자격은 저절로 유지할 수 없다. 현직에 머물러 있을 때뿐만 아니라 그 이후에도 오랫동안 다른 사람들이 찾아주는 사람, 다른 사람들이 함께 어울리고 싶어하는 사람이 되려면 공부를 통해 끊임없이 가능성을 모색해야 한다.

공부의 기쁨이란 내가 나의 지능지수보다는 모험지수에 스스로 열광하면서 세상을 탐험하게 만드는 것이다. 공부하는 자는 그래서 탐험가다. 그리고 언제가 될지는 모르지만 그 탐험에 성공하게 되는 순간 탐험가는 세상의 주인공이 된다.

이제 다시 시작이다

행동의 가치는 그 행동을 끝까지 이루는 데 있다.
칭기즈칸

이 시대 최고의 지성이자 살아있는 도서관으로 불린 움베르토 에코가 최근 84세를 일기로 타계했다. 일반사람들은 그를 이탈리아 출신의 기호학자, 철학자이자 소설가 정도로 기억한다. 하지만 그가 직접 작성한 그의 트위터 계정의 자기 소개란에는 이렇게 적혀 있다.

Medievalist, philosopher, semiotician, linguist, literary critic, novelist.
I'm no Renaissance man.
중세학자, 철학자, 기호학자, 언어학자, 문학비평가, 소설가.
단, 르네상스맨은 아님.

여기서 그가 마지막에 소개한 '르네상스맨은 아님.'이라는 문장에는 약간의 설명이 필요하다. 그는 유머를 신봉하는 지성이었고 이 문장은 그의 유머이자 겸손의 표현이다. 열거된 이력들만 하나하나 살펴봐도 그 무게와 깊이가 장난이 아니다. 중세학자? 기호학자? 언어학자? 정말 무엇을 얼마만큼 알고 있는지 가늠하기조차 힘들다.

그는 '살아있는 백과사전'으로 불리며 철학과 기호학을 종횡무진 했으며 라틴어를 포함해서 10여 개의 언어에 능통했다. 또한 추리소설 《장미의 이름》으로 전 세계적인 사랑을 받은 소설가였다. '르네상스맨'이란 중세 암흑기를 견뎌내고 다시 태동한 르네상스 시대의 지식이 넓고 아는 것이 많은 박식가를 뜻하는 말이다. 움베르토 에코에 딱 어울리는 표현 같지만 당사자인 그는 트위터의 자기소개 글을 통해서 그 표현을 유머러스하게 거부한 것이다. 여든이 넘어서 트위터를 하는 이가 몇 명이나 있을까? 나는 여든이 넘어서도 트위터를 하고 있을까? 그리고 무엇보다 이런 유머감각을 계속 유지할 수 있을까? 하는 생각이 든다.

움베르토 에코는 이탈리아 학자이지만 파리에 거처를 마련했다. 그 이유에 대해서 그는 이렇게 말했다. "나이 스물에 파리 여행을 처음 했습니다. 그때 세상에 이렇게 멋진 곳이 있구나 싶었지요. 그때부터 내 꿈은 파리에서 사는 것이 되었습니다. ―그 간절함이―어느 정도였느냐면, 은행원이 되어서라도 월급을 모아야겠다고 생각했어요. 은행원은―돈은 많이 벌지만―내가 제일 하기 싫어한 직업이었어요. 마침내 나는 40년 만에 꿈을 이뤘습니다. 여기에서 중요한 점은 은행에 입사하지 않고도 해냈다는 겁니다."

나는 그의 이 말은 여러 번 되새겼다. 정말 큰 감동이 있었고 어떻게 살아야 하는지 알려준 의미심장한 말이었기 때문이다. 여러 번 읽다 보니 처음에는 세 문장이 가슴에 남았다. "내 꿈은 파리에서 사는 것이 되었습니다. 마침내 나는 40년 만에 꿈을 이뤘습니다. 여기에서 중요한 점은 은행에 입사하지 않고도 해냈다는 겁니다."

그다음은 두 문장으로 정리가 되었다. "내 꿈은 파리에서 사는 것이 되었습니다. 마침내 나는 40년 만에 꿈을 이뤘습니다." 그리고 다시 여러 번 읽은 후에 마지막으로 남은 한 문장은 "마침내 나는 40년 만에 꿈을 이뤘습니다."라는 말이다. 전 세계적에서 위대한 지성으로 인정하는 인물이 자신의 꿈을 이루기 위해서 걸린 시간이 40년이었다고 고백했다.

그가 정말 위대한 것은 많은 돈을 단시간에 벌 수는 있지만, 하기 싫은 직업은 포기할 줄 알았다는 점이다. 만약 그랬다면 그는 트위터 소개 글에 '은행원'이라는 한 줄만으로 자기소개를 마쳤을지도 모른다. 그는 은행원이라는 직업을 포기함으로써 학자라는 직업을 갖고 너무 먼 길을 너무 오랜 시간 돌아서 꿈을 이뤘다. 하지만 그에게 그 시간과 경험들은 고통이 아니라 행복이고 즐거운 여행이 되었으리라 믿는다. 에코 스스로도 그렇게 평가할 것이다.

움베르토 에코의 소식을 접하고 나의 카카오톡 프로필을 다시 들여다보았다. 카카오톡의 '상태'란을 이용해서 사람들은 자신의 현재 기분이나 상태 또는 꿈 등을 표현하는 문구를 넣는다. 이 상태를 수시로 바꾸는 사람들도 있지만 나는 그렇게 자주 바꾸는 편은 아니다. 그리고 나는 움베르토 에코의 트위터 자기 소개란과 같이 내가 어떤 사람인지에 대해서 말해주는 단어를 넣고 있다. 소개하면 다음과 같다.

Attracter Barista Camper Coach Dreamer Specialist Writer

나는 《시크릿》과 《꿈꾸는 다락방》을 읽고 좋은 꿈을 꾸고(Dreamer) 그것을 끌어당기는 사람(Attracter)이 되었다. 그리고 나의 정신적인 건강을 위해서 캠핑을 한다(Camper). 회사에서는 스페셜리스트(Specialist)로 업무를 수행하고 있으며 책을 쓰는 작가(Writer)이기도 하다. 그리고 현재는 변화와 행복을 꿈꾸는 사람들을 돕고 세상에 선한 영향력을 널리 펼치는 꿈을 실행하고자 코치(Coach) 과정에 입문하여 공부하고 있다.

이것이 현재 나의 상태이다. 움베르토 에코처럼 내가 한 문장을 추가한다면 "I'm no utopian dreamer. 단, 몽상가는 아님"이라고 하고 싶다. 어쨌든 마흔에 들어서면서 나의 꿈은 무엇인가 다시 정비를 하게 되고 왜 그것을 해야 하고 어떻게 실행할 것이며 그것을 이루기 위해서는 무엇을 해야 하는지 보다 진지하게 고민하게 된다. 결국은 이 세상에 어떤 유산을 남기고 싶은지, 남길 수 있는지에 대해서 생각하지 않을 수 없다.

전 세계 수많은 목회자들의 멘토이며 영적 거장으로 불리는 고든 맥도날드는 그의 저서 《남자는 무슨 생각을 하며 사는가When Men Think

Private Thoughts》에서 남자가 남길 수 있는 7가지 유산에 대해서 다음과 같이 분류했다.

1. 물질의 유산: 나는 물질적 소유를 얼마나 남길 것인가?
2. 인정(認定)의 유산: 내 말과 행동으로 인해 좀 더 자신감을 얻게 될 사람은 누구인가?
3. 도전의 유산: 내가 길을 제시해 줌으로써 새로운 경지에 도달할 사람은 누구인가?
4. 통찰의 유산: 나에게 배운 것으로부터 유익을 얻을 사람은 누구인가?
5. 표본 된 삶의 유산: 내 삶의 모습에 다른 사람들이 본받을 만한 가치가 있는 것은 무엇인가?
6. 추억의 유산: 생생한 경험으로 추억될 만한 일로 가족들과 함께 무엇을 할 것인가?
7. 영혼의 유산: 내 인생은 영적 풍성함에 이르는 길을 가르치는 것이었는가?

이 책은 남성뿐만 아니라 수많은 여성들에게도 사랑받은 베스트셀러다. 사람들은 '유산'이라고 하면 흔히 금전적인 보상을 남기는 것을 연상한다. 하지만 진정한 의미의 유산은 맥도날드가 말한 것처럼 훨씬 고차원적이고 다양하다. 지식만 추구하는 삶에서는 물질의 유산 외에 다른 것들을 남겨주지 힘들다. 지혜가 있는 자만이 나머지 유산들을 생각하고 고민하면서 '어떻게'에 대한 방법을 찾기 시작한다.

세상살이가 힘들수록 우리는 물질적인 것에 집착하게 된다. 그래서 맥도날드가 말한 유산 중 1번에만 신경을 쓴다. 그리고 조금 여유가 생기면 6번으로 넘어간다. 1번과 6번을 반복하면서 인생을 마감한다면 행복할까? 지금 당장 7번까지는 힘들더라도 2번부터 5번까지의 유산들을 남기려면 어떻게 해야 할까를 생각해보면 좋겠다.

내 말과 행동으로 인해서 주변의 긍정적인 변화를 주고 자신감을 심어줄 수 있다면 물질의 유산을 남기는 것보다 더욱 뜻깊고 보람될 것이다. 내 삶의 모습 자체를 여러 사람들이 표본으로 삼고 본받을 만하다고 여긴다면 더없이 행복할 것이다. 내가 생각하는 마흔이라는 나이는 너무 빠른 나이도 아니고 너무 늦은 나이도 아니다. 진정성을 담아 지극히 정성을 다하면서 세상을 위해 무언가를 새롭게 시작하기에 딱 좋은 나이다. 지금부터 40년이 걸리더라도 7가지 유산을 남겨줄 무언가를 찾아서 인생을 다시 시작해보자. 작은 것이라도 좋다.

작은 일도 무시하지 않고 최선을 다해야 한다. 작은 일에도 최선을 다하면 정성스럽게 된다. 정성스럽게 되면 겉에 배어 나오고, 겉에 배어 나오면 겉으로 드러나고, 겉으로 드러나면 이내 밝아지고, 밝아지면 남을 감동시키고, 남을 감동시키면 이내 변하게 되고, 변하면 생육 된다. 그러니 오직 세상에서 지극히 정성을 다하는 사람만이 나와 세상을 변하게 할 수 있는 것이다.

《중용(中庸)》 23장.

나는 움베르토 에코처럼 늙고 싶다. 그는 나의 또 다른 롤모델이다.

우리 모두 멋지고 매력 있게 늙어가면 어떨까. 유머를 겸비한 능력 있는 노인이라면 더욱 좋겠다. 할배파탈이라는 말이 있다. 여자들은 할매파탈이다. 아주 매력이 철철 넘치고 능력 있는 멋진 노인이라는 뜻이다.

마흔이라는 시간을 관통하면서 끌어안아야 하는 질문 하나는 "이 세상에서 나의 존재 이유와 소명은 무엇인가?"다. 그것을 찾아야 다시 시작할 수 있다. 그 답을 찾기 위해서는 혼자만의 시간이 반드시 필요하다. 혼자 있는 시간을 겁내지 말자. 그리고 실패를 두려워하지 말자. 실패는 단지 성공으로 가는 과정일 뿐이다. 지금까지 크게 성공하지 못했다고 실망할 필요는 없다. 당신이 포기하지 않는다면 실패는 성공으로 가는 계단이 되어준다.

공부의 진정한 힘은 미처 깨닫지 못한 것을 깨닫게 해주고 보지 못했던 것을 볼 수 있게 해주는 것이다. 보지 못했던 것을 보고 깨닫지 못했던 것을 깨달으면서 세상에 내 목소리를 자신 있게 내기에 마흔은 참 좋은 나이다. 할 수 있는 작은 일부터 실천하고 공부하면서 세상에 내 목소리를 내보자. 그 목소리가 남을 감동시킨다면 세상은 변한다. 나를 다시 태어나게 하고 세상을 변화시키는 공부. 그것이 우리가 공부를 해야 하는 이유다.